www.tredition.de

AF178965

Susanne Mahler

Dem Abgrund nah

Mein Weg zurück ins Leben

www.tredition.de

© 2015 Susanne Mahler

Foto: Andreas B.
Umschlaggestaltung: Karin B.
Verlag: tredition GmbH, Hamburg

ISBN: 978-3-7323-2117-9

Printed in Germany

Vorwort

Dieses Buch entstand zu der Zeit, in der sich mein Mann in Reha befand, und ich möchte damit meine Erlebnisse mit meinem suchtkranken Partner erzählen. Ich berichte davon, was unsere Kinder und ich als Angehörige erlebten, während mein Mann von der Droge GBL abhängig war, was nach seinem Entzug geschah und wie sich unser Leben veränderte.

Die Welt unserer Kinder stand von nun an auf dem Kopf und auch ich wusste nicht, wie ich mit meinen zutiefst verletzten Gefühlen umgehen sollte. Deshalb begann ich meine Wut in Worte zu fassen, und nach einer gewissen Zeit schrieb ich mir alles von der Seele. Das Schreiben half mir sogar sehr, die Erlebnisse zu verarbeiten. Es erstaunte mich immer wieder, wie leicht mir dies fiel und es mich regelrecht befreite, das Erlebte aufs Papier zu bringen. Doch hin und wieder schmerzten mich manche Details, weshalb ich auch mal in Tränen ausbrach. Trotzdem schrieb ich weiter und irgendwann hatte ich die Stärke, mir alles ohne Gefühlsausbrüche durchzulesen. Besonders wichtig war und ist es mir, mich anderen mitzuteilen und mich mit Gleichgesinnten auszutauschen. Außerdem war und ist es mein Ziel, mir mit diesem Buch alles von der Seele zu schreiben, meinem inneren Gefühl zu folgen, aber auch anderen davon zu berichten. Ich persönlich wollte einfach nicht tatenlos herumsitzen, sondern etwas bewegen und verstanden werden. Doch auch unsere Kinder entwickelten ihren individuellen Weg, damit umzugehen. Während unsere Tochter viel malte und Musik hörte, lebte unser Sohn seine Wut mit auffälligem Verhalten aus. Gegenüber seinem Vater zeigte er sich eher rebellisch und respektlos.

Ich versuche mit diesem Buch aber auch darzustellen, wie sehr wir unter der Sucht meines Mannes litten und wie verletzend es ist, mit einem Suchtkranken in einem Haushalt zu leben und nichts tun zu können. Mir geht es hauptsächlich darum, welche Auswirkungen diese Krankheit in meinem Fall nach sich zog. Es geht mir nicht darum meinen Mann oder sonst jemand zu verletzen, sondern einfach aufzuzeigen, wie es mir damit ging und wie ich das Ganze erlebte.

Ich hoffe hiermit zu erreichen, dass sich alle Leser darüber bewusst werden, welche Folgen eine Sucht für die Angehörigen, aber auch für den Betroffenen selbst hat. Außerdem möchte ich darüber aufklären, welche Gefahr von GBL (Liquid Ecstasy) ausgeht, wie abhängig es macht und welche Probleme für alle Beteiligten daraus entstehen können. Bereits damals ließ ich in einer bekannten Zeitung einen Bericht veröffentlichen, um über die Substanz und meine Betroffenheit aufzuklären.

Wir fragten uns oft: „Wie kommt er davon wieder los?" Und wie sehr wir und die anderen, die uns nahestanden, betrogen und belogen wurden. Deshalb wünsche ich mir, dass jeder, der dieses Buch liest, einmal erkennt, was das Umfeld durchmacht. Egal um welche Sucht es sich handelt, sie zieht doch nur Ärger mit sich und die Gefühle derjenigen, die einem am wichtigsten sind, werden übel verletzt. Doch nun zu unserer Begebenheit, die auf wahren Tatsachen beruht. Ich hoffe, dass ich damit in irgendeiner Form dazu beitragen kann, etwas zu verändern.

Kurzer Suchtlebenslauf

Bereits seit meinem achtzehnten Lebensjahr wohne ich mit meinem jetzigen Ehemann zusammen in einem Haushalt. Frei nach dem Motto: verliebt, verlobt, verheiratet. Und seitdem lebte ich auch mit seinen Süchten. Denn eigentlich war er schon immer süchtig. Und da Sucht eine unheilbare Krankheit ist, besteht für die/den Betroffene/n, auch wenn sie/er clean ist, immer die Gefahr, rückfällig zu werden.

Um dies einmal zu verdeutlichen, schildere ich hier kurz etwas aus dem Lebenslauf meines Mannes in Bezug auf seine Süchte.

Mein Partner geriet immer wieder an Menschen, die ihn zum Mitmachen animierten. Leider ließ er sich von diesen ständig dazu verleiten, da er nicht „NEIN" sagen konnte. Schon seine Jugend verbrachte er in Kreisen, in denen Marihuana und Alkohol konsumiert wurden. Um dazuzugehören, rauchte er hin und wieder einen Joint mit oder trank Wein, bis er angeheitert war. Von diesen Mitteln wurde mein Partner zum Glück nie abhängig, weil er nur ab und zu mitmachte. Jahre darauf kam die Automatenspielsucht. Zu diesem Zeitpunkt lebten wir, wie oben erwähnt, schon zusammen und da er von dieser Sucht abhängig wurde, verspielte er sein ganzes Geld. Wenn mein Partner nichts mehr hatte, nahm er sich von meinem Ersparten. Das machte mich sehr wütend und deshalb wollte ich mich fast von ihm trennen. Da ich ihm dies verdeutlichte und er mich nicht verlieren wollte, versprach er mir, aufzuhören. Weil er sein Versprechen tatsächlich einhalten konnte, blieben wir zusammen und irgendwann heirateten wir. Zwischendurch gab es auch mal eine zwei- bis dreijährige Suchtpause. Aber danach fing es richtig an. Er kaufte immer wieder verschiedene Substanzen von Arbeitskollegen und nahm diese in unterschiedlichen Zeiträumen ein. Da es sich nicht nur um eine Drogenart handelte, wurde mein Mann nie so abhängig wie ein Süchtiger, der über Jahre hinweg die gleiche Substanz konsumiert und somit wurde unser Familienleben nie beeinträchtigt. In diesen Jahren probierte er einfach alles aus, was ihm die Kollegen mitbrachten. Lediglich von einer Sache wusste ich und er wusste, dass ich damit nicht einverstanden war. Doch da mein Mann nicht auf mich hörte, tolerierte ich seinen Konsum irgendwann, um so täglichen Streitereien aus dem Weg zu gehen. Mir war allerdings nicht bewusst, was er sonst noch so zu sich nahm. Und nach all den Jahren geschah Folgendes.

Wie alles begann

Zunächst fing alles mit ausprobieren an. Mein Mann stand unter beruflichem Stress und suchte einen Ausgleich dafür. Um seiner Neugierde und dem Kick nachzugeben, probierte er GBL aus. Leider kam er aufgrund einiger Beziehungen mit Leichtigkeit an die Flüssigdroge. Anfangs wussten unsere Kinder (10 und 14 Jahre) und ich noch nichts davon. Wir ahnten auch nicht, dass er etwas nahm.

Mein Mann wusste allerdings genau, was er konsumierte. Denn durch eine Ausbildung zum Chemiekant war ihm die Zusammensetzung bekannt und so wusste er, was die Substanz bewirkte. Doch leider verdrängte er trotz allem seine Gedanken an uns und wurde davon abhängig. Während des ersten Jahres bemerkten wir nichts, da er mit der Droge behutsam umging. Nur eine Geschichte kam mir merkwürdig vor. Diese war, dass es ihn einmal auf der Arbeit komplett umhaute. Er knallte mit dem Kopf auf den Boden, wodurch er bewusstlos wurde und sich eine starke Schwellung im Gesicht zuzog. Als er wieder zu sich kam, befand er sich im Krankenhaus. Obwohl mein Mann in einer Art Trance mitbekam, dass ihn Rettungssanitäter behandelten, wusste er nicht genau, wie er dorthin gekommen war. Nachdem er nach lebenserhaltenden Maßnahmen gefragt wurde und keine Erinnerung mehr daran hatte, was er als Antwort gab, geriet er in Panik und verlangte von mir, ihn von dort abzuholen. Was ich dann auch tat. Gleich nach meiner Ankunft fand ich ihn in einem grauenvollen Zustand vor. Bedingt durch die starke Schwellung im Gesicht konnte er nicht einmal seine Brille aufsetzen. Kurz darauf sagte er zu mir: „Ich habe so viel in einem überheizten

Raum gearbeitet, dass ich ins Schwitzen kam und mein Kreislauf kollabierte." Allerdings wusste ich nicht, was ich von alldem halten sollte, weil sich bei ihm vorher noch nie Kreislaufprobleme gezeigt hatten. Ich wäre jedoch niemals auf einen Drogenmissbrauch gekommen.

Im Nachhinein erfuhr ich, dass dieser Vorfall mit der Einnahme des GBL zu tun hatte. An diesem Tag nahm er die Droge zum ersten Mal und ließ trotz des Erlebten nicht davon ab. Nach etwa einem halben Jahr bekam mein Mann massive Schlafprobleme. Diese schob er aber immer wieder auf seine Schichtarbeit. Was mir ebenfalls merkwürdig erschien, denn alle, die ich kannte, hatten die Symptomatik erst mit Fünfzig und nicht schon mit Achtunddreißig. Zudem bekam er dann auch noch Blutdruckprobleme und zusätzlich bemerkte ich in seinen Schlafphasen Atemaussetzer. Da mir dies alles Angst bereitete, ließ er sich von mir überreden und begab sich in ärztliche Behandlung. Mein Mann war einige Male bei unserem Hausarzt, von dem er auch verschiedene Überweisungsscheine, Blutdrucktabletten und so bekam. Jedoch unternahm er nichts und machte einfach unbeirrt weiter. Dann, nach etwa drei weiteren Monaten, verlor er plötzlich die Kontrolle über seinen Körper. Denn als er versuchte aus dem Bett aufzustehen, um zur Toilette zu gehen, gelang ihm das nicht, da er immer wieder einknickte. Sogar im Liegen zuckte sein Körper und teilweise war mein Mann für Sekunden immer wieder abwesend. Aber kurz darauf versuchte er es erneut. Ich wusste absolut nicht, was ich tun sollte. Vor allem bekamen unsere Kinder auch alles mit. Nach mehreren misslungenen Versuchen half ich meinem Mann zur Toilette, indem ich ihn wie einen Verletzten stütze. Nun war er zwar am Ziel angekommen, doch er war längst nicht in Sicherheit, weil er ständig drohte, von der Toilette zu fallen. Aus diesem Grund hatte ich Angst, ihn alleine im Bad zu lassen, was viel Zeit in Anspruch nahm. Immer wieder zuckte sein Körper und hin und wieder sackte er in sich zusammen. Ständig verfiel mein Mann in eine Art Trancezustand und war somit zu nichts zu bewegen. Denn wenn ich ihn ansprach, schrak er immer wieder hoch und sah mich nur mit leerem Blick an. Ich dachte, dass er jeden Moment zu Boden fällt und sich dann nicht mehr alleine aufrichten kann. Trotz allem ließ ich ihn irgendwann sitzen und kümmerte mich um unsere Kinder. Denn schließlich waren sie mir wichtiger, da sie zur Schule mussten.

Ich zitterte am ganzen Körper und nachdem beide Kinder aus dem Haus waren, verfrachtete ich meinen Mann zurück ins Bett und überlegte, was ich tun sollte. Verzweifelt dachte ich daran, einen Krankenwagen zu rufen. Doch dann entschloss ich mich, erst einmal unseren Hausarzt zu kontaktieren. Da dieser auch nur vom Stress meines Mannes wusste, versuchte er mich zu beruhigen. Das Telefongespräch half zwar ein wenig, doch mir gingen ständig Fragen wie zum Beispiel: „Was ist bloß los mit meinem Mann? Warum hat er solche Aussetzer und wie wird das enden?" durch den Kopf. Als etwa zwei Stunden vergangen waren, ging ich ins Schlafzimmer und weckte meinen Mann, um ihn zur Rede zu stellen. Nachdem er endlich wach und ansprechbar war, erfuhr ich zum ersten Mal von dieser Flüssigdroge. Ich verstand nicht, wie er so etwas nehmen konnte. An diesem Tag versprach mir mein Mann, dass GBL nie wieder anzurühren. Da er früher schon mit anderen Drogen wie Speed oder Ecstasy in Berührung kam, von denen er nicht auf die Weise abhängig wurde, dass sie unseren Alltag beeinflussten, glaubte ich ihm.

Bereits am selben Tag, suchte ich unseren Hausarzt mittags für einige wichtige Untersuchungen und deren Abklärungen auf. Als er mich dabei nach dem morgendlichen Vorfall fragte, erzählte ich so wenig wie möglich. Außerdem verharmloste ich die Situation, weil ich meinem Mann das Versprechen gab, nichts zu sagen.

Das war schon mein erster Fehler. Doch damals wusste ich nicht, was dieses Zeug noch alles anrichtet, und dass es so süchtig macht.

Der erste Selbstentzug

Aufgrund seines Versprechens nahm sich mein Mann vor, einen Entzug in Eigenregie zu machen, ohne vorher die Gefahren abzuwägen. Hierfür entwickelte er ein Konzept und daraus entstand für uns, da er alles in unserem Beisein umsetzte, folgende Problematik:

Zu Beginn des Entzugs blieb mein Mann häufig im Bett. Zwischendurch aß er etwas und verschwand wieder. Meistens ging es ihm sehr schlecht. Hauptsächlich schied er das GBL über sein Gesicht durch starkes Schwitzen aus. Aufgrund der feinen Poren im Kopfbereich reagierte die Haut dort besonders empfindlich, indem sie mehr als an anderen Körperstellen brannte. Zu den weiteren Begleiterscheinungen gehörte starke Übelkeit, sodass er sich manchmal übergab und wenn ihm Schweiß über die Lippen lief, schmeckte dieser nach der chemischen Substanz. Damit ihm das Ganze leichter fiel, trank er abends beim Fernsehen so einiges an Alkohol. Er war der Meinung, damit besser schlafen zu können. Ich empfand dies aber nicht so, da er nachts immer wieder aufstand. Vor allem musste er nach so viel Alkohol sowieso öfter zur Toilette. Deshalb gefiel mir das zwar auch nicht, aber nach fünf Tagen verbesserte sich sein Zustand. Da unsere Kinder und ich sehr darunter litten, freuten wir uns über die ersten Erfolge seines Selbstentzugs. Ich möchte aber erwähnen, dass es nicht ratsam ist, selbst zu entziehen. Ganz egal wovon jemand abhängig ist, sollte ein Entzug nur in einer entsprechenden Klinik gemacht werden, da dieser große Risiken birgt.

Nun wollte ich nur noch, dass mein Mann seinen Alkoholkonsum reduziert. Denn ich fand die Trinkerei ebenfalls nicht gut. Außerdem störte er durch sein ständiges Aufstehen auch unseren Schlaf. Nach einiger Zeit packte es mein Mann tatsächlich. Er nahm keine Drogen mehr und trank nur noch wenig Alkohol. Nun hatten wir wieder Hoffnung und die Kinder und ich dachten, unser Leben würde jetzt wieder normal. Zusätzlich berichtete mir mein Mann, über eine verbesserte berufliche Lage, in Zusammenhang mit seinen Kollegen und Chefs. All das machte mir Mut und ließ mich hoffen.

Gemeinsam schaffen wir es

Nachdem der Entzug endlich vorbei war, fanden mein Mann und ich wieder mehr zueinander. Irgendwie klinkte er sich leider in den vergangenen Jahren bei vielen Dingen aus. Entweder schlief er oder er ging zur Arbeit. Wenn er frei hatte, fuhren wir manchmal mit unseren Kindern weg. So konnte sich mein Mann ebenso vor anfallenden Arbeiten drücken. Denn zu Hause machten wir nicht viel zusammen. Außer, dass wir mal Karten spielten, oder würfelten. Aber alle anfallenden Arbeiten blieben an mir hängen. Ich arbeitete im Haus und Garten und kümmerte mich um unsere Kinder, was Schule und Freizeit betraf.

Nun änderte sich aber endlich wieder etwas in unserer Beziehung. Wir wollten gemeinsam abnehmen und stellten deshalb unser Essen um. Anfangs wogen wir alle Mahlzeiten ab, zählten die Kalorien und notierten die verschiedenen Gerichte in einem Heft. Mein Mann und ich fanden sogar richtig Spaß daran. Damit wir schneller abnahmen, gingen wir jeden Tag nach dem Frühstück und Abendessen je eine Stunde mit unseren Hunden raus. Wir liefen so schnell, wie wir in normalem Gang laufen konnten. So nahm jeder von uns, innerhalb einer Woche, mindestens 1 kg ab. Aber vor allem hatten mein Mann und ich sehr viel Freude daran. Jeder von uns nahm so, innerhalb von circa vier Monaten, insgesamt 15 kg ab. Zu diesem Zeitpunkt war unsere Welt wieder in Ordnung. Was die Drogen betraf, stellte ich in diesem Zeitraum keine Auffälligkeiten fest. Allerdings konnten wir, nachdem der Winter angebrochen war, wegen zu hohen Schnees nicht mehr so viel laufen und mein Mann zog sich plötzlich wieder häufiger zurück.

An Silvester trank er zum Beispiel mehr, als in den Jahren davor. Ich wusste nicht warum, aber irgendwie ging alles wieder den Bach runter. Ich versuchte meinen Mann so oft wie möglich zu überreden, mit raus zu kommen. Doch nichts half. Was ich nicht wusste, wir hatten ihn schon längst wieder an dieses GBL verloren.

Wie soll es weitergehen?

Die schöne Zeit war leider schon wieder vorbei. Warum wussten wir auch nicht. Schließlich hatte mein Mann doch alles, was man zum Glücklichsein braucht. Eine gut funktionierende Ehe und zwei tolle Kinder, die ihn lieben.

Zunächst verlief alles ziemlich normal. Es gab jedenfalls noch keine körperlichen Auffälligkeiten. Doch nach einiger Zeit, wurde ich wieder misstrauisch und suchte alles nach der Droge ab. Als ich dahinter kam, dass er die Flüssigkeit in seinen Nasensprays aufbewahrte, durchsuchte ich die Fläschchen, die in Mengen herumstanden. In einem von ihnen fehlte das Röhrchen, welches er aus Sicherheitsgründen entfernte, um einen Fehlgebrauch zu vermeiden. Sogleich vermutete ich das Zeug darin, weil er die Substanz vor mir zu verstecken versuchte. Nun wurde ich allerdings fündig und stellte ihn zur Rede. Woraufhin mein Mann abweisend reagierte. Er lag mal wieder im Bett und meinte: „Ich habe nichts von dem Zeug da und auch nichts genommen." Daraufhin fragte ich ihn: „Was ist denn dann in diesem Fläschchen?" Doch mit all seinen Erklärungsversuchen scheiterte er, da ich ihm kein Wort glaubte. Es kamen auch nur Lügen heraus, da er zu diesem Zeitpunkt wieder einmal unter Drogen stand. Nachdem mein Mann später ansprechbar war, gab er irgendwann zu, dass er etwas genommen hatte und beteuerte: „Ich schaffe es, wieder davon loszukommen."

So begann sein zweiter Entzug. Wieder schwitzen, brennende Gesichtshaut und Alkohol, um alles besser zu überstehen. Ich verzieh ihm auch dieses Mal. Doch leider packte er beim zweiten Entzug den Absprung von der Droge nicht hundertprozentig. Die Kinder und ich dachten, er hätte es erneut geschafft, doch mein Mann hielt sich von nun an auf einem Level, und gaukelte uns etwas vor.

Einmal kam ich mit unseren Kindern nach Hause, da hörten wir schon an der Haustür den Rauchmelderalarm. Als wir ins Haus gingen, kam uns Qualm entgegen. Zuerst machte ich die Ursache ausfindig und fand einen Topf auf dem Herd. In diesem befand sich angebrannte Suppe und als ich ihn von der inzwischen abgeschalteten Platte nahm, floss der Boden einfach so davon. Daraufhin rannte ich nach oben ins Schlafzimmer. Dort lag mein Mann und schlief, trotz des Lärms unserer Rauchmelder, friedlich in seinem Bett. Zitternd vor Wut weckte ich ihn und fragte: „Was soll denn das? Willst du unser Haus in Brand stecken?" Mein Mann stand zwar sofort auf, um sich die Bescherung anzusehen. Auf meine Beschuldigung hin beteuerte er aber nur, er hätte kein GBL genommen. Das bezweifelte ich allerdings stark. Denn wer schläft schon so fest, dass er keine Rauchmelder hört? Zum Glück war nichts Schlimmeres passiert.

Ein weiteres Mal, wovon ich allerdings nichts mitbekam, stand mein Mann nachts auf, um zur Toilette zu gehen. Dieser Toilettengang dauerte jedoch circa 1 Stunde. Denn dabei fiel er zu Boden und blieb dort schlafend liegen. Da er währenddessen auch noch eine brennende Zigarette in seiner Hand hielt, erlitt mein Mann an seiner Schulter eine Verbrennung von circa einem halben Zentimeter Tiefe.

Die dritte gefährliche Aktion entstand ebenfalls durch eine Zigarette. Wie immer rauchte mein Mann, wenn er nachts aufwachte, noch eine Zigarette im Gang. Diesmal bemerkte er aber nicht, dass er die Kippe noch in seiner Hand hielt und diese mit ins Bett nahm. Da ich auch in dieser Nacht tief und fest schlief, bekam ich von alldem nichts mit. Erst als ich morgens wach wurde, fand ich den Stummel auf meiner Seite und sah ein Loch in meinem Bettbezug. Nach diesem Vorfall verbat ich meinem Mann, jemals nur noch eine Zigarette im Haus zu rauchen. Um ihm zu verdeutlichen, dass ich dies nun nicht mehr duldete, stellte ich seinen Aschenbecher nach draußen. Daraufhin holte er ihn wieder ins Haus. Doch ich blieb stur! Erst nach dem wir die Aktion fünfmal wiederholt hatten, verstand mein Mann endlich, wie ernst es mir damit war.

Unvorstellbar, was alles hätte passieren können.

Es gab allerdings noch weitere gefährliche Situationen. Doch diese möchte ich hier nicht alle aufzählen. Wir hatten sehr viel Glück oder wir wurden von Gott beschützt. Mein Glaube gab mir Kraft und half mir, dies alles durchzustehen.

Die ganzen Erlebnisse machten mich immer wütender. Ich konnte meinem Mann nicht helfen, da er sich nicht helfen ließ. Er glaubte weiterhin, er käme ganz allein von diesem Zeug los. Selbst als er an einem Antistressseminar teilnahm, ließ er nicht davon ab, das GBL zu nehmen. Unseren Kindern und mir machte das alles zu schaffen. Doch ich konnte nicht einfach weg mit unseren Kindern, da wir auch noch Haustiere hatten, die verpflegt werden mussten. Außerdem wollte ich unsere Kinder nicht aus ihrem schulischen Umfeld, Zuhause und Freundeskreis reißen.

Deshalb beschloss ich nach einiger Zeit und weiteren Vorfällen, dass Türschloss auszutauschen und meinen Mann nicht mehr ins Haus zu lassen. Nachdem ich dies getan hatte, fuhr ich zu meinem Schwiegervater und erzählte ihm alles. Ich dachte, wenn er davon wüsste, könnte er auf seinen Sohn einwirken, sodass dieser endlich ganz mit seinem Drogenkonsum aufhören würde. Nach diesem Gespräch teilte ich meinem Mann telefonisch mit, dass er zu Hause nicht mehr reinkäme und uns in seinem Elternhaus treffen sollte. Als seine Schicht beendet war, kam er dann tatsächlich. Nun musste er seinem Vater Rede und Antwort stehen. Nachdem das Gespräch beendet war, versprach mir mein Mann seinen dritten Selbstentzug.

Ich wollte allerdings, dass er diesen bei seinem Vater macht. Doch leider schaffte er es, mich nach eineinhalb Stunden mit verschiedenen Aussagen zu überreden. Ich überließ ihm den Schlüssel, sodass er seinen Entzug zu Hause machen konnte. Die Kinder und ich blieben in dieser Nacht bei seinem Vater, da ich es leid war, ständig alles mit ansehen zu müssen. Doch schon am nächsten Tag fuhr ich mit ihnen nach Hause, um unsere Tiere zu versorgen und für uns Essen zu machen. Ich kochte aber nur etwas für die Kinder und mich. Außerdem sprach ich kein Wort mehr mit meinem Mann. Ich ignorierte ihn und behandelte ihn, als wäre er Luft. Abends schlief ich auf der Couch und unsere Kinder quartierten sich zusammen in einem Zimmer ein. Immerhin litten sie sehr unter der Situation. Sie entwickelten große Ängste und Schlafstörungen. So lebten wir eine Zeitlang zwar in einem Haus, aber nicht miteinander. Irgendwann normalisierte sich unser Zusammenleben wieder etwas. Nach einiger Zeit schlief ich zwar wieder neben meinem Mann in unserem Bett, doch Sex war schon seit langem tabu. Die nächsten Wochen verbrachten unsere Kinder die Nächte weiterhin in einem Zimmer.

Während und nach dem dritten Selbstentzug trank mein Mann nun mehr Alkohol, als bei den vorangegangenen

Entzügen. Er war auch immer noch der Meinung, mit Alkohol besser schlafen zu können. Doch da täuschte er sich gewaltig. Denn sein Körper war von alldem mittlerweile total durcheinander und kaputt.

Nun erzählte er zwar endlich alles unserem Hausarzt, doch das Dilemma ging weiter. Unser Arzt verschrieb meinem Mann Schlaftabletten, um ihm das Einschlafen zu erleichtern und damit er nichts mehr anderes zu sich nahm. Doch selbst der Umgang mit den Tabletten bereitete ihm Schwierigkeiten. Denn einmal nahm mein Mann fünf Schlaftabletten über den Tag verteilt, weil er nur noch schlafen wollte. Von da an versteckte ich die Tabletten und teilte sie ihm, wie bei einem Kleinkind, ein. Manchmal wollte er eine höhere Dosis, worauf ich mich aber nicht einließ. Obwohl mein Mann dann mit mir stritt, weil er nicht verstand, weshalb er nicht mehr bekam, blieb ich hart und ließ mich nicht von ihm überreden. Natürlich riet unser Hausarzt meinem Mann, einen Entzug zu machen. Jedoch waren auch ihm die Hände gebunden, so lange mein Mann sich nicht freiwillig helfen lassen wollte. Einmal meinte unser Hausarzt zu mir: „Sie sollten ihren Mann fallen lassen, denn er muss noch viel tiefer sinken, um zu erkennen, dass ihm nur ein richtiger Entzug in einer Klinik hilft." Diese Aussage bereitete mir allerdings insofern Angst, dass unsere Kinder dadurch vermutlich ihren Vater ganz verloren hätten. Deshalb konnte ich mich damit nicht anfreunden, ihn aus dem Haus zu werfen. Auch wenn ich mittlerweile nur noch verzweifelt, niedergeschlagen und völlig am Boden zerstört war, oder am liebsten gestorben wäre, war dies keine Option für mich.

Allerdings gab es auch Zeitpunkte, da wünschte ich meinem Mann den Tod, weil dieser vieles einfacher für mich gemacht hätte. Vor allem wäre mir einiges erspart geblieben, weil ich mich nicht hätte entscheiden müssen, ob ich bleibe oder gehe.

Einen Monat später stellte ich fest, dass mein Mann wieder Drogen nahm. Zum Leid unserer Tochter tat er dies sogar an ihrem Geburtstag. Schon morgens machten sich bei meinem Mann körperliche Aussetzer bemerkbar. Unsere Tochter bekam dies mit und so verdarb er ihr gleich in der Früh ihren großen Tag. Kurze Zeit später verließ sie zitternd das Haus, um zur Schule zu gehen. An diesem Tag hatte sie zwar Probleme, sich zu konzentrieren, doch sie versuchte sich mit dem Unterricht und ihren Freunden abzulenken. Für mittags lud unsere Tochter ein paar Freunde ein und damit keiner etwas bemerkte, ließen wir uns nichts anmerken. Nachmittags raffte sich mein Mann doch tatsächlich noch auf, um an der Feier teilzunehmen. Obwohl die Kinder und ich nicht glücklich waren, machten wir für alle das Beste daraus.

So lebten wir immer weiter vom Alkohol und den Drogen begleitet. In mir breitete sich noch mehr Wut und Hass aus. Selbst in unserem gemeinsamen Urlaub trank mein Mann jeden Abend Alkohol und bemerkte nicht, dass sich die Situation immer mehr zuspitzte. Es gab sogar Momente, in denen er sich darüber beschwerte, dass ich ihm den weiteren Alkoholkonsum verbot, wenn er nicht aufhören wollte zu trinken. Dann sagte er zum Beispiel: „Nicht mal drei, vier Bier kann man trinken." Daraufhin erwiderte ich: „Du trinkst mittlerweile jeden Tag so viel." Ich fühlte mich wie auf einem sinkenden Schiff und nach dem dritten Selbstentzug folgten irgendwann der vierte und dann der fünfte. Es wurde immer aussichtsloser.

Vor allem verstand ich nicht, dass er sich nicht mal aus Liebe zu den Kindern helfen ließ. Denn ich werde nie vergessen, wie sie sich verzweifelt und bettelnd vor ihn stellten und sagten: „Papa, bitte lass dir endlich helfen!"

Damals wusste ich auch noch nicht, dass er das Zeug trotz seiner Versprechen weiterhin einnahm. Deshalb konnte mein Mann seinen angeblichen Entzug auch nicht bei seinem Vater machen. Außerdem dosierte er damit in den vorhergehenden Entzügen die Menge nach unten, um seinen Körper langsam zu entwöhnen. Wer weiß, was in dem Fall passiert wäre, wenn ich nicht nachgegeben hätte. Immerhin setzte er sein Leben schon durch alles, was er zu sich nahm, aufs Spiel. Wahrscheinlich wäre er draufgegangen! Weil ohne das Zeug vermutlich so starke Entzugserscheinungen zu einem Totalausfall seines Körpers geführt hätten.

Trotz allem weiter machen

Niemand außer meinem Schwiegervater wusste, was bei uns los war. Unsere Freunde und Familienangehörige bekamen zwar mit, dass es meinem Mann öfters nicht gut ging. Doch alle dachten nur, das läge an seinen Blutdruckproblemen.

Einmal waren wir auf eine Mottoparty eingeladen. Natürlich fuhr ich mal wieder alleine mit unseren Kindern hin. Wir hatten zwar keine Lust, aber absagen wollten wir auch nicht. Nun ja, der Abend bereitete mir jedenfalls keinen Spaß. Jeder fragte nach meinem Mann und ich fühlte mich mies, da ich alles verheimlichte. Wenigstens wurden unsere Tochter und unser Sohn von anderen Kindern durch spielen abgelenkt. So hatten wenigstens sie etwas Spaß.

Leider wurden wir immer unglücklicher, fanden aber auch keinen Ausweg aus unserer Situation. Außerdem suchten wir seit einiger Zeit psychologische Hilfe, bekamen jedoch keine, da wir mindestens ein halbes Jahr warten mussten. Doch einer Frau bin ich sehr dankbar, weil sie versuchte, uns zu helfen, obwohl sie mit solchen Fällen wie unserem nichts zu tun hatte. Es handelte sich dabei um eine Psychologin, die wir seit einer Weile kannten, da sie unsere Tochter einmal auf ADS getestet hatte. Wir waren überglücklich, dass sie sich für uns Zeit nahm, mit uns über alles sprach und uns Tipps gab. Insgesamt unterhielten die Kinder und ich uns dreimal mit der Frau. Zu Hause versuchten wir, ihre Ratschläge mit meinem Mann umzusetzen. Doch leider ließ er sich zu nichts bewegen. Entweder war er mal wieder krank oder er fühlte sich nicht gut. Irgendwann gab ich einfach auf und lebte nur noch für unsere Kinder weiter. Der absolute Oberhammer aber war, dass mein Schwiegervater mir die Schuld für all das gab. Außerdem war er der Meinung, ich hätte nicht genug getan, um meinen Mann dazu zu bringen, etwas im Garten oder Haus zu helfen. Diese Aussage machte mich richtig sauer! Und da er mir nicht helfend zur Seite stand, betitelte ich ihn einmal in all meiner Wut als Arschloch (was unserem weiteren Kontakt jedoch nicht schadete). Immerhin tat ich wirklich einiges, um meinen Mann zu animieren, mitzuhelfen. Da sich mein Mann durch mich oft provoziert fühlte und es häufig zu Streit kam, sagte ich irgendwann nichts mehr zu ihm und nahm alles hin, wie es war.

Doch eines wollte ich wenigstens noch erreichen, bevor alles den Bach runterging. Dies betraf meinen Geburtstag. In diesem Jahr wurden mein Mann und ich vierzig. Deshalb beschlossen wir, an meinem Geburtstag gemeinsam zu feiern und alle einzuladen. Ich überlegte hin und her, ob ich die Einladungskarten absenden sollte oder nicht. Es war nicht einfach, aber irgendwann entschied ich mich, sie abzuschicken. Ich plante noch alles und wir reservierten sogar einen Raum. Doch leider spitzte sich die Lage zwischen mir und meinem Mann drastisch zu. Mittlerweile sah ich ihn einmal pro Woche mit diesen Zuckungen.

Einmal kam ich freudestrahlend vom Arzt zurück und er stand bei geöffneter Haustür im Gang. Zunächst war er nicht ansprechbar. Seine Augen waren weit, mit leerem Blick geöffnet und sein Körper zuckte hin und wieder. Es war, als schliefe er mit offenen Augen. Ich hatte das Gefühl, einem Zombie gegenüberzustehen. Und als ich meinen Mann so sah, flippte ich total aus. Ich drehte völlig durch, schrie herum, schlug und trat ihn. Meine Nerven lagen blank. Doch von ihm kam keine Reaktion. Irgendwann ging er dann ins Bett und ich beruhigte mich langsam wieder. Ich fühlte mich irgendwie befangen und wusste nicht, was ich noch tun sollte.

Ein weiteres Mal fuhr ich mit unserem Sohn weg und ließ unsere Tochter zu Hause, damit sie ihr Zimmer aufräumen konnte. An diesem Tag hatte mein Mann Nachtschicht und wollte sich vorher noch hinlegen. Doch bevor er dies tat, zeigte er unserer Tochter noch etwas auf unserem DVD Player. Währenddessen bekam er dann wieder einen dieser Aussetzer und ließ die Fernbedienung fallen. Dadurch bekam unsere Tochter furchtbare Angst und schaltete daraufhin das Fernsehgerät ab. Sogleich versuchte sie mich anzurufen. Jedoch war ich, bedingt durch mein abgeschaltetes Handy, nicht erreichbar. Deshalb ging sie nach draußen und traute sich nicht wieder ins Haus. Selbst als sich ein dringendes Bedürfnis ankündigte, mied unsere Tochter, es zu betreten. Als ich mit unserem Sohn nach Hause kam, fanden wir sie total verstört im Hof vor. Ich fragte sie, was los sei, und nachdem sie uns alles erzählt hatte, gingen wir gemeinsam ins Haus. Doch mein Mann war mittlerweile ins Bett gegangen und als er später aufstand, verhielt er sich, als wäre nichts gewesen. Da er nichts mehr von dem Vorgefallenen wusste, stritt er dies sogar ab. Wir waren alle drei enttäuscht und sauer über sein Verhalten, doch er verstand einfach nicht, wie wir uns fühlten. Obwohl ich ihm immer wieder die kalte Schulter zeigte.

Einige Tage später fand in unserem Ort ein Kerweumzug statt und der Freund unserer Tochter kam zu Besuch. Auch an diesem Tag nahm mein Mann wieder von dem GBL. Er schaffte es zwar beim Umzug zuzusehen, doch gleich danach verschwand er wieder ins Haus. Ich folgte ihm und während die Kinder draußen waren, stellte ich ihn zur Rede. Da er wieder alles leugnete, zog ich meinen Ehering aus und sagte zu meinem Mann: „Zwischen uns ist alles kaputt und so möchte ich nicht mehr weiterleben. Deshalb trenne ich mich von dir." Kurz darauf bemerkte ich, dass er noch eine Dosis von dem Zeug genommen hatte.

Durch meine Aktion wollte ich nicht erreichen, dass er noch mehr nahm, sondern dass mein Mann endlich mal einsah, sich helfen zu lassen.

Nun wollte er wieder ins Bett. Doch dies ließ ich nicht zu. Ich war rasend vor Wut und wollte ihn nicht wie die ganzen anderen Male seinen Rausch ausschlafen lassen. Zunächst schrie ich meinen Mann nur an und beschimpfte ihn übelst. Wenn er weglief, ging ich hinterher. Irgendwann schlug ich nur noch auf ihn ein und würgte ihn. Am liebsten hätte ich ihn wachgerüttelt. Doch weil alles nichts half, war ich vor Verzweiflung kurz davor, ihn umzubringen. Leider bekam unser Sohn diese Szene mit, weil er währenddessen nach Hause kam. Er schrie: „Mama hör auf!" und wollte Hilfe rufend das Haus verlassen. Daraufhin sperrte ich meinen Mann ins Bad und ging mit unserem Sohn nach draußen, wo auch unsere Tochter mit ihrem Freund war. Innerlich war ich total unruhig und besorgt, dass jemand etwas mitbekam. Doch nach außen ließ ich mir nichts anmerken. Weil mein Mann wegen der Droge seinen Körper nicht mehr unter Kontrolle hatte, ging ich zwischendurch immer wieder mal nach Hause, um zu sehen, ob er noch lebte. Einmal öffnete ich die Badtür, um mit meinem Mann zu reden. Da er aber noch nicht ansprechbar war, schloss ich ihn weiterhin ein. Diesmal wollte ich ihn spüren lassen, dass er seinen Rausch nicht wie sonst ausschlafen konnte.

Nach etwa zwei bis drei Stunden war mein Mann endlich wieder ansprechbar und ich ließ ihn aus dem Bad. Er wies starke Verletzungen im Gesicht auf und blutete immer wieder aus der Nase. Aber ich glaube, ich zeigte ihm damit, wie es um seine Gesundheit und meine Verfassung stand. Nun machte er sich ernsthafte Gedanken darüber und wollte sich endlich helfen lassen. Zum Glück bekam der Freund unserer Tochter von alldem, was an diesem Tag passiert war, nichts mit.

Am nächsten Morgen fuhr ich mit meinem Mann zum Arzt. Endlich entschloss er sich, sich einweisen zu lassen, weshalb er von ihm einen Überweisungsschein für die Psychiatrie bekam. Außerdem verbot ihm unser Arzt die weitere Einnahme der Schlaftabletten. In dieser Woche ging mein Mann noch zweimal arbeiten. Dabei teilte er seinen Arbeitskollegen mit, dass er sich ins Krankenhaus begäbe. Trotz seines Entschlusses nahm er bis zum Einlieferungstag weiter heimlich seine Droge, mit der er angeblich besser schlafen konnte. Selbst am Tag, an dem ich ihn ins Krankenhaus brachte, nahm er das GBL, weil er Angst hatte, sich dorthin zu begeben. An diesem Morgen zuckte sein Körper wieder. Er verschüttete seinen Kaffee und die Zigarette fiel ihm ständig aus der Hand. Ich bekam Angst, dass mein Mann einen Rückzieher machen würde und doch nicht mehr in die Psychiatrie wollte. Körperlich und seelisch war ich total am Ende. Unruhe und Verzweiflung machten sich in mir breit. Ich wollte meinen Mann einfach nur noch ins Krankenhaus bringen. Da er sich so viel Zeit ließ, drehte ich fast durch und hämmerte mit beiden Händen auf den Tisch. Währenddessen schrie ich: „Lass uns jetzt endlich fahren, ich kann nicht mehr!" Gegen 9:30 Uhr fuhr ich meinen Mann ins Krankenhaus und somit platzten alle vorhergehenden Pläne, wie zum Beispiel die gemeinsame Geburtstagsfeier.

Nun musste ich allen Eingeladenen wieder absagen. Jedoch vertraute ich nicht jedem unser Problem an. Zu manchen sagte ich, er hätte einen stressbedingten Nervenzusammenbruch. Doch einigen wenigen Freundinnen vertraute ich alles an. Mit einer traf ich mich in einem Eiscafé, und da ich am Telefon nicht zu viel sagen wollte, dachte sie zunächst, mein Mann sei unheilbar krank. Nachdem ich alles erzählt hatte, war sie etwas geschockt und sauer. Aber auch ein wenig erleichtert darüber, dass es kein Krebs oder noch schlimmeres war. Sauer war sie nur, weil ich mich ihr nicht schon früher anvertraut hatte.

All diese Geschehnisse und Entzugsversuche fanden in unterschiedlichen Abständen innerhalb eines Jahres statt. Doch von GBL abhängig war mein Mann mittlerweile seit circa zwei Jahren. Im ersten Jahr bemerkten wir noch nichts von seiner Abhängigkeit, weil er nicht so hohe Mengen von der Flüssigdroge nahm. Aber als sein Körper daran gewöhnt war, begannen die ersten Anzeichen, wie Zittern, und die Abstände der Einnahmen verkürzten sich. Von da an waren auch höhere Dosen notwendig, um sich auf einem Level zu halten. Dadurch zerstörte mein Mann seinen Körper immer mehr und darum machten sich die Auswirkungen, wie Zuckungen und Teilnahmslosigkeit bemerkbar. Die Substanz hatte so große Auswirkungen auf seine Gesundheit und seinen Blutdruck, sodass sich sein Zustand zunehmend durch die Einnahme dieser Droge verschlechterte. Und so konnte es auf keinen Fall weitergehen. Denn auch ich war absolut am Ende und stand vor der größten Ruine meines Lebens. Ergänzend möchte ich noch hinzufügen, wäre ich ohne Kinder und Haustiere gewesen, hätte ich meinen Mann bereits während des dritten Entzugs verlassen. Ich hielt das Ganze nur durch, weil ich keine Lösung dafür fand, ihn aus dem Haus zu bekommen und alles andere für alle Beteiligten vernünftig zu regeln.

Der erste richtige Entzug

Nachdem wir in der psychiatrischen Abteilung des Krankenhauses ankamen, meldete ich meinen Mann an und gab den Überweisungsschein ab. Nun mussten wir noch einige Zeit auf den zuständigen Arzt warten, um über die Gründe der Einlieferung zu sprechen. Eigentlich wollte mein Mann dieses Gespräch alleine führen. Doch unser Hausarzt riet mir, auf jeden Fall dabei zu sein, damit mein Mann nichts verharmlosen konnte. Bereits auf der Fahrt zum Krankenhaus beichtete er mir, dass er die ganze Woche etwas von der Droge eingenommen hatte. Ich fuhr schweigend weiter, denn mittlerweile hatte ich einen Blick dafür entwickelt und deshalb dachte ich mir so etwas schon. Er nahm das Zeug nämlich, weil ich ihm keine Schlaftabletten mehr gab. Und um mir dies zu verheimlichen, wollte mich mein Mann nicht bei dem Arztgespräch im Krankenhaus dabei haben. Während wir warteten, sprachen wir nur wenig miteinander. Doch dabei sagte ich zu meinem Mann: „Meinst du, ich war so blöd, nichts von der Einnahme gemerkt zu haben?" Woraufhin er mich nur verzweifelt ansah. Nach etwa zwei Stunden kamen wir endlich dran. Zunächst sprach der Arzt mich an, da er dachte, dass es um mich ginge. Daraufhin sah ich ihn verwundert an und meinte, trotz meiner schlechten Verfassung: „Noch bin ich nicht so weit. Jetzt geht es erst einmal um meinen Mann." Nachdem wir das Wichtigste besprochen hatten, überließ ich alles Weitere meinem Mann und fuhr nach Hause, weil unser Sohn von der Schule kam.

Aufgrund meiner körperlichen und seelischen Verfassung rief ich an diesem Tag noch einmal bei der Psychologin unserer Tochter an. Zufällig hatte sie mittags einen Termin frei, den ich dankend annahm. Nachdem auch unsere Tochter zu Hause war, fuhr ich mit unseren Kindern gleich los. Obwohl das Gespräch mit der Psychologin gut tat, war ich innerlich immer noch unruhig und total fertig mit den Nerven. Während die Kinder und ich weg waren, hinterließ mein Mann drei Nachrichten auf unserem Anrufbeantworter, um mir mitzuteilen, was ihm noch fehlte. Da dieser bei jedem Versuch mich zu erreichen anging, meinte er, dass ich nicht mehr mit ihm sprechen wollte. Wobei ich dies wirklich nur noch auf das Nötigste beschränkte.

Am nächsten Morgen brachte ich meinem Mann die Sachen, die er verlangte. Doch als ich am Schwesternzimmer ankam, teilte man mir mit, dass er einen schlimmen Krampfanfall hatte und bereits in einem anderen Krankenhaus auf der Intensivstation sei. Es überraschte mich allerdings nicht, als ich das hörte. Durch diese Nachricht verschlimmerte sich meine Verfassung, bedingt durch meine kaputten Gefühle, nicht im Geringsten. Zudem war ich mit meinen Nerven total am Ende, zitterte am ganzen Körper und war innerlich unruhig. Eigentlich hätte ich mich selbst einweisen lassen können.

Während ich mich noch mit zwei Schwestern unterhielt, rief ein Pfleger im anderen Krankenhaus an, um sich über meinen Mann zu erkundigen. Nach einigen Minuten teilte mir dieser mit, dass mein Mann wieder auf dem Rückweg sei und ich in einer Stunde noch einmal kommen könnte. Daraufhin kaufte ich in der Nähe noch Lebensmittel ein und fuhr später erneut zum Krankenhaus. Nun konnte ich ihm endlich die Sachen übergeben und dabei sah ich seine Verletzungen im Gesicht. Es war wieder einmal teilweise

angeschwollen und unter dem einen Auge war eine Platz-
wunde zu sehen. Mein Mann sah fürchterlich aus. Aber
Mitleid hatte ich keins mit ihm, und weil es mir nicht besonders gut ging, unterhielten wir uns nur kurz. Danach
verließ ich das Krankenhaus schon wieder. Am liebsten
wäre ich gar nicht erst hingefahren. Doch das Schreck-
lichste war, auch wenn ich mir manchmal seinen Tod gewünscht hatte, dass er an diesem Tag fast **DRAUFGE-
GANGEN** wäre. Er war dem **TOD** nur knapp entkommen.

Während der Zeit des Entzugs ging es meinem Mann
total schlecht und er wollte keinen Besuch. Allerdings
musste ich jeden Tag hin, weil er immer wieder etwas
brauchte und sonst keiner für ihn da war. Da ich keinerlei
Hilfe bekam, ging es mir immer noch völlig mies und deshalb blieb ich immer nur kurz bei meinem Mann. Als einzige Bezugsperson brachte ich ihm, was er wollte und dann
verließ ich die psychiatrische Station wieder. Mir half niemand auch nur im Geringsten. Wer kann sich in meine
Lage versetzen? Total am Ende zu sein, sich dann aber
noch um die Kinder, die Haustiere und seinen Mann zu
kümmern. Obwohl durch ihn all das in mir ausgelöst
wurde, ließ ich ihn nicht fallen. Ich wusste nur nicht, ob ich
jemals alles überwinden würde und irgendwann wieder mit
ihm zusammenleben könnte.

Nach einigen Tagen nahm ich an der ersten Visite teil,
um zu erfahren, wie es nun weitergehen sollte. Denn anfangs meinte der Arzt: „Ihr Mann ist jetzt erst einmal für
vierzehn Tage aufgenommen, um einen Entzug zu machen." Nun saß ich mit in der Visite und schon wieder
sprach man nur von einem kurzen Aufenthalt in dem Krankenhaus. Daraufhin schüttelte ich aus Verzweiflung den
Kopf und versuchte dem anwesenden Krankenhausperso-

nal klarzumachen, dass ich meinen Mann nicht mehr aufnehmen konnte. Irgendwas kam wohl bei ihnen an, ob sie mich jedoch richtig verstanden, weiß ich nicht. Ich hatte den Eindruck, dass ihnen meine Verfassung egal war. Schließlich ging es um meinen Mann und nicht um mich und die Kinder. Der Arzt sagte nur: „ Man könnte den Aufenthalt eventuell verlängern." Diese Aussage reichte mir zu diesem Zeitpunkt aber nicht aus. In mir machte sich einfach nur Enttäuschung und Hoffnungslosigkeit in jeder Hinsicht breit. Ich wollte nur endlich mal zur Ruhe kommen und die Kinder vor ihrem Vater schützen. Um dies alles zu verarbeiten, schrieb ich einige Songs. Und am liebsten hätte ich sie mir laut vor allen Menschen von der Seele gesungen, um mich von meiner Wut zu befreien. Doch es ergab sich zu dieser Zeit keine Möglichkeit, dies zu tun. Zum einen wusste ich nicht, wie ich die Melodien in meinem Kopf umsetzen sollte. Außerdem gestaltete sich für mich die gesangliche Umsetzung, aufgrund meines niedrigen Selbstwertgefühls, ebenso schwierig. Vor allem hätten die Nachbarn gedacht: „Jetzt ist sie total durchgedreht", wäre ich meinem Gefühl gefolgt. Deshalb existierten zu dieser Zeit nur Texte. Mir fehlten einfach die notwendigen Beziehungen. So konnte ich nur abwarten und den Entwicklungen ihren Lauf lassen.

Der Entzug meines Mannes dauerte jedenfalls circa 10 bis 14 Tage. Zusätzlich wurde er noch mit verschiedenen Medikamenten behandelt und so gestaltete sich unsere Situation weiterhin schwierig. Durch das GBL war seine Hirnfunktion eingeschränkt und die Tabletten verbesserten den Zustand auch nicht gerade. Im Prinzip befand er sich immer noch in einer Art Rauschzustand und dies erschwerte eine normale Kommunikation ebenso. Doch mir war das eigentlich egal, weil ich absolut kraftlos war und erst einmal zu mir selbst finden musste. Deshalb kam ich häufig so kurz ins Krankenhaus, dass sich die anderen Patienten schon wunderten. Nachdem mein Mann ihnen aber erklärte, was unsere Kinder und ich durchgemacht hatten, verstanden sie mein Verhalten.

Zum ersten Mal sprach er mit anderen offen über alles.

Was nun?

Obwohl der Entzug vorbei war, normalisierte sich zwischen mir und meinem Mann nichts. Er wollte ständig von mir wissen, ob ich bei ihm bliebe. Darauf konnte ich ihm jedoch keine Antwort geben. Hinzu kam noch, dass wir uns im Krankenhaus nicht in Ruhe unterhalten konnten. Mein Mann liebte mich noch immer, doch in meiner Gegenwart ging es ihm auch nicht gut. Denn wegen all der Vorfälle hatte er ein schlechtes Gewissen. Ihm war ebenso noch nicht bewusst, dass er den Entzug und die Therapien in erster Linie für sich machte. Immer wieder sagte er: „Ich mache das nur für euch." Diese Voraussetzung empfand ich allerdings als schlecht. Denn als Suchtkranker musste er erst einmal das Bewusstsein entwickeln, dies für sich zu tun. Vor allem musste er aber auch erkennen, für sich verantwortlich zu sein. Erst nach dieser Erkenntnis hätte er sich über alles Weitere, Gedanken machen können. Denn nur so verbessern sich die Heilungschancen, sein Leben auf lange Zeit oder aber für immer ohne Suchtmittel zu bewältigen. Ich lernte, dass Sucht leider eine unheilbare Krankheit ist, die nur gestoppt werden kann. Und so konnten die Kinder und ich nur hoffen, dass er ihr nie wieder verfällt. Außerdem wäre es wichtig, einen Ausgleich für seine Sucht zu finden. Am besten etwas, dass ihn immer wieder herausfordert.

Diese Phase hatte mein Mann bisher noch nicht erreicht. Deshalb wusste ich nicht, was die Zukunft bringen würde und es ließ sich auch keine Entwicklung meiner Gefühle vorhersagen.

Ich fühlte mich zum Beispiel schon unwohl, wenn mein Mann mit unseren Kindern im Krankenhaus Tischtennis spielte und ich nur daneben saß und zusah. Am liebsten wäre ich in diesen Momenten wieder gegangen und für immer weggeblieben. Doch unsere Kinder sollten ihren Vater ja weiterhin sehen. Zweimal wollte er so unbedingt wissen, ob ich bei ihm bleibe, dass ich durchdrehte. Denn irgendwie verstand er meine Gefühle nicht. Deshalb zeigte ich ihm, wie schlecht es mir ging. Ich rastete total aus, schlug mir an den Kopf und rannte damit gegen die Wand. Danach schrie ich: „Ich kann nicht mehr!" Daraufhin zeigte mein Mann wenigstens mal Mitgefühl, und versuchte mich zu beruhigen. Er sagte zu mir: „Dreh bitte nicht durch. Die Kinder brauchen dich doch. Sie haben ja sonst keinen und ich lasse dir so viel Zeit wie du brauchst." Natürlich bemerkten auch die Schwestern und Mitpatienten meine Ausbrüche. Sie fragten gleich, was los sei. Um nicht noch mehr Wind darum zu machen, antworteten wir nur: „Alles in Ordnung." Dies entsprach zwar nicht der Wahrheit, aber helfen, eine Entscheidung zu treffen, konnte mir von denen auch keiner. Damit ich keinen endgültigen Nervenzusammenbruch bekam, verließ ich mit unseren Kindern rasend vor Wut die psychiatrische Station und fuhr nach Hause. Erst dort beruhigte ich mich wieder. Später rief ich noch einmal bei meinem Mann an und wir führten ein langes und tolles Gespräch.

An diesem Abend zog ich zum ersten Mal wieder meinen Ehering an, weil ich von so vielen Gefühlen überrumpelt wurde und diese als Liebe interpretierte. Wenige Tage darauf nahm ich ihn jedoch wieder ab, da ich von meinen Gefühlen nicht ganz überzeugt war.

Mit der Zeit gingen wir besser miteinander um und es entwickelte sich wieder Freundschaft zwischen uns. Unter anderem konnte mein Mann nun auch mal das Krankenhaus stundenweise verlassen. Zusätzlich hätte er zu Hause übernachten dürfen. Da die Kinder und ich aber nicht bereit dazu waren, trafen wir uns ausschließlich tagsüber und unternahmen Verschiedenes miteinander. Hin und wieder gab es natürlich auch Enttäuschungen. Eine davon war, dass wir uns für elf Uhr verabredeten, und als wir meinen Mann abholen wollten, lag er noch im Bett. Weil er sich abends mal wieder nicht rechtzeitig schlafen legte, wachte er morgens erst spät auf. Deshalb nahm er seine Medikamente ebenfalls zu spät. Danach legte sich mein Mann einfach wieder hin. Wenn er uns wenigstens abgesagt hätte, dann wäre ich gar nicht erst gekommen. Aber so standen wir nun da und die Kinder freuten sich auf diesen Tag. Deshalb versuchte ich, ihn wach zu bekommen und während der Fahrt zu unserem vereinbarten Ziel, zwei Stunden lang das Beste daraus zu machen. Doch irgendwann bemerkte ich, dass das alles keinen Wert hatte und wir brachten meinen Mann zurück ins Krankenhaus. Um abzuschalten und unseren Kindern noch etwas Gutes zu tun, fuhr ich zum Pferdehof, wo sie bereits seit längerem Reitunterricht nahmen. Die Besitzerin war schon lange Zeit nicht nur die Reitlehrerin der beiden, sondern ist auch eine gute Freundin für mich und die Kinder. Ihr hatte ich schon alles Vorhergehende anvertraut und sie tröstete mich, als ich ihr erzählte, was vorgefallen war. Daraufhin lieh sie uns zwei Ponys zum Ausreiten aus. Dabei vergaßen wir wenigstens für einige Zeit unsere Probleme und so war der Tag, dank ihr, doch noch gerettet.

Während des Krankenhausaufenthalts meines Mannes führten wir noch ein weiteres Gespräch mit einer Sozialpädagogin. Doch nachdem dieses beendet war, fragte ich mich, wozu das Gespräch gut war, denn auch von ihr bekam ich nichts, dass mir in irgendeiner Weise weiterhalf. Zusätzlich belastete uns die hoffnungslose Aussicht. Denn sobald ich den behandelten Arzt fragte, wie es weiter geht, meinte dieser immer nur: „Es dauert meistens mehrere Monate, bis ein Abhängiger in eine Langzeittherapie kommt." Da fragte ich mich natürlich ständig, wie es wohl weitergehen und wie ich mit meinen Ängsten umgehen sollte? Es kam mir alles so aussichtslos vor.

Trotzdem versuchte ich Halt zu finden, und da ich immer noch keine psychologische Hilfe hatte, ging ich zur Angehörigengruppe, die sich einmal monatlich in dem Krankenhaus traf, in dem mein Mann stationär aufgenommen war. Von diesem Treffen erhoffte ich mir seelische Besserung und den Austausch mit anderen Angehörigen. Doch leider war dies für mich ein Schuss in den Ofen, da die anwesenden Angehörigen ganz andere Probleme hatten. Weil mich niemand verstand, warf mich das wieder einmal aus der Bahn. Ich wurde innerlich unruhig, wütend und schließlich deprimiert. Zum Abschluss bekam ich noch eine Telefonnummer von dem Sozialarbeiter, der die Gruppe an diesem Abend leitete und nun erhoffte ich mir davon Hilfe. Deshalb rief ich gleich am nächsten Tag bei dem sozialpsychiatrischen Dienst an. Doch leider kam ich nicht durch, da die Leitung ständig besetzt war. Darum beließ ich es irgendwann dabei und tätigte daraufhin einen Anruf in einer Erziehungsberatungsstelle. Dort erreichte ich jemanden und erhielt einen Termin. Auch wenn dieser einige Wochen Wartezeit in Anspruch nahm, hatte ich nun erneut Hoffnung, Hilfe zu erhalten.

Zwischenzeitlich verbesserte sich meine körperliche und seelische Verfassung etwas. Als jedoch endlich die Zusage betreffend einer Langzeittherapie für meinen Mann kam, war ich zunächst enttäuscht. Denn nachdem mir andere davon berichtet hatten, dass sie bis zu sechzehn Wochen genehmigt bekamen, schockte es mich ein wenig, als ich las, dass meinem Mann nur sechs Wochen bewilligt wurden. Hinzu kam, dass er in eine Klinik für Alkoholabhängige sollte, wo er doch aber drogenabhängig war. Das empfand ich irgendwie fragwürdig. Zudem wurde ihm aufgrund eines Positionswechsels ein neuer Arzt zugeteilt. Deshalb führten wir ein erneutes Gespräch mit diesem und dabei übergab ich ihm das Schreiben unserer Rentenversicherung. Zum Glück stellte sich der Wechsel als vorteilhaft heraus, denn mit dem neuen Arzt konnte ich richtig gut reden. Vor allem nahm er mich wahr und hörte mir aufmerksam zu. Für ihn existierte nicht nur mein Mann, sondern auch ich als Angehörige. Bereits am nächsten Tag rief er in der in dem Schreiben angegebenen Klinik an. Daraufhin bekam mein Mann schon für die darauffolgende Woche einen freien Platz zur Langzeittherapie zugesichert. Durch ein Telefonat mit meinem Mann erfuhr auch ich mittags davon und war sehr erleichtert über diese Entwicklung. Endlich konnten wir uns wieder Hoffnung machen, wobei diese auch von Angst begleitet wurde.

Endlich ein Lichtblick

Nach insgesamt acht Wochen Psychiatrie holte ich meinen Mann morgens ab und fuhr ihn in die Rehaklinik, zur Langzeittherapie. Dort wurden wir trotz Verspätung sehr freundlich empfangen. Nachdem sich mein Mann angemeldet hatte, wurden wir in das gegenüberliegende Hauptgebäude geschickt. Hier mussten wir noch einige Zeit auf den zur Aufnahme zuständigen Arzt warten. Da uns aus dem vorhergehenden Krankenhaus keine Entlassungspapiere mitgegeben wurden, dauerte das Aufnahmegespräch, welches auch Untersuchungen enthielt, sehr lange. Als dieses beendet war, holte uns ein Patient ab und brachte uns zur Therapeutin, die meinem Mann zugeteilt war. Sie hatte sich vorab sehr gut über alles informiert und wir führten ein erstes Gespräch zum Kennenlernen. Dabei brach ich wieder einmal in Tränen aus, da mir all das zu schaffen machte. Bald darauf verließ ich die Klinik und fuhr nach Hause, weil unsere Kinder von der Schule kamen. Nun durften wir meinen Mann circa vierzehn Tage nicht besuchen. Deshalb riefen unsere Kinder jeden Abend bei ihrem Vater an. Endlich kam ich mal zur Ruhe und hatte mehr Zeit für mich und die Kinder. Für sie war es zwar seltsam, ihren Vater über einen längeren Zeitraum nicht zu sehen. Es bereitete ihnen aber auch kein besonders großes Problem, dass er weg war. Immerhin waren sie froh, dass er sich endlich richtig helfen ließ.

In diesem Zeitraum fand endlich das langersehnte Gespräch in der Erziehungsberatungsstelle, von dem ich mir sehr viel erhoffte, statt. Doch schon während des Gesprächs stellte ich fest, dass mich der Psychologe nicht verstand. Für ihn war es sehr schwer zu verstehen, dass unsere Kinder ihren Alltag in jeder Hinsicht problemlos bewältigten. Sie zogen sich nicht zurück und auch sonst lief unser Leben in gewohntem Maß weiter. Wie es aber in uns drinnen aussah, wusste niemand. Ich ließ mir nach außen hin auch nichts anmerken. Nachdem das Gespräch beendet war, bekam ich zwar noch weitere Termine, doch diese nahm ich nicht mehr wahr. Denn mir ging es nun schon wieder schlechter und ich stand wieder am Anfang. Nun suchte ich erneut verzweifelt nach Hilfe. Deshalb rief ich noch einmal bei dem sozialpsychiatrischen Dienst an und diesmal kam ich durch. Ich bekam schon nach wenigen Tagen einen Termin und führte ein helfendes Gespräch mit einer Angestellten Dipl. Sozialpädagogin. Von ihr fühlte ich mich gleich verstanden. Jedoch war dies ein einmaliger Termin und ich musste jemanden für eine Langzeittherapie finden. Zum Glück ergab sich für mich bald darauf, hinsichtlich der psychologischen Betreuung, etwas. In unserer Gegend eröffnete eine neue psychotherapeutische Praxis und so war ich eine der ersten Patienten.

Obwohl mein Mann drogenabhängig war, startete er seine Reha in der Klinik für Alkoholiker. Für ihn machte es kaum Unterschiede, weil er alles, was er in den letzten zwei Jahren konsumierte, aus folgenden Gründen tat:

Er wollte arbeitsbedingte Probleme vergessen, abschalten und schlafen können. Nun lernte mein Mann, dass er dies mit all den bisher eingenommenen Mitteln nicht erreichen konnte und seine Probleme damit nicht gelöst waren. Dennoch hatte er anfänglich Schwierigkeiten sich darauf einzulassen, weil die Gespräche immer nur von Alkohol handelten. Aus diesem Grund musste mein Mann ständig umdenken und den Sachverhalt mit Drogen in Verbindung bringen. Nachdem ihm das gelang, war es einfacher für ihn, sich auf die Reha einzulassen. Mit der Zeit wurde er ruhiger und war nicht mehr so impulsiv. Die Therapien brachten ihm mehr Sicherheit und halfen ihm besser mit Stress umzugehen. Zum Glück hatte er hier eine sehr gute Therapeutin, die sich auch gleich um eine Verlängerung kümmerte, da sie ebenfalls der Meinung war, dass sechs Wochen keinesfalls ausreichten. Als wir meinen Mann zum ersten Mal besuchten, war er sichtlich verändert. Ich persönlich fühlte mich trotzdem nicht zu ihm hingezogen. Meine Empfindungen waren tot und im Gegensatz zu unseren Kindern, die stolz auf ihren Vater waren, vermisste ich ihn nicht einmal. Zusätzlich belasteten mich die täglichen Anrufe und da ich sehr lustlos war, fielen mir auch die Fahrten zur Klinik schwer. Wir besuchten ihn jedes Wochenende für einen Tag. Was ich in erster Linie für unsere Kinder tat. Nach drei Wochen durfte mein Mann zum ersten Mal das Klinikgelände verlassen und wir fuhren in eine nahegelegene Stadt, um dort den Nachmittag zu verbringen. Wir waren guter Stimmung und gingen freundschaftlich miteinander um. Ich fühlte mich zwar nicht hundertprozentig wohl und beobachtete ihn, wie er mit den Kindern umging. Aber alles in allem verbrachten wir einen guten Tag, ohne jeglichen Stress. Von nun an unternahmen wir bei jedem Besuch unterschiedliche Sachen, die uns Spaß bereiteten. Das einzige Problem war die Zeit. Denn mein Mann durfte die Klinik erst nach dem Mittagessen verlassen und musste zum Abendessen wieder zurück sein. Trotzdem verliefen diese Tage soweit ganz gut. Nur manchmal fühlte ich mich unwohl und etwas deprimiert. Meine Gefühle für ihn kamen aber nach all den Wochen immer noch nicht zurück.

Einmal sprach ich mit der Therapeutin meines Mannes über meine Gefühle, und dass ich ihn nicht vermisste. Daraufhin meinte sie, dass es noch zu früh sei, mehr zu empfinden. Des Weiteren gab sie mir ein Buch mit, in dem es um Erwachsene ging, die als Kinder in einer Familie mit alkoholabhängigen Eltern beziehungsweise abhängigem Vater oder Mutter aufwuchsen. Als ich nur kurz darin las, fühlte ich mich unwohl und wieder einmal unverstanden. Schließlich hatte ich einen suchtkranken Partner und dies war kein Vergleich zu einem suchtbelasteten Elternhaus. Deshalb schlug meine Laune wieder um und bedingt dadurch, war ich wieder einmal extrem niedergeschlagen.

Außerdem war ich oftmals mit allem überfordert. Die Streitereien unserer Kinder setzten mir auch ganz schön zu. Deshalb verfiel ich zeitweise in einen depressiven Zustand. Erst als ich anfing mich abzulenken, steigerte sich meine Stimmung von Tag zu Tag. Doch auch hierbei half mir niemand und es fiel mir auch nicht leicht. In dieser Phase wäre ich manchmal am liebsten abgehauen, um mit den Kindern neu anzufangen. Manchmal wäre ich aber auch gerne gestorben, da mir die Lebensfreude fehlte. Nur dann hätten unsere Kinder niemanden mehr gehabt. Und was hätte mir das genutzt? Deshalb überwand ich meinen inneren Schweinehund und dadurch verbesserte sich meine Verfassung. Außerdem hielt mich mein Glaube an Gott am Leben. Es gab aber noch eine Sache, die mir weiterhalf. Und zwar rang ich mich immer wieder durch, mit einer der anvertrauten Freundinnen walken zu gehen. Da sie über alles Bescheid wusste, konnte ich währenddessen mit ihr sprechen und sie über alles auf dem Laufenden halten. Es fiel mir nicht immer leicht, rauszugehen. Doch im Nachhinein bin ich froh es getan zu haben, da mir unsere Gespräche sehr halfen.

Weihnachten musste mein Mann diesmal in der Rehaklinik verbringen, und deshalb fuhren wir an einem Weihnachtsfeiertag zu ihm und Silvester verbrachte ich mit den Kindern und meinem Schwiegervater zu Hause.

Es tat sich was

Zu Beginn des neuen Jahres fand ich für einmal die Woche einen Minijob. Einerseits tat mir die Ablenkung gut, aber andererseits kostete es mich anfangs sehr viel Überwindung durchzuhalten. Denn bedingt durch meine psychische Verfassung fehlte mir einiges an Kraft. Doch auch hier biss ich mich durch, und Woche um Woche fiel es mir leichter.

Nun war endlich der Termin meiner ersten Therapiestunde gekommen und so konnte ich über alles, was meine seelische und körperliche Verfassung betraf, reden. Schon die ersten Gespräche halfen mir sehr. Vieles machte mich nachdenklich und dadurch veränderte sich einiges für mich. So kam es zum Beispiel dazu, dass ich dieses Buch zu schreiben begann und E-Mails verschickte, weil ich für meine Songtexte eine Band suchte. Zudem sendete ich einige Anfragen an Radiosender und bekam dadurch die Möglichkeit zum Thema „Sucht" im Radio zu sprechen. Dabei startete ich unter anderem eine Bandsuche. Ich wollte einfach nicht nur tatenlos herumsitzen, sondern etwas bewegen!

Damit mich meine Therapeutin genau kennenlernte, musste ich alles erzählen und dazu gehörte auch meine Kindheit, in der ich ebenfalls viele Enttäuschungen erlebte. Auch darüber wollte ich schon als Jugendliche ein Buch schreiben. Was ich jedoch nie tat, weil es mir irgendwann so gut ging, dass ich es nicht mehr für wichtig hielt.

Zusätzlich half mir auch noch eine Internetseite, auf der ich mich mit anderen Angehörigen von Drogenabhängigen und sogar ehemaligen Drogenabhängigen austauschen konnte. Endlich tat sich etwas, was meine Verfassung wieder einmal verbesserte. Es war oft ein Auf und Ab. Meine Stimmung änderte sich stets.

So auch, als mir ein zweitägiges Partnerseminar in der Rehaklinik meines Mannes bevorstand. Während dieses Seminars sollte ich mit meinem Mann in einer Pension übernachten, damit wir uns wieder näherkamen. In mir machten sich Unruhe und Angst breit. Mit dem Gedanken, neben meinem Mann zu liegen, konnte ich mich erst einmal nur schwer anfreunden. Immerhin hatten wir seit circa vier Monaten keine Nacht mehr miteinander verbracht und da meine Gefühle für ihn immer noch unverändert waren, bereitete mir diese Vorstellung einfach Probleme. Ich sprach auch mit meiner Therapeutin darüber und sie verstand, dass ich mich in diese Situation hineingezwängt fühlte. Obwohl ich an manchen Tagen aufgeregt war, besserten sich meine Angstzustände. Denn je näher der Termin rückte, umso mehr dachte ich über die Tagesabläufe nach. Mir gingen viele Fragen wie zum Beispiel: „Was wird mit uns gemacht? Wie verlaufen die beiden Tage? Gibt es etwas, dass mich aus der Fassung bringt?" und Weiteres durch den Kopf.

Die Tage vergingen wie im Flug und nun war es so weit. Morgens fuhr ich zur Rehaklinik und meine Mutter übernahm die Kinder. Nachdem ich angekommen war, holte ich meinen Mann ab, und dann gingen wir mit einem anderen Paar zum Seminarraum. Dort saßen schon weitere betroffene Paare und ein Psychologe. Wir bildeten einen Kreis und sprachen zuerst über unsere zukünftigen Gefühle und wie wir damit umgehen könnten. Es ging zum Beispiel um die Themen: Kontrolle, Misstrauen, Vertrauen, Rückfall, Wut und vieles mehr. Leider öffneten sich viele der

Angehörigen nicht so, wie ich es mir erhoffte. Manche der Betroffenen beteiligten sich an der Gesprächsrunde, doch die wenigsten Partner trugen etwas dazu bei. Ich öffnete mich komplett und erzählte über mein Erlebtes und meine Gefühle. Mir fiel es sogar leicht, darüber zu sprechen. Vielleicht weil mir der Psychologe von Anfang an sympathisch war, oder weil ich mir vorgenommen hatte, nichts mehr zu verbergen. Ich weiß es nicht. Aber mich befreite es, offen damit umzugehen. Mittags sahen wir uns einen Film über einen Alkoholabhängigen und dessen Familie an. Dieser heißt „Scherben des Lebens." Hierbei kochten sehr viele Emotionen in mir hoch. Die Handlung machte mich einerseits nachdenklich, aber andererseits auch traurig, wütend und innerlich unruhig. Eine Stelle berührte mich besonders und dabei kamen mir die Tränen. Als der Vater ausziehen musste, und sich daraufhin endlich helfen ließ, bekamen auch die Kinder und die Mutter Hilfe. Für die Kinder gab es Gruppen, in denen sie mit Gleichaltrigen reden konnten. Genau das hatte ich mir so sehr für meine Kinder gewünscht. Als der Film beendet war, trafen wir uns noch einmal mit dem Psychologen im Seminarraum, um darüber zu sprechen. Da ich von dem Psychologen so beeindruckt war, wäre ich am liebsten noch etwas geblieben, um mich mit ihm über das ein oder andere zu unterhalten. Doch meinen Mann zog es nun fort und nachdem der erste Tag um war, übernachteten wir in einem nahe gelegenen Ort in einem Fremdenzimmer. Obwohl wir nach diesem gesprächsreichen Tag zur Ruhe kommen und an andere Dinge denken sollten, sprach ich mit meinem Mann noch circa eine Stunde über unsere Probleme und meine Gefühle zu ihm. Danach sahen wir noch etwas fern und bald darauf schliefen wir nebeneinander ein. Meine zuvor geschilderten Befürchtungen waren plötzlich wie weggeblasen. Nur die da-

malige Liebe zu ihm fehlte noch in mir. Auf freundschaft-
licher Basis gab es für mich keinerlei Probleme und so verbrachten wir eine ruhige und angenehme Nacht. Am nächsten Morgen nahmen wir noch ein absolut leckeres Frühstück zu uns. Doch gleich darauf fuhren wir aufgrund des
weiteren Programmverlaufs zurück in die Klinik.

Der zweite Tag begann mit der Gruppentherapie in der
Gruppe meines Mannes. Während des Aufenthaltes hatten
die Suchtkranken immer wieder solche Gespräche mit ihrer Therapeutin. Sie saßen in einer Runde und erzählten
ihre Geschichten, wie es ihnen ging und so weiter. Die
Paarseminare finden einmal im Monat statt, und in dieser
Zeit sitzen immer die teilnehmenden Partner der Betroffenen mit in solch einer Gruppenbesprechung. So war es nun
auch bei uns, und auch hier sprach ich so offen über alles
wie schon am Tag zuvor. Danach hatten mein Mann und
ich ein Einzelgespräch mit seiner Therapeutin. Hierbei entschuldigte sie sich nochmals, weil sie mir dieses Buch gab,
das meine Verfassung verschlechterte. Wir unterhielten
uns circa eine Stunde mit ihr und dann lieh sie mir ein anderes Buch aus. Ich war zwar skeptisch, aber ich nahm es
mit. Da es mir zurzeit recht gut ging, dachte ich nur: „Ich
kann mir dieses Buch ja mal anschauen und wenn es nichts
für mich ist, dann gebe ich es wieder zurück, als hätte ich
es nie bekommen." Nach dem Gespräch hatten wir etwas
Zeit für uns. Diese nutzten wir zum Haare schneiden. Denn
mein Mann und ein weiterer Betroffener wollten unbedingt
eine Veränderung diesbezüglich. Bald darauf mussten wir
in den Seminarraum. Dort berichtete uns ein ehemaliger
Alkoholabhängiger über seinen Suchtverlauf, und wie
seine Frau auf Verschiedenes reagierte. Dabei erkannte ich
aus seiner Erzählung einige Parallelen zwischen seiner

Partnerin und mir. Leider konnte sie an diesem Tag aus gesundheitlichen Gründen nicht dabei sein. Mir persönlich fehlte dadurch etwas, denn mich hätten ihre Erlebnisse, und wie sie mit allem umgegangen war, ebenfalls interessiert. Danach fand noch eine Gesprächsrunde statt, in der wir dem Ehemaligen Fragen stellen konnten. Mittlerweile wurden einige der Anwesenden lockerer als am Tag zuvor. Irgendwann legten wir eine Pause ein und als die Meisten nicht mehr im Raum waren, sprach mich plötzlich das Ehepaar neben mir an. Sie erzählten mir, wie unproblematisch bei ihnen alles verlief. Da sie sich an die Kirche wandten, bekamen gleich beide die nötige Hilfe, die sie brauchten. Das fand ich sehr gut, dass die Zwei so gute Erfahrungen gesammelt hatten. Ich fragte mich allerdings, weshalb sich das Ehepaar nur mir und nicht der ganzen Gruppe mitteilte? War es vielleicht, weil ich so offen mit allem umging? Schon morgens hatte ich das Gefühl mit meiner Offenheit etwas zu bewirken.

Aus diesem Seminar nahm ich jedenfalls viel Gutes mit, aber auch manches, das ich nicht so optimal fand.

Zum Beispiel sagte jemand zu mir, dass man seinen Weg selbst finden muss. Für mich war dies damals aber sehr schwer, da ich nervlich am Ende war, hätte mir ein leichter Stoß auf den richtigen Weg gut getan. Wenn mir nur jemand die Richtung gezeigt hätte, wäre ich vielleicht schneller auf den richtigen Weg gekommen. Damit meine ich zum Beispiel: Hätte mir jemand aus dem Krankenhaus bereits zu Beginn eine Stelle genannt, an die ich mich wenden kann, wäre mir damit schon geholfen gewesen. Beschreiten müssen hätte ich ihn sowieso selbst.

Des Weiteren meinte jemand zu mir, ich hätte mich doch einweisen lassen sollen. Ich glaube, solche Leute haben keine Kinder oder Haustiere. Denn als ich das hörte, dachte ich nur: „Dann hätten sich unsere Kinder von mir auch noch verlassen gefühlt." Ich glaube, nur weil ich zu ihnen hielt und offen mit unseren Kindern umging, führten sie ihr Leben normal weiter. Auch wenn sie viele depressive Phasen von mir mitbekamen, so wussten sie, ich stand zu ihnen und ich wusste, sie standen zu mir. Ich bin der festen Meinung, hätte ich unsere Kinder allein gelassen, wäre ihre „heile" Welt zerstört gewesen. Außerdem hätten wir für unseren kleinen Privatzoo erst einmal jemand finden müssen, der sich um alles kümmert.

Der nächste Schritt

Es baute mich ein Stück weit auf, dass das Seminar so gut verlaufen war. Nun widmete ich mich während eines Arztbesuchs dem Buch, das ich von der Therapeutin meines Mannes diesmal ausgeliehen bekommen hatte. Der Titel der Autorin Luise Reddemann, lautet: „Eine Reise von 1000 Meilen fängt mit dem ersten Schritt an". Und bereits nach den ersten Seiten, zog es mich förmlich in seinen Bann. So las ich an nur einem Tag hundert Seiten. Vieles machte mich sehr nachdenklich und manches bereitete mir zu diesem Zeitpunkt noch Kopfzerbrechen. Deshalb beschloss ich, mir dieses Buch zu kaufen, da ich so immer wieder mal darin lesen konnte, um Anregungen für meine Lebensgestaltung zu finden. Außerdem fand ich, dass mein Mann dieses Buch unbedingt mal selbst lesen sollte, um sich über vieles in seinem Leben klar zu werden.

Zudem bereitete ich mich schon auf die kommenden Tage vor. Denn als acht Wochen in der Rehaklinik um waren, bekam mein Mann für drei Tage Freigang. Nachdem unsere Kinder in der Schule und die Hunde versorgt waren, fuhr ich los um ihn abzuholen. Auf der Fahrt dorthin machten sich wieder einmal Unruhe und Angst in mir breit. Ich fragte mich: „Wie werden die Tage und Nächte wohl verlaufen?"

Nach meiner Ankunft in der Klinik machten wir uns sogleich auf den Rückweg, da die Fahrt über eine Stunde dauerte.

Schon während der Heimfahrt sprach ich mit meinem Mann über meine Gefühle und daraufhin verbesserte sich meine Verfassung wieder. Als wir zu Hause ankamen, war es an der Zeit Mittagessen zu kochen, welches mein Mann ohne zu zögern zubereitete. Denn eines seiner wenigen Hobbys ist das Kochen. Außerdem verhielt er sich unseren Kindern gegenüber sehr liebevoll und in jeder Hinsicht ruhig. Am Nachmittag sprach er noch kurz mit unserer Tochter über die bevorstehenden Nächte. Mein Mann sagte ihr, dass sie keine Angst haben bräuchte, und dass er in der Nacht nicht aufstände, selbst wenn er wach werden sollte. Abends gingen wir noch gemeinsam mit unseren Hunden spazieren und dann sahen wir fern. Während mein Mann noch etwas aufblieb, ging ich schon früh zu Bett. Erst in der Nacht wachten unsere Tochter und ich auf, weil mein Mann einen Hustenanfall hatte. Aber das Wichtigste war, er hielt sich an sein Versprechen und blieb im Bett.

Am nächsten Morgen musste ich zu meinem Minijob. Bevor ich ging, weckte ich meinen Mann auf, um mich zu verabschieden. Am vorhergehenden Tag äußerte ich ihm schon meine Befürchtungen, ihn wieder so vorzufinden, wie so oft in der Suchtphase. Doch als ich nach Hause kam, war alles in Ordnung. Er kümmerte sich um unser Mittagessen und erledigte noch eine Kleinigkeit am Computer. Da er Kopfschmerzen hatte, nahm er eine Tablette, was früher auch nicht normal war. Er neigte vorher auch bei Medikamenten dazu, zu viel zu nehmen. Mein Mann wollte mir mit all den Aktionen zeigen, dass er wirklich hart an sich arbeitete, um sich zu ändern. Die zweite Nacht verlief sogar ruhiger als die erste. Am letzten Tag fuhren wir noch zu einer Geburtstagsfeier und abends brachten wir meinen Mann zurück in die Klinik.

Eine Woche darauf besuchten mein Vater und ich meinen Mann alleine, weil unsere Kinder das Wochenende anderweitig verbrachten. Mein Vater lud uns wegen seines

Geburtstages zum Mittagessen und Kaffeetrinken ein. Dabei gab es zwischen mir und meinem Mann eine kleine Diskussion. Wegen meines Vaters ging ich aber nicht näher auf meine Gefühle ein, welche die Diskussion betrafen. Deshalb rief ich meinen Mann am Abend noch einmal an, um mit ihm darüber zu sprechen. Denn wenn mir etwas nicht bekam, hatte ich mir vorgenommen, egal was es war, alles gleich zu klären. Nur so brachte ich meine Gefühle in den Griff und so staute sich auch keine Wut mehr in mir an. An manchen Tagen hatte ich das Gefühl, mein Mann könnte wieder in frühere Verhaltensweisen zurückfallen. Und da meine Nerven sich nur geringfügig erholt hatten, warfen mich manchmal schon Kleinigkeiten aus der Bahn. Indem ich aber versuchte, alles gleich abzuklären, geriet ich nicht zu weit von der Bahn ab, sondern schaffte sozusagen die Kurve und dies schützte mich davor, in einen tiefen Abgrund zu stürzen. Natürlich beobachtete ich immer wieder die weiteren Entwicklungen zwischen ihm und den Kindern. Doch das Meiste verlief super und ich wünschte mir oft, dass es so bliebe. Ich hatte nun einen neuen Mann und er eine neue Frau. Denn die Veränderungen waren an uns beiden zu spüren. Inwiefern sich diese auf unsere Beziehung auswirken würden, konnte uns zu diesem Zeitpunkt keiner sagen. Ich wusste nur eins, ich wollte nie wieder in so einen tiefen Abgrund fallen, wie in dem Jahr, als ich mitbekommen hatte, was die Drogen mit meinem Mann anrichteten. Es gab für mich auch andere Ängste und Fragen in dieser schwierigen Phase. Diese waren zum Beispiel: „Wer fängt mich auf, wenn jetzt noch einem meiner Kinder etwas passiert? Wie könnte ich momentan damit weiterleben und wie würde ich so etwas überstehen?"

Man darf über solche Dinge eigentlich gar nicht nachdenken, aber leider kamen auch solche Ängste in mir hoch.

Vor allem, weil im Ort das Gerücht umging, dass in unserer Gegend Kindesentführer unterwegs seien. In solchen Momenten fühlte ich mich total hilflos und innerlich unruhig.

Was mir auch wieder sehr zu schaffen machte, war die Woche vor seiner Entlassung aus der Rehaklinik. Gerade in dieser Zeit hatte ich mit einer Menge Fragen zu kämpfen. Diese waren unter anderem: „Wie wird sich unser Alltag von nun an gestalten? Bin ich all dem, was auf mich zukommt, gewachsen? Wie wird das Zusammenleben für unsere Kinder werden?" Vor allem fragte ich mich aber: „Wie werde ich mit schwierigen Situationen umgehen und wie reagiere ich dann?" Schließlich lagen meine Nerven immer noch so blank, dass ich mich sogar von meinen Kindern überfordert fühlte und am liebsten wieder aus meinem jetzigen Leben ausgebrochen wäre. Gerade aber auch stressige Tage belasteten mich noch zusätzlich. Deshalb verbrachte ich solche auch mal wieder mit sehr gedrückter Stimmung. Bisher konnte ich schließlich immer noch nicht abschalten und mal zur Ruhe kommen. Trotz guter Verfassung spürte ich an manchen Tagen einfach eine gewisse Anspannung und körperliches Unwohlsein in mir. Deshalb wünschte ich mir endlich, einfach nur mal Zeit für mich zu haben, und nicht tagtäglich nur für andere zu funktionieren.

Obwohl ich mich zurzeit nicht gerade in einem seelischen Hoch befand, ging ich mit unserem Sohn zur Faschingsfeier in unserem Ort. Dort kannte ich die Meisten und darunter befand sich ein Paar, das sich erst vor Kurzem getrennt hatte. Die beiden haben zwei Kinder und nun saßen sie an getrennten Tischen. Da ich ebenfalls ein Scheidungskind war, kochten in mir fast die Gefühle hoch, als ich das sah. Zusätzlich kam ich durch meine Situation sowieso eher mal ins Grübeln. Und als ich gerade Zeit zum Nachdenken hatte, kam mir der Gedanke: „Alle wissen, dass die beiden sich getrennt haben, aber keiner weiß, was bei uns momentan los ist." Nachdem ich von dieser Trennung erfahren hatte, war ich total schockiert und deshalb dachte ich darüber nach: „Wie würden die Leute wohl auf meine Geschichte reagieren? Und was wäre, wenn ich mit meinem Mann doch nicht mehr zusammenfände?" Daraufhin verspürte ich ein schreckliches Ziehen auf meinen Bronchien und das Atmen fiel mir schwer. Dieses Gefühl hielt bis zum späten Abend an und ließ sich nur mit Ablenkung eindämmen. Am liebsten wäre ich in Tränen ausgebrochen, da es so wehtat. Doch irgendwie fiel es mir schwer, weil ein Teil in mir sagte „Beruhige dich" und ein anderer war fast am Explodieren. Ich litt unter meinen Gefühlen und meiner Niedergeschlagenheit. Aber am meisten litt ich, weil ich mich für nichts entscheiden konnte, dass mir aus meinem Leid half. Schließlich hatte ich mir vorgenommen, meinem Mann eine weitere Chance zu geben. Auch andere rieten mir dazu. Doch niemand wusste oder konnte nachvollziehen, wie ich mich in den Tagen vor seiner Rückkehr fühlte. Mittlerweile fragte ich mich, ob es irgendjemand gab, der so tief verletzt wurde, wie ich. In mir fand ein regelrechter und ausweisloser Kampf statt und das machte mich depressiv. Trotzdem besuchten wir meinen Mann noch einmal, am letzten Wochenende vor seiner Entlassung. Eigentlich wollten unsere Kinder auch nicht so unbedingt zu ihrem Vater fahren, aber da ich allen Anwesenden selbstgebackenen Kuchen versprach, fuhren wir gegen Mittag los. Nachdem wir ankamen, holten wir meinen Mann von der Station ab, um erst einmal eine Runde Billard zu spielen. Dabei fragte er mich nach meinem Befinden. Daraufhin hatten wir eine Auseinandersetzung und ich versuchte, ihm eindeutig klarzumachen, wie ich mich fühlte. Schließlich gingen meine Gefühle mit mir durch. Ich ließ die Kinder bei ihrem Vater und lief weg. Doch nach ein paar Metern drehte ich wieder um und sprach noch einmal mit meinem Mann. Daraufhin konnte ich ihm klarmachen, dass es mir schwer fiel, mich zu entscheiden, wozu er mich hin und wieder drängte. Immerhin hatte ich in den vergangenen fünf Monaten immer noch keine Auszeit, um mir über manches klar zu werden. Dadurch blieb die Klarheit über meine Gefühle auf der Strecke, und daraus entwickelten sich diese depressiven Phasen. Und gerade zu diesen Zeitpunkten war ich total gefühlstot und vermindert schmerzempfindlich.

Als ich mir zum Beispiel einmal einen Finger verbrannte, spürte ich kaum etwas. Darüber war ich sehr verwundert und fand es erschreckend wie mein Körper reagierte, obwohl ich noch bei klarem Verstand war. Ich machte so einige Erfahrungen, die ich keinem wünsche. Denn bis zum letzten Tag ließen mich die bedrückenden Gefühle nicht mehr los und ich hatte Mühe meinen Alltag normal zu verbringen.

Die Rückkehr

Wie zuvor erwähnt, war ich in den vergangenen Tagen besonders aufgewühlt und musste mich immer wieder zwingen, anstehende Dinge zu erledigen. Doch irgendwie rang ich mich durch und bewältigte alles. Und dann war der Tag der Entlassung da. Mittlerweile waren insgesamt zwölf Wochen vergangen, die mein Mann in der Rehaklinik verbrachte. Nachdem unsere Kinder in der Schule und unsere Haustiere versorgt waren, fuhr ich zur Klinik, um meinen Mann abzuholen. Auf dem Weg dorthin wurde ich, je näher ich kam, immer panischer. Irgendwann bekam ich wieder dieses Ziehen auf den Bronchien und kurz darauf brach ich in Tränen aus. Mir gingen so viele Gedanken durch den Kopf. Aber hauptsächlich beschäftigte mich, dass mein Mann eine Entscheidung von mir wollte. Er drängte immer wieder mal darauf, weil er Angst hatte, mich zu verlieren. Doch da alles so sehr schmerzte, kam ich zu keinem Entschluss. Als ich mit verheulten Augen in der Klinik ankam, suchte ich zunächst meinen Mann und dann führten wir ein abschließendes Gespräch mit seiner Therapeutin. Verzweifelt und völlig aufgelöst konnte ich erst einmal nichts sagen. Doch bald darauf äußerte ich mich unter Tränen, wie folgt: „Niemand versteht mich und es will mich auch keiner verstehen. Ich kann und will mich momentan für nichts entscheiden. Am liebsten würde ich alles stehen und liegen lassen und einfach in ein Kloster gehen oder sonst irgendwohin abhauen, um wieder zu mir zu finden." Die Therapeutin meines Mannes brachte mir sehr viel Verständnis entgegen und dann machte sie uns den Vorschlag, eine Zeitlang in einem Haushalt, aber wie ein getrenntes Ehepaar, miteinander zu leben. Nun sollten erst einmal unsere Kinder an erster Stelle stehen und dann kamen wir. So könnten wir darauf aufbauen, ein gemeinsames Leben zu führen und einen Neuanfang zu starten. Dadurch nahm sie mir eine große Last von den Schultern und da mein Mann mir versprach, mich nicht mehr zu bedrängen, verlor ich einiges an Druck. Daraufhin beruhigte ich mich langsam. Das Gespräch dauerte fast eine Stunde, dann verabschiedeten wir uns und fuhren nach Hause. Auch auf dem Heimweg unterhielt ich mich mit meinem Mann noch über einige Empfindungen, und versuchte ihm meine Gefühle zu verdeutlichen. Unterwegs kauften wir noch eine Kleinigkeit ein, und als wir zu Hause angekommen waren, bereiteten wir gleich nach der Begrüßung unseres Sohnes das Mittagessen zu. Als unsere Tochter ebenfalls von der Schule kam, aßen wir gemeinsam und verbrachten den Rest des Tages problemlos miteinander. Allerdings spürte ich weiterhin die Angst und Anspannung in mir.

Am nächsten Morgen fühlte ich mich immer noch nicht besser. Nachdem unsere Kinder aus dem Haus waren, weckte ich meinen Mann. Erst nach dem fünften Mal stand er endlich auf. Das brachte mich in Rage und verbesserte meine Gefühle keineswegs. Aber da er erst einmal zu Hause ankommen musste, versuchte ich ruhig zu bleiben. Doch als mein Mann nach dem Frühstück das Haus verließ, um zum Arzt zu gehen, hörte ich ihn bangend sagen: „Oh, mein Mittagsschlaf." Dieser Satz brachte mich zum Explodieren und deshalb konnte ich einfach nicht mehr abschalten, während ich das Haus putzte und er beim Arzt saß. Immer wieder brach ich in Tränen aus und spürte, dass mich alles überforderte. Und als mein Mann nach Hause kam, hatten wir sogleich unsere erste Auseinandersetzung, da ich ihm meine Gedanken und Gefühle sofort mitteilte. Daraufhin entgegnete er mir: „Muss ich jetzt ständig aufpassen, was ich sage?" Ich antwortete: „Ja!" Darauf sagte er: „Okay, da wir momentan eh wie getrennt leben, kann ich ja in mein Zimmer gehen." Danach verschwand mein Mann im Schlafzimmer und ließ mich einfach so zurück. Erst zum Mittagessen kam er wieder runter und so verlief dieser Tag, von meiner Seite aus, eher mit gemischten Gefühlen. Auch in den darauffolgenden Tagen veränderte sich für mich nicht viel. Mein Mann kochte zwar häufig das Mittagessen und half mir abends beim Geschirr, dennoch stand ich oftmals unter Strom, da mir einfach alles total schwer fiel. Trotzdem versuchte ich meine Beklommenheit nicht zu zeigen und ruhig zu bleiben, auch wenn ich mich in manchen Situationen unwohl fühlte. Oftmals spürte ich Ängste in mir aufkommen und deshalb beobachtete ich meinen Mann hin und wieder oder erschrak bei verschiedenen Bewegungen. Vor allem aber machten mir Dinge, die mich an früher erinnerten, besonders zu schaffen. Dazu zählten unter anderem sein täglicher Mittagsschlaf und verschiedene Aussagen. Doch im Großen und Ganzen ließ ich ihn einfach walten.

In diesen ersten Tagen gab mir mein Mann das Versprechen, mehr zu tun und schon bald löste er dieses ein. Er erledigte seine Telefonate und half vermehrt im Haushalt. Von jetzt an übernahm er zusätzlich zum Kochen noch Arbeiten wie Aufräumen und Putzen. Dafür war ich ihm sehr dankbar, denn nun bemühte er sich wirklich. Endlich bekam ich etwas Entlastung und das machte für mich vieles einfacher. Außerdem verbesserte sich unser Familienleben enorm im Vergleich zu früher. Denn nun verbrachte mein Mann viel mehr Zeit mit unseren Kindern und blieb dabei auch gelassener und ruhiger als in der Vergangenheit. Aber auch ich hatte dadurch mal mehr Zeit und Ruhe für mich.

Verlorene Zeit

Über die Rehaklinik meines Mannes erfuhr ich, dass es Selbsthilfegruppen gibt, in denen sich Betroffene, aber auch Angehörige zum Austauschen treffen. So kam es, dass ich vor einiger Zeit ein Gespräch mit einem Sozialpädagogen einer dafür zuständigen Fachstelle führte, weil ich auf der Suche nach einer für mich passenden Angehörigengruppe war. Nachdem wir uns eineinhalb Stunden unterhalten hatten, bekam ich einen Termin für ein solches Treffen. Als es dann so weit war, fuhr ich guten Mutes hin, um mich endlich mit anderen austauschen zu können. In dieser Angehörigengruppe befanden sich Frauen, deren Männer alkoholabhängig waren. Als ich ankam, gab es für mich keine Möglichkeit mich vorzustellen, da sich die Gruppenleiterin mit den bereits Anwesenden eine halbe Stunde über Dinge, die für mich belanglos waren, unterhielt. Deshalb wurde ich innerlich immer unruhiger und fühlte mich ausgeschlossen. Die Frauen kannten sich schließlich alle schon länger. Nur eine von diesen Angehörigen vermittelte mir, mich näher kennenlernen zu wollen, indem sie mich zwischendurch anlächelte. Alle anderen beachteten mich gar nicht. Als es endlich richtig losging, erhoffte ich mir, mich vorstellen und meine Geschichte erzählen zu können. Doch dazu kam es nicht. Denn als erstes stellte die Leiterin eine Frage an eine der Frauen, die schon länger in dieser Gruppe war. Ich hingegen war die einzige Neue und da mir der Ablauf unbekannt war, hörte ich erst einmal zu. Nun berichtete diese Angehörige von ihrer derzeitigen Lage und so entstand ein Zwiegespräch zwischen ihr und der Leiterin. Zwischendurch beteiligten sich zwei der anderen

Frauen ein wenig an dieser Unterhaltung und nach etwa zwanzig Minuten wurde eine weitere Angehörige ausgesucht. Diese erzählte ebenfalls von ihrer derzeitigen Situation. Nachdem ich weitere fünfzehn Minuten zugehört hatte, unterbrach ich die Gesprächsrunde freundlich, da es in mir immer mehr brodelte. Außerdem wollte ich etwas von meinem Erlebten zu den bisherigen Gesprächen beitragen. Nachdem ich mich kurz dazu geäußert hatte, stellte die Leiterin nun auch mir ein paar Fragen. Und so öffnete ich mich und berichtete von meinen Erlebnissen, obwohl ich von den anwesenden Frauen bisher nicht viel wusste. Doch bald darauf bemerkte ich, dass mich niemand so recht verstand. Und nachdem ich mein Buch erwähnte, eskalierte das Gespräch total. Die Leiterin war der Auffassung, ich könnte Gefahr laufen, das Ganze zu mechanisch abzuhandeln, anstatt das Geschehene zu verarbeiten. Außerdem verstanden einige nicht, dass unsere Kinder in den davor liegenden Jahren nichts von den Drogenkonsumen meines Mannes mitbekommen hatten. Leider ließen mich die Frauen auch nicht ausreden und die Ereignisse erklären. Bald darauf musste ich das Gespräch abbrechen, da ich terminlich unter Zeitdruck stand. Danach war ich so frustriert, dass ich im Auto vor Wut kochte. Doch leider konnte ich diese während der Fahrt nicht durch Weinen abbauen. Deshalb ließ ich meinen Tränen erst am späten Abend, nachdem ich zu Hause war, freien Lauf. Danach redete ich mit meinem Mann und den Kindern über die zweistündige Angehörigengruppe. Daraufhin erhielt ich die Bestätigung von unserer Tochter, dass sie bis zu dem Tag, an dem wir vom GBL erfuhren, nichts von irgendwelchen Drogenmissbräuchen wusste oder ahnte.

Nach dieser Erfahrung ging es mir zwar wieder schlechter, depressiv wurde ich dadurch jedoch nicht. Ich hakte den Tag als Zeitverschwendung und schlecht gelaufen ab. Doch eine gute Nachricht bekam ich an diesem Abend wenigstens noch. Endlich erhielt ich von meiner Rentenversicherung die Bewilligung für eine psychosomatische Reha, die ich drei Monate zuvor beantragt hatte. Einerseits freute ich mich darüber. Aber andererseits machte mich dieser Brief auch nachdenklich, da ich diese Neuigkeit erst einmal verarbeiten musste.

Denn selbst nach all den Monaten fühlte ich mich gerade vor neuen Situationen immer noch unwohl. Dennoch ließ ich mich nicht entmutigen und probierte alles aus, was mir zur Verfügung stand. Dazu zählte auch die zuvor beschriebene Angehörigengruppe, von der ich mir den Austausch mit Gleichgesinnten erhoffte. Auch wenn dies ein weiterer Reinfall war, versuchte ich weiter meinen Weg zu gehen, den ich mir in den Kopf gesetzt hatte.

Veränderungen

Vieles der vergangenen Ereignisse brachte mich in den darauffolgenden Tagen ins Grübeln. Deshalb sprach ich mit zwei meiner Freundinnen, denen ich alles anvertraut hatte, über das, was mir auf dem Herzen lag. Beide waren im Gegensatz zur Angehörigengruppe der Meinung, dass ich weiter an meinem Buch schreiben sollte, wenn mir dies half. Und deshalb schrieb ich weiter an meinen Erlebnissen. Allerdings dachte ich viel darüber nach, ob ich überhaupt noch in eine andere Selbsthilfegruppe gehen sollte. Außerdem dachte ich über meine bevorstehende Reha nach. Ich machte mir Sorgen wegen meines Minijobs und überlegte, wie ich dies meiner Arbeitgeberin beibringen sollte. Meine Freundinnen meinten, dass sie dafür bestimmt Verständnis hätte. Trotzdem war ich aufgeregt, dieses Gespräch zu führen, weil ich sie nicht im Stich lassen wollte. Andererseits wusste ich aber auch, dass ich diese Maßnahme unbedingt brauchte. Denn die ganzen Belastungen machten mir sehr zu schaffen und mit der Reha erhoffte ich mir Entlastung und den weiteren Aufbau meiner Stärke. Deshalb nahm ich mir vor, bei meiner nächsten Sitzung noch mit meiner Therapeutin zu reden und erst dann mit meiner Arbeitgeberin zu sprechen.

Und dann war es soweit. Zwei Tage nachdem ich mit meiner Therapeutin über alles gesprochen hatte, ging ich zu meiner Arbeitgeberin. Obwohl ich in den vergangenen Tagen sehr viel darüber nachdachte, wie sie wohl reagierte, blieb ich an diesem Abend gelassen. Nun teilte ich ihr einfach mit, dass ich in näherer Zukunft eine fünfwöchige Reha antreten würde. Sie nahm es zum Glück sehr gut auf, wenn auch mit ein wenig Bedauern. Durch dieses Gespräch fühlte ich mich jedoch sehr erleichtert. Von nun an ging es mir nochmals ein Stück besser. Außerdem normalisierte sich unser Familienleben immer mehr, nachdem mein Mann nun drei Wochen zu Hause war. Nur manchmal war ich noch leicht niedergeschlagen und hin und wieder beobachtete ich ihn auf seine körperliche Gestik. Doch bisher entwickelte sich alles zum Besten. Mein Mann half bei täglichen Arbeiten und bemühte sich besonders in schwierigen Situationen ruhig zu bleiben. Vor allem wenn unser Sohn mal wieder Unsinn im Kopf hatte. Früher war mein Mann schnell gereizt und regte sich schon bei Kleinigkeiten auf. Entgegen der Vergangenheit unternahm er sogar etwas mit unserem Sohn alleine. Somit lernten sich beide noch besser kennen und entwickelten dadurch mehr Interessengemeinschaft. Mein Mann fand in der Reha zum Beispiel das Bogenschießen als Ausgleich und wollte diesem nun auch weiterhin nachkommen. Eigentlich wollte er das Hobby mit unserem Sohn teilen. Dies stellte sich im Verein aber als schwierig heraus und deshalb kamen die beiden dem Ganzen in unserem Garten nach.

Des Weiteren nahm mein Mann nun an einer Cleangruppe der oben genannten Fachstelle teil. Außerdem musste er zur Nachsorge in Einzeltherapien, welche in seinem Fall von einem Dipl. Sozialpädagogen dieser Fachstelle übernommen wurden. All dies sollte dazu beitragen, auf den richtigen Weg zu finden und darauf zu bleiben. Es gab aber auch ein Angebot für eine Kindergruppe, an der unser Sohn allerdings nur für kurze Zeit teilnehmen konnte, weil diese leider nur bis zum zehnten Lebensjahr nutzbar war. Zusätzlich hatten wir noch einen gemeinsamen Termin bei einer weiteren Fachstelle in einer anderen Stadt. Denn ich hatte die Suche nach einer anderen Gruppe zum Austauschen, doch nicht ganz aufgegeben. Dort führten wir ein tolles Gespräch mit einer netten Mitarbeiterin und daraufhin entschlossen wir uns, gemeinsam zum nächsten Gruppentreffen zu gehen. Als es soweit war, fuhren mein Mann und ich zum Treffen. Da sich bei unserer Ankunft aber keiner im Gebäude befand, warteten wir eine halbe Stunde ab und als immer noch keiner kam, fuhren wir wieder nach Hause. Deshalb nahm ich mir vor, es in der darauffolgenden Woche erneut zu versuchen.

Seit einiger Zeit lief es nun ganz gut zwischen meinem Mann und mir. Jedoch veränderte sich weiterhin nichts an meinen Gefühlen zu ihm. Freundschaftlich funktionierte das Zusammenleben prima und nur manchmal gab es kleine Auseinandersetzungen. Mittlerweile arbeitete mein Mann seit einer Woche wieder. Er begann in einer neuen Abteilung mit einer Wiedereingliederung von vier Stunden Arbeitszeit. So bekam er die Möglichkeit, ganz ohne Stress neu anzufangen. Der Wechsel war aber auch nötig, um von Kollegen wegzukommen, die ihn hätten wieder beeinflussen können. Denn als Suchtkranker sollte er sein altes Umfeld meiden. Außerdem verbesserten sich seine Blutdruckprobleme soweit, dass er irgendwann ohne Medikamente klarkam. Was nun darauf schließen lässt, dass auch diese durch das GBL hervorgerufen wurden.

Obwohl sich vieles zum Positiven entwickelte, gab es zwischendurch auch mal wieder Situationen, die mich belasteten. Ein Ereignis davon war zum Beispiel, dass mein Mann etwas im Internet bestellte und ich mich um alles Weitere wie Bezahlung et cetera kümmern musste. Dabei lief leider nicht alles so problemlos wie sonst ab. Weshalb ich mich aufregte und sich dadurch meine seelische Verfassung mal wieder verschlechterte. Nachdem sich aber alles geklärt hatte, ging es mir bald besser. Einen Tag darauf bekam unser Sohn einen seiner Wutanfälle, da seine Schwester nicht mit ihm spielen wollte. Dadurch wurde er so stur, dass er nicht mehr auf mich hören wollte. Deshalb regte ich mich irgendwann so sehr auf, dass ich wieder die Atemnot und dieses Ziehen auf den Bronchien bekam. Da ich dieses Gefühl nicht mehr loswurde, legte ich mich an diesem Abend früh schlafen. Denn dies war die einzige Möglichkeit, die mir half, meinen Stress abzubauen und die Schmerzen loszuwerden. Trotz allem schlief ich mühelos ein und am nächsten Morgen war alles wieder in Ordnung. Mein Mann und unser Sohn entschuldigten sich nach diesen Vorfällen bei mir. Doch manches machte mich nachdenklich. Denn mein Leben war mit der derzeitigen Psyche leider nicht mehr so unbeschwert wie früher. Allerdings versuchte ich das Beste daraus zu machen. Vieles überwand ich vor allem mit Ablenkung und so gewann ich langsam wieder etwas von meiner Lebenslust zurück. Deshalb würde ich die Phase, in der ich mich zu diesem Zeitpunkt befand, nicht mehr als gefühllos, sondern eher als gefühlstaub beschreiben. Nachdem ich meiner Therapeutin von den Aufregungen in den vergangenen Tagen berichtet hatte, empfahl sie mir in solchen Situationen, zur Beruhigung eine Atemtechnik anzuwenden. Sie gab mir den Rat, in den Bauch zu atmen, und um die Atmung zu spüren, die Hände darauf zu legen. Ich versprach ihr, dies bei der nächsten Aufregung auszuprobieren.

Das mir mein Mann weiterhin im Haushalt und Garten half, rechnete ich ihm hoch an. Außerdem freute ich mich über die Entwicklung zwischen ihm und unserem Sohn. Schritt für Schritt entwickelte sich unser Leben neu. Doch manchmal taten wir uns beide schwer, nicht mehr in alte Gewohnheiten zurückzufallen. Dies wollte ich jedenfalls vermeiden, da ich weiterhin versuchte, meine Ziele umzusetzen und nicht wie früher aus den Augen verlieren wollte. Aber auch mein Mann arbeitete weiter sehr hart an sich. Des Weiteren gestalteten wir unsere Freizeit ebenfalls neu. Unter der Woche und an den Samstagen arbeiteten wir gemeinsam im Haus oder Garten und an den Sonntagen unternahmen wir etwas mit unseren Kindern.

Der nächste Versuch

Trotz meines Gesprächs mit meiner Therapeutin war ich an diesem Tag in mich gekehrt und ein wenig deprimiert. Woran das lag, wusste ich nicht genau. Vielleicht lag es daran, dass ich mir für Abends vornahm, den nächsten Versuch in der neuen Selbsthilfegruppe zu starten. Jedenfalls nachdem ich an unserem Computer einen Artikel für eine Bandsuche verfasste, ging es mir besser. Nun fühlte ich mich auch wieder bereit, zum Gruppentreffen zu gehen. Deshalb fuhr ich abends, diesmal alleine, ohne Vorurteile und absolut entspannt dort hin. Als ich eintraf, wurde ich gleich herzlich empfangen und fühlte mich sofort aufgenommen. Zu Beginn stellten sich alle Anwesenden kurz vor und dann durfte auch ich mich vorstellen. Damit jeder wusste, worum es sich in meinem Fall handelte, erzählte ich von einigen Vorfällen. Danach stellten mir manche ein paar Fragen und dann tauschten wir uns gegenseitig aus. Hier fühlte ich mich sogleich verstanden, obwohl die Gruppe aus ehemaligen Abhängigen und deren Angehörigen bestand. Denn bis auf eine, die als Betroffene in die Gruppe kam, zeigten alle anderen Verständnis und Einfühlungsvermögen. Aufgrund ihres Zuspätkommens bekam sie von dem, was ich den anderen zuvor erzählt hatte, nichts mit. Trotzdem äußerte sie sich zu den Ereignissen, die ich während ihrer Anwesenheit preisgab, sehr vorwurfsvoll und dadurch fühlte ich mich wieder ein wenig angegriffen. Sie konnte nicht nachvollziehen, weshalb ich meinen Mann damals im Bad einsperrte. Deshalb versuchte ich ihr zu erklären, dass ich keinen anderen Ausweg fand und wie sehr ich am Boden zerstört war. Dadurch war mir alles, was hätte passieren können egal. Vor allem handelte ich aus Verzweiflung, und um etwas bei meinem Mann zu erreichen. Mitunter war mein Handeln falsch, aber vielleicht ging er gerade deshalb damals zum Entzug, um sich helfen zu lassen. Keiner kann sagen, wie er in solch einer Situation reagiert hätte. Doch zum Ende hin hatte ich das Gefühl, ich konnte ihr einiges begreiflich darstellen. Die Kritik, aber auch die guten Erfahrungen, machten mich nachdenklich und so fuhr ich mit gemischten Gefühlen nach Hause.

Als ich zu Hause ankam, hatte ich das Bedürfnis, mit meinem Mann über den Abend zu reden. Doch er ging bereits ins Bett. Kurz darauf gab es zwischen ihm und unserem Sohn noch eine kleine Auseinandersetzung. Woraufhin ich nicht wusste, was ich sagen sollte. Am liebsten wäre ich einfach wieder gegangen. Nachdem sich beide beruhigt hatten und endlich im Bett waren, weinte ich aus Verzweiflung. Ich fühlte mich irgendwie befangen und spürte große Angst, etwas zu sagen, da dies vielleicht alles noch schlimmer gemacht hätte. Dadurch ging es mir gleich noch schlechter und ich fühlte mich total bedrückt. Die Aussage meines Mannes, nicht mehr reden zu wollen, da er sonst nicht schlafen könne und die zuvor beschriebene Situation belasteten mich. Erst nachdem ich das Vorgefallene aufschrieb, spürte ich, wie sich mein Körper von dieser Last befreite. Trotzdem blieb ein wenig von meiner Angst zurück, weil ich mich nicht mit meinem Mann aussprechen konnte.

Selbst nach Tagen war ich immer noch verärgert. Eigentlich sollten wir über alles reden, was uns bedrückt. Doch die Angst, etwas Falsches zu sagen, übermannte mich. Deshalb fühlte ich mich weiterhin unwohl. Und so kam es gerade an unserem Familientag zu heftigen Spannungen durch folgende Situation:

Mein Mann wollte eigentlich zeitig weg, um mit uns etwas zu unternehmen. Doch obwohl das Essen richten viel Zeit in Anspruch nahm, spielte er mit unserem Sohn an einer Spielekonsole, anstatt mir zu helfen. Nachdem wir deshalb verspätet zu Mittag gegessen hatten, fuhren wir dementsprechend verspätet zu unserem geplanten Ausflugsziel. Dort vertrödelten wir ebenfalls viel Zeit. Als ich bemerkte, wie spät es bereits war, versuchte ich meinem Mann zu erklären, das es zu Hause noch Einiges zu erledigen gab. Da er aber vorhatte, zu einem noch entfernteren Ziel zu fahren, fragte ich ihn: „Wird es dann nicht zu spät, bis wir nach Hause kommen?" Daraufhin nörgelte er vor Enttäuschung verärgert herum und kurz darauf traten wir die Heimreise an.

Weil ich aber immer noch Angst hatte, etwas Falsches zu sagen und mich nicht aufregen wollte, sprach ich auf der ganzen Fahrt kein Wort mehr. Erst als wir zu Hause waren, versuchte ich mit meinem Mann zu reden. Doch da ich mich damit schwer tat und er immer noch sauer war, eskalierte das Gespräch zu einem heftigen Streit. Trotz allem gingen wir kurz darauf gemeinsam mit unseren Hunden spazieren und sprachen uns dabei aus. Wir teilten uns gegenseitig unsere Ängste mit und dadurch fiel mir ein Stein vom Herzen. Diese Aussprache brachte mir erst einmal wieder Erleichterung und mir ging es endlich wieder besser.

Die größte Angst meines Mannes war natürlich, uns endgültig zu verlieren. Er konnte und wollte sich nicht vorstellen, auszuziehen und ohne uns zu leben. Da er aber nicht wusste, wie sich meine Gefühle für ihn entwickelten, machte ihm dies zu schaffen. Bei mir hingegen war keine Liebe zu spüren, und so konnte ich ihn mit der Aussage, dass ich zurzeit auch ohne Mann gut zurechtkäme, sehr verletzen. Im Gegensatz zu ihm ekelte ich mich vor ihm und wollte weder berührt noch in den Arm genommen werden.

Da seit dem Gruppentreffen wieder eine Woche vergangen war, erzählte ich nun meiner Therapeutin davon und was sonst noch in dieser Woche geschehen war. Ich berichtete ihr, wie sehr mich die Aussagen dieser einen Betroffenen beschäftigten, und dass ich ihre Worte einfach nicht vergessen konnte. Sie meinte daraufhin, dass es immer wieder Menschen gäbe, von denen ich mich angegriffen fühlen würde. Das Problem läge nur daran, wie ich damit umginge. Alle, mit denen ich darüber gesprochen hatte, meinten, dass ich mir nicht alles so zu Herzen nehmen sollte und ich dieser Frau keine Rechenschaft schuldig wäre. Doch mir fiel es schwer, nicht mehr darüber nachzudenken und einfach alles abzuschütteln. Ich wollte doch nur verstanden und nicht wegen meiner Handlungen angeklagt werden. Dies versuchte ich solchen Menschen zu erklären, und sobald ich alles klären konnte und verstanden wurde, ging es mir besser. Immerhin wurde ich von meinem Mann so sehr verletzt und belogen, dass ich mir nicht anders zu helfen wusste, und auch nicht über Folgen nachdachte. Schließlich weiß niemand, wie er in seiner Verzweiflung reagiert. Vor allem ist es eine gewaltige Gradwanderung, nicht das Falsche zu tun. Immerhin stand ich damals kurz vor einem Blackout.

Aber auch ich musste lernen, mit Kritik umzugehen. Es war nur nicht so einfach, da mich all das Geschehene immer noch sehr belastete. Dies spürte ich immer wieder. Mir ging es scheinbar nur gut, wenn ich mich im Alltag mit meiner Arbeit ablenken, und so die auf mir liegende Belastung überspielen konnte. Denn während ich in dieser Sitzung darüber sprach, brach ich mal wieder in Tränen aus, obwohl ich in den vergangenen Wochen eher gute Gespräche mit meiner Therapeutin geführt hatte. Während ich auf der Suche nach meinen Gefühlen war, stellte ich fest, dass mir mein Leben sehr schwerfiel. Ich versuchte wirklich alles, dass es mir besser ging. Ich sagte zu meiner Therapeutin und zu meinem Mann: „Ich hoffe, dass mir die Reha hilft, meine früheren Gefühle wiederzufinden."

An diesem Abend fuhr ich wie in der vergangenen Woche wieder in die Selbsthilfegruppe. Obwohl mir einiges auf dem Herzen lag, dass ich mit der bereits erwähnten Betroffenen besprechen wollte, ging es mir ganz gut. Schon wie beim ersten Treffen wurde ich auch diesmal herzlich empfangen. Leider war die Betroffene, die mir die Vorwürfe gemacht hatte, diesmal nicht anwesend. Deshalb sprach ich noch einmal mit der Leiterin über das Vorgefallene und teilte ihr mit, wie sehr mich die Sache beschäftigte. Sie hatte vollstes Verständnis und meinte wie schon beim ersten Treffen, dass keiner dem anderen Vorwürfe machen und jeden so akzeptieren sollte, wie er ist. Deshalb vereinbarten wir noch einmal mit der Betroffenen zu sprechen, sobald sie anwesend wäre, um die Sache aus der Welt zu schaffen. Danach verlief der weitere Abend noch sehr harmonisch und nachdem er beendet war, fuhr ich überglücklich nach Hause. Genauso sollte es in einer Gruppe sein. Verständnisvoll miteinander umgehen. Denn nur so fühlt man sich wohl und man sollte sich mit allen vertrauensvoll austauschen können. Nach diesem Treffen ging es mir jedenfalls recht gut. Doch zwei Tage später war ich schon wieder zu Tode betrübt, weil es unseren Sohn betreffend Probleme gab. Ich grübelte viel und fand diese Welt einfach nur grausam. Es war, als wäre ich in einem Gefängnis und könnte mich nicht daraus befreien. Aber einige Zeit danach fand ich einen Ausweg. Denn nachdem es wieder einmal Probleme an unserem Familientag gab, die teilweise auch durch unseren Sohn ausgelöst wurden, beschloss ich, mit ihm zu einer Familienberatungsstelle zu gehen. Sein Verhalten war durch die Vorfälle seines Vaters nicht mehr wie früher. Selbst für mich war der Umgang mit unserem Sohn sehr schwierig und auch ich kam oft nicht mehr an ihn heran. Da auch Außenstehende diese Verhaltensauffälligkeiten bemerkten, musste ich handeln. Für mich war am Schlimmsten, dass er zu sehr an mir und seiner Schwester hing. Sich dazu aber auch nichts von seinem Vater sagen ließ. So konnte es einfach nicht mehr weitergehen. Deshalb musste etwas geschehen und ich fühlte mich mit meiner Entscheidung, Hilfe von einer Beratungsstelle zu erhalten, nochmals befreiter von einigen Sorgen.

In den darauffolgenden Tagen blieb meine Stimmung geradlinig im Normalbereich, wie ich es nannte. Alle Geschehnisse kann und will ich auch nicht unbedingt in diesem Buch im Detail beschreiben. Denn ich möchte die Privatsphäre meiner Familie in gewissen Bereichen schützen. Außerdem fühlt jeder anders und sieht die Welt mit anderen Augen. Ich versuche nur darüber zu berichten, wie ich mit meiner Wut umging, was mich manchmal in Rage brachte und was ich dabei empfand.

Was wird die Zeit bringen?

Diese Frage stellte ich mir immer wieder. In vielen Situationen bereiteten mir die alltäglichen Belastungen zunehmend Schwierigkeiten. Deshalb sehnte ich mich bereits danach, die psychosomatische Reha, die zum Glück in naher Zukunft lag, endlich antreten zu können. Die einfachsten Dinge ließen sich immer häufiger nicht mehr so leicht bewältigen, und dadurch war mein Alltag schwerer zu meistern als früher. Doch in den Wochen, in denen ich darauf wartete, gab es nun mal gute aber auch schlechte Tage. Dies besprach ich in den wöchentlichen Sitzungen auch mit meiner Therapeutin. Sie bestätigte mir, dass die Höhen und Tiefen völlig normal seien und eine Erholung von allem eine sehr lange Zeit in Anspruch nehmen würde. Außerdem empfahl sie mir in der Zeit, in der ich auf meine Reha wartete, mehr Zeit für mich zu nehmen, um Inseln zum Entspannen aufzubauen. Dies tat ich dann auch, indem ich meinen Mann bat, hin und wieder einen Tag ohne mich mit den Kindern zu verbringen. Auch wenn mich der Alltag danach immer wieder einholte, taten mir diese Inseln sehr gut. Hierbei befand ich mich leider auch mal in Situationen, die mich an frühere unerfreuliche Ereignisse erinnerten. Wurden diese durch meinen Mann ausgelöst, veränderte sich häufig meine Stimmung und somit fiel es mir durch meine Ängste schwer, ihm gegenüber Gefühle zuzulassen. Ihm bereitete es jedoch häufig Schwierigkeiten, sein Leben so zu verändern, wie er es sich vorgenommen und mir zugesichert hatte. Denn es bestand weiterhin die Gefahr, wieder in alte Gewohnheiten zurückzufallen.

Und so bauten sich zwischen mir, meinem Mann und unseren Kindern immer wieder Spannungen auf. Dann zeigte ich mit meinem Verhalten, wie zum Beispiel Wut, was mir nicht gefiel. Nachdem wir uns aber ausgesprochen hatten, folgten wieder gute Tage.

Mein Mann nahm nun seit einiger Zeit regelmäßig an der bereits erwähnten Cleangruppe und Einzeltherapien bei dem bereits erwähnten Sozialpädagogen teil. Dort konnte er mit anderen Erfahrungen austauschen und offen über die Vorfälle in unserem Familienleben sprechen. Dadurch lernte er auch, mit vielem bei der nächsten Auseinandersetzung besser umzugehen. Einmal fuhr er sogar zu einem meiner Gruppentreffen mit, da diese ja wie zuvor erwähnt, aus ehemaligen Abhängigen und deren Angehörigen bestand. Danach nahm ich nur noch alleine regelmäßig einmal die Woche teil, da es meinem Mann nicht so gut gefallen hatte. Hinzu kam, dass er mit seinen Terminen ausgelastet genug war.

Als ich in einer dieser Sitzungen wieder einmal die Betroffene traf, von der ich mich so angegriffen fühlte, teilte ich ihr mit, dass ich ihr Verhalten mir gegenüber nicht in Ordnung fand und ich mich dadurch sehr verletzt fühlte. Sie versicherte mir daraufhin, dass sie das damals nicht böse meinte, aber meine Äußerungen hätten sie wiederum sehr getroffen. Jedenfalls war es gut, dass wir noch einmal darüber gesprochen hatten und so lernten wir uns auch gleich besser kennen.

Während der Wochen, in denen ich auf meinen Einberufungsbescheid zur psychosomatischen Reha wartete, entwickelte sich leider nicht alles so gut. Zum einen war es meiner Therapeutin seit fast drei Wochen aus gesundheitlichen Gründen nicht möglich, ihre Patienten zu betreuen.

Somit konnte ich mit niemandem darüber sprechen, was mich belastete bzw. bewegte. Aber andererseits lief es in dieser Zeit zwischen meinem Mann und mir recht gut. Er wusste allerdings nicht, dass ich immer mehr das Bedürfnis und den Drang verspürte, einfach alles stehen und liegen zu lassen, da ich mir davon nichts anmerken ließ. Sogar von meinen Kindern wollte ich weg, da mich deren Alltagsprobleme zusätzlich belasteten. Hinzu kam noch, dass mein Mann mittlerweile wieder voll arbeitete und deshalb vieles wieder an mir hängen blieb. Mein Alltag war in der Zeit des Burnouts sehr schwer zu bewältigen. Natürlich half er mir so gut er konnte und tat auch alles dafür, mir zu zeigen, was sich veränderte. Jedoch hatte ich große Probleme damit, stolz auf ihn zu sein, da in mir ein gewaltiger Kampf stattfand. Es fiel mir weiterhin schwer durch den Vertrauensverlust, ihm gegenüber Gefühle zuzulassen. Und da ich mit ihm nicht über meinen inneren Kampf sprach, platzte mir eines Tages der Kragen. Bedingt durch eine Situation, die unsere Tochter betraf, war ich plötzlich dermaßen überfordert, dass ich aufpassen musste, nicht völlig durchzudrehen. Da ich wusste, was durch die Situation, die ich hier nicht näher beschreiben möchte, auf mich zukam, geriet ich so in Wut, dass ich am liebsten ohne Rücksicht auf Verluste alles kurz und klein geschlagen hätte. Ich teilte meinem Mann leider im Beisein unserer Tochter mit, dass ich ihr am liebsten etwas angetan hätte. Daraufhin eskalierte das Ganze und da niemand verstand, wie kaputt ich innerlich war, lief ich völlig hilflos weg und wäre am liebsten für immer gegangen. Während ich so umherirrte, war ich total hin- und hergerissen und überlegte, wo ich nun hin sollte. Da mir nichts einfiel und ich trotz der Wut auf alles innerlich unruhig wurde, entschloss ich mich, wieder zu meiner Familie zurückzukehren. Eigentlich wollte ich nur noch meine Ruhe. Dennoch ging ich nach Hause zurück. Doch kurz darauf stritt ich mit meinem Mann abermals über den Vorfall. Dabei sagte er mir, dass er am liebsten das Jugendamt einschalten würde, da er Angst hätte, mich mit unseren Kindern allein zu lassen. Dies machte mich allerdings noch wütender, da ich in meiner Kindheit keine guten Erfahrungen mit dem Jugendamt gemacht hatte. Deshalb wäre ich am liebsten in tausend Teile explodiert, um endlich frei zu sein. Mein Leben fiel mir so unglaublich schwer und ich fragte mich: „Was macht es noch lebenswert?" Es fühlte sich alles so beschissen an. Das Ganze brachte mich fast um den Verstand und trieb mich in den Wahnsinn. Ich wollte mich einfach nicht damit abfinden, meinem Mann verzeihen zu müssen, wie er oder einige andere es vielleicht von mir erwarteten. Außerdem hatte ich keine Lust mehr auf eine sexuelle Beziehung. Weder zu ihm, noch zu einem anderen Mann. Wieder einmal befand ich mich in einer Zwickmühle ohne Ausweg. Und deshalb schrieb ich mir auch diesmal alles von der Seele. Es erstaunte mich immer wieder, wie sehr es mir half, mich zu beruhigen. Nur Tipps, wie ich mich entscheiden sollte, konnte mir das Papier nicht geben. Deshalb blieb ich weiterhin ratlos, und versuchte das Beste bis zu meiner Reha daraus zu machen. Mittlerweile wusste ich, dass ich nur noch vier Wochen überstehen musste.

Da meine Therapeutin immer noch krank war, kämpfte ich mich weiterhin alleine durch den Alltag. Weil dies für mich sehr anstrengend war, gab es genau eine Woche später, an unserem sogenannten Familientag, erneut Streit. Dieser hatte wieder einmal mit unserem Sohn zu tun, und auch diesmal wäre ich am liebsten abgehauen. Vermutlich ist es für jemanden, der so etwas oder ähnliches nicht erlebt hat, schwer zu verstehen mit welchen Gefühlen und innerer Unruhe ich zu kämpfen hatte.

Ich jedenfalls spürte sehr oft den Drang, mein Leben anders als früher zu gestalten. Ich beneidete diejenigen, die keine Kinder und feste Beziehung hatten. Und da ich mein Leben um jeden Preis ändern wollte, suchte ich weiterhin nach einer Band für meine Songtexte und plante noch viele andere Dinge, um etwas zu verändern oder zu bewegen. Dazu gehörte auch dieses Buch. Nur nicht aufgeben hieß die Devise, auch wenn sich bisher nichts ergab und ich weiterhin mit meinen Gefühlen, meinen Mann betreffend, zu kämpfen hatte. Leider setzte ich mich drei Wochen vor meiner Reha, durch verschiedene Äußerungen meines Mannes bezüglich seiner sexuellen Bedürfnisse, gewaltig unter Druck. Aufgrund dessen kam es wieder einmal zu einer Auseinandersetzung zwischen uns. Doch nachdem ich ihm schrieb, wie ich mich fühlte, sprachen wir uns, als wir endlich mal ohne Kinder waren, aus. Da mein Mann seit einigen Wochen auf Tagschicht arbeitete, blieb nicht besonders viel Zeit zum Reden, und oftmals wollten unsere Kinder auch Zeit mit ihm verbringen, wenn er endlich zu Hause war. Zusätzlich hatte er häufig Termine, da er sich nun mehr um seine Gesundheit kümmerte. Deshalb hing immer noch vieles an mir und manche Aussprache blieb so auf der Strecke. Nachdem wir uns aber endlich ausgesprochen hatten, ging es mir um einiges besser. Ich versuchte Verständnis für seine Gefühle zu haben. Er musste jedoch auch Verständnis für meine Gefühle aufbringen. Schwierig war aber, die Gedanken und Gefühle unter Kontrolle zu halten, nicht auszurasten und meiner Familie oder mir nichts anzutun. Ich erschrak immer wieder darüber, was mir manchmal durch den Kopf ging, und wie sehr ich mich beherrschen musste, nicht aus der Bahn zu geraten. Mein Leben fühlte sich abgenutzt und schwer zu meistern an. Ich wünschte mir oft einfach nur zu sterben, und nicht mehr so traurig, depressiv, ernst und nachdenklich zu sein.

Hoffnung

Die Tage der letzten beiden Wochen vor meiner Reha verliefen etwas gelassener und ruhiger für mich. Hier und da gab es mal Kleinigkeiten, welche ich aber recht gut überwand. Die Vorfreude, endlich in die Klinik zu gehen, bestärkte mich in meinem Handeln und Tun. Ich fasste wieder neue Hoffnung. Allerdings versuchten auch mein Mann und unsere Kinder, jeglichen Stress von mir fernzuhalten. Zusätzlich halfen mir aber auch noch die Gespräche in der Selbsthilfegruppe, die ich weiterhin wöchentlich aufsuchte.

Für die Zeit meiner psychosomatischen Reha war bereits alles geregelt. Mein Mann erhielt einige Wochen Urlaub, um für die Kinder da zu sein. Die restliche Zeit, und meinen wöchentlichen Minijob, übernahm meine Mutter.

Dann war es endlich so weit. Der Tag meiner Aufnahme in der Klinik begann erst einmal wie immer. Zunächst richtete ich alles, um mit unseren Kindern gemeinsam frühstücken zu können. Nachdem es für die beiden Zeit war aufzubrechen, verabschiedete ich mich von ihnen, und bald darauf fuhr ich los. Auf der Fahrt spürte ich weder Aufregung noch Angst. Lediglich auf der Autobahn bekam ich bedingt durch einen Stau eine leichte Panikattacke. Nachdem ich diese überwunden hatte, löste sich das bedrückende Gefühl wieder und ich fuhr gelassen weiter. Als ich ankam, meldete ich mich am Empfang. Dort teilte mir eine freundliche Empfangsdame mit, in welchem Haus ich untergebracht war, und wo ich mich melden sollte. Die Klinik war in mehrere Wohnhäuser aufgeteilt. Nachdem ich kurze

Zeit darauf in dem mir zugeteilten Wohnhaus ankam, wurde ich auch hier sehr freundlich empfangen. Zuerst setzte eine Stationsschwester alle Neuankömmlinge über die verschiedenen Abläufe in Kenntnis. Dann erhielten wir unsere Zimmerschlüssel und Pläne über die Tagesabläufe der ersten Tage. Für den heutigen Tag standen zunächst nur Untersuchungen und ein therapeutisches Gespräch auf dem Programm. Ich war einer jungen Therapeutin zugeteilt, und zu meinem Glück fühlte ich mich gleich wohl und in guten Händen. Das Erstgespräch verlief bestens. Nur leider war die Zeit dafür etwas kurz bemessen. Da ich noch neu hier war, hatte ich am nächsten Tag erst einmal nur vereinzelte Anwendungen. Zusätzlich lag auch noch ein Feiertag dazwischen, und somit startete die erste Woche sehr ruhig für mich. Bereits an diesem Feiertag kam mein Mann mit unseren Kindern zu Besuch, weil sie am ersten Wochenende nicht konnten, und ich bereits geplant hatte, mit einem Mitpatienten Inliner zu fahren. Deshalb ließ ich mir bei dieser Gelegenheit meine Inliner mitbringen. Außerdem benötigte ich sowieso Abstand von meiner Familie und da ich hier schnell Kontakte zu anderen fand, verbrachte ich ein vollends zufriedenstellendes Wochenende. Ich genoss es in vollen Zügen, endlich mal für mich zu sein und nur an mich zu denken. In der darauffolgenden Woche standen nun mehrere Anwendungen auf dem Programm. Die Pläne waren, je nachdem, weshalb man in dieser psychosomatischen Rehamaßnahme war, ganz individuell auf die Person abgestimmt.

Zu Beginn der zweiten Woche fand als erstes ein Gruppengespräch mit unserer Therapeutin statt. In den Gruppensitzungen mussten alle Patientinnen/Patienten anwesend sein, die bei der/dem gleichen Therapeutin/en in Behandlung waren. Es handelte sich dabei um etwa zehn Personen und dabei bekamen wir die Möglichkeit, unsere Geschichte zu erzählen und uns im Beisein der Therapeutin auszutauschen. Zunächst gab einer nach dem anderen ein Feedback ab, wie das Wohlbefinden und die Stimmung waren. Danach erhielten wir die Chance, uns zu offenbaren, und mit allen über die dadurch entstandenen Probleme zu sprechen. Nachdem sich diesmal eine Patientin, die wie ich ebenfalls neu war, zu Wort meldete, gab es eine sehr lange Diskussion, die bis zum Ende der Sitzung anhielt. Deshalb war es mir diesmal noch nicht möglich, etwas von mir zu erzählen. Allerdings machte mich diese Geschichte sehr unruhig. Denn ihre Erzählung traf mich so sehr, dass ich am Ende total aufgewühlt den Raum verließ und fast in Tränen ausbrach. Um mich zu beruhigen, setzte ich mich erst einmal in mein Zimmer, und schrieb an meinem Buch weiter. Daraufhin verflog die innere Unruhe wieder. Dennoch blieb ich weiterhin nachdenklich. Bedingt durch die Schweigepflicht, konnte ich hier nicht auf eine detaillierte Schilderung eingehen.

Doch bereits am Nachmittag kam die Unruhe durch eine Anwendung, in der es erneut um Gefühle ging, zurück. Diese Sitzung wühlte mich so sehr auf, dass ich diesmal nicht ohne ein Gespräch klarkam. Deshalb suchte ich eine bestimmte Stationsschwester auf, um mit ihr über alles, was mich bewegte, zu sprechen. Dabei konnte ich die Tränen nun nicht mehr zurückhalten. Zumindest wurde ich dadurch mein bedrückendes Gefühl los, was mir über den weiteren Tagesverlauf half. Der nächste Tag verlief für mich wieder ruhiger und auch die Sorgen vom Vortag waren vergessen. Doch schon am folgenden Tag schlug meine Stimmung gegen Abend abermals um. Diesmal war der

Auslöser eine weitere Gruppensitzung, zu der wir uns allerdings ohne unsere Therapeutin trafen. Hierbei konnten wir die Themen selbst wählen oder uns einfach nur über das austauschen, was uns bedrückte. Da ich noch neu war, wusste ich über den Ablauf noch nicht Bescheid und wartete erst einmal ab. Dazu kamen Bedenken, nicht verstanden zu werden, da jeder wegen verschiedener Probleme hier war. Außerdem wusste ich nicht so recht, wie ich anfangen sollte. Deshalb kam ich auch diesmal nicht zu Wort.

Darum ging es mir abends ziemlich schlecht und weil keiner da war, mit dem ich reden konnte, musste ich so klarkommen. Trotz allem schlief ich in dieser Nacht sehr gut. Am nächsten Morgen wachte ich allerdings zittrig und aufgewühlt auf. Doch diesmal fand ein weiteres Gruppengespräch mit unserer Therapeutin statt und nun war es endlich soweit. Schon während der Feedbackrunde erwähnte ich meine Unruhe, und dass ich unbedingt darüber reden wollte, was mich belastete. Und so begann ich, nachdem sich alle über ihr Befinden geäußert hatten, zu erzählen. Währenddessen saßen alle nachdenklich, ruhig und andächtig da. Zu meinem Erstaunen war die Resonanz der anderen, mir etwas mitzuteilen, sehr groß. Denn im Anschluss fand wieder eine lange Diskussion statt. Dabei sagte ein Mitpatient zu mir: „Im Grunde steckt die Liebe noch in dir, sonst würdest du das Ganze nicht versuchen." Eine andere Patientin meinte wiederum: „Ich habe etwas ähnliches erlebt und mich gegen meine große Liebe entschieden. Aber glücklich bin ich damit nicht." Diese Aussagen beeindruckten mich sehr. Am Meisten bewegte mich aber, dass auch ich mit meiner großen Jugendliebe verheiratet bin. Nur versuchte ich unsere Ehe noch zu retten, obwohl mein Lebenstraum mit diesen Erlebnissen geplatzt war. Es stimmte mich sehr traurig, wenn ich über unsere gemeinsame Vergangenheit nachdachte. Doch um diese Traurigkeit loszuwerden, nahm ich sehr viel auf mich und lernte in dieser Reha innerhalb von kurzer Zeit einiges dazu. Allein die Erfahrung, die ich durch die Gespräche mit Mitpatienten sammelte, brachte mir einiges an Erkenntnis. Viele stellten dort fest, dass die Probleme häufig mit ihrer Kindheit zu tun hatten. Auch ich bemerkte an meinem Verhalten, dass vieles mit meiner Kindheit zusammenhing. Doch nun war ich bereit, daran zu arbeiten. Ich stellte fest, dass die Traurigkeit in mir nicht nur mit den letzten beiden Jahren zu tun hatte, sondern mit meinem kompletten Leben. Es gab einfach zu viel, dass mich prägte und zu dem Menschen machte, der ich nun bin. Doch hier bekam ich die Möglichkeit, meine Sichtweise zu verändern und neue Kraft zu sammeln. Ich bin sehr froh darüber, dass ich diese psychosomatische Reha nutzen konnte. Denn dadurch lernte ich, mehr auf mich zu achten und entdeckte viele neue Fähigkeiten. Jedoch hatte meine Genesung auch damit zu tun, dass ich allem offen begegnete und die Therapien zuließ. Ich würde jederzeit wieder gehen. Hierzu möchte ich aber noch erwähnen, dass mir drei Wochen keinesfalls ausgereicht hätten. Allerdings reichten mir die bewilligten fünf Wochen aus, um gestärkt in den Alltag zurückzukehren.

Zum Schluss der Reha fühlte ich mich wieder gefestigter und guter Dinge. Was aber auch mit einigen Mitpatienten/-patientinnen zusammenhing. Dafür bin ich allen Beteiligten von ganzem Herzen dankbar. Jeder von uns war für den anderen da. Wir waren unsere eigenen Therapeuten und eine absolut fantastische Truppe.

Obwohl ich ein paar Tage vor Beendung der Reha den Drang verspürte, endlich wieder nach Hause zu können, fiel mir der Abschied von einigen Liebgewonnenen und die

Heimfahrt sehr schwer. Ich hatte mir jedoch fest vorgenommen, zu dem ein oder anderen den Kontakt aufrecht zu
erhalten.

Endlich zu Hause

Bei meiner Ankunft wurde ich erst einmal nur von meiner Mutter empfangen, weil mein Mann arbeitete und die Kinder in der Schule waren. So hatte ich wenigstens genug Zeit, in Ruhe zu Hause anzukommen. Einerseits war es schön, wieder hier zu sein. Aber andererseits fühlte es sich seltsam an. Denn in der Zeit der Reha musste ich mich weder um die Kinder, noch den Haushalt oder das Essen kümmern, und war zudem nur von Erwachsenen umgeben. Bedauerlicherweise war ich bei meiner Ankunft etwas über den Zustand, wie es in unserem Haus aussah, schockiert. Nachdem meine Mutter gegangen war, warfen mich allein diese Bedingungen sogleich um einige Fortschritte zurück. Deshalb saß ich zunächst verzweifelt in unserem Wohnzimmer und brach in Tränen aus. Nach reiflicher Überlegung entschloss ich mich, alles in dem Zustand zu belassen und mich erst einmal von all dem Chaos abzulenken. Denn schließlich sollte ich, wie in der Reha gelernt, auch mal an mich denken. Auch in den darauffolgenden Tagen beließ ich alles in diesem Zustand und lebte mich erst einmal ein. Zum Abschalten nahm ich mir immer eine Auszeit und wenn mir danach war, erledigte ich Kleinigkeiten im Haushalt. Daran musste sich nun auch meine Familie gewöhnen. Außerdem teilte ich unseren Kindern Aufgaben zu. So mussten alle mithelfen und Verantwortung übernehmen. Dies fiel zwar auch mir schwer, da es nicht in meiner Natur lag, so oft abzuschalten. Damit ich aber weiterhin Kraft tanken konnte und jeder lernte, dass ich mich nicht mehr um alles kümmerte, musste ich so handeln. Tägliche Pflichten gehörten von nun an für jeden zum Alltag. Mein

Mann half zum Beispiel einmal pro Woche putzen und aufräumen.

Ich setzte jedenfalls einiges in die Tat um, was ich meiner Familie schon in der Reha zu verstehen gab. Deshalb gab es in den ersten Wochen hin und wieder familiäre Schwierigkeiten. Meistens lief es zwar gut zwischen meinem Mann und mir, und langsam lebte ich mich wieder ein, aber es gab auch Streit, wenn mich etwas zu sehr an die Zeit davor erinnerte. Eine Situation war zum Beispiel, dass es ihm über einen Zeitraum von drei Wochen schlecht ging und er sein Versprechen, zum Arzt zu gehen, nicht einhielt. Dies weckte bei den Kindern und mir eben weniger gute Erinnerungen. Des Weiteren zog er sich gerne zum Pausieren ins Schlafzimmer zurück. Blieb er dort länger, als zuvor erwähnt, löste dies Stress in mir aus, da ich diese Situation mit früheren Ereignissen verknüpfte. Mir missfiel so einiges. Trotzdem zog ich mein Konzept durch und nahm mir so viel Zeit, wie ich für mich brauchte, um meine Gedanken abzuschalten. Außerdem nahm ich mir vor, nichts mehr so zu belassen, wie es einmal war.

Anfangs war die Umstellung für alle etwas schwer. Denn jeder von uns musste an sich arbeiten. Nach unserem letzten Streit veränderte mein Mann seine Einstellung noch einmal, und somit verbesserte sich unser Zusammenleben deutlich. Nun konnte ich nur hoffen, dass es so blieb, und ich irgendwann wieder die Liebe zu ihm fände. Leider machte sich durch verschiedene Situationen hin und wieder Traurigkeit in mir breit. Doch um diese zu verarbeiten, ging ich weiterhin zu meiner Therapeutin und zu den wöchentlichen Gruppentreffen. Meine Therapeutin meinte dazu, dass ich mir weiterhin meine Inseln schaffen sollte, um mich von schlimmen Gedanken abzulenken und diese loszuwerden. Schließlich war erst ein halbes Jahr vergangen, seitdem mein Mann wieder zu Hause war und da alles noch sehr frisch sei, bräuchte ich eben noch Zeit, um darüber hinwegzukommen. In der Gruppe tauschte ich mich hauptsächlich mit ehemaligen Betroffenen so gut es ging aus. Leider kamen nur selten andere Angehörige und so entwickelte sich nicht alles nach meinen Wünschen und Vorstellungen. Doch auch von den Betroffenen hatten manche Verständnis entwickelt, wie man sich als Angehörige/Angehöriger fühlt. Mir stellte sich nur die Frage, ob ich weiterhin in der gemischten Gruppe bleiben sollte? Denn die anderen Angehörigen waren viel zu selten anwesend und so fand für mich kein richtiger Austausch statt. Und dadurch trat ich irgendwie auf einer Stelle und bemerkte somit keine weitere Entwicklung. Nachdem eine Woche vergangen war, entschloss ich nach reiflicher Überlegung, mich von der Gruppe zu verabschieden. Dies teilte ich der Leiterin telefonisch mit und sie hatte vollstes Verständnis dafür. Ich sagte ihr aber auch, dass wir auf jeden Fall in Kontakt bleiben könnten.

Der Aufbau eines gemeinsamen Lebens

Einige Zeit fühlte ich mich innerlich noch unruhig und in manchen Situationen überfordert. Somit gab es in den vergangenen Wochen immer wieder einmal Tage, an denen ich am liebsten weggerannt wäre. Doch das Schlimmste stand mir noch bevor. Denn nun jährten sich die Ereignisse und viele Erinnerungen kamen hoch. Zunächst einmal fand wieder unsere Kerwe statt und dadurch überkam mich ein unbeschreibliches Unwohlsein. Während des Umzugs stand mein Mann bei mir und obwohl ich wusste, dass er nichts genommen hatte, beobachtete ich ihn ständig und wurde immer zittriger. Es war ein schreckliches Gefühl, das sich nicht abschütteln ließ. Als sich der Tag der Einweisung zur Entgiftung ins Krankenhaus jährte, ging es mir ebenso. Und dann folgte drei Wochen später mein Geburtstag. Zu diesem wollte ich weder ein Geschenk, noch eine Feier. Den Morgen verbrachte ich mit meinen besten Freundinnen und den Rest des Tages nahm ich mir Zeit für mich. Meine Familie war mir egal. Am liebsten hätte ich den Monat aus dem Kalender gestrichen, um den schlechten Erinnerungen und Gefühlen aus dem Weg zu gehen. Auf meine Therapeutin wirkte ich schon chronisch unzufrieden. Ich wusste einfach nicht, wo mich das alles noch hinführen würde.

Auch sie konnte mir zu diesem Zeitpunkt nicht mehr helfen. Meistens wollte sie wissen, was ich mir für die Zukunft wünschte. Dazu fiel mir aber nicht viel ein, und da ich mich auf einer Stelle im Kreis drehte, konnte ich nur abwarten, was die Zeit brachte.

Seit meiner Rückkehr aus der psychosomatischen Reha waren bereits drei Monate vergangen, die für mich nicht immer leicht waren. Denn mein Mann liebte mich noch immer und zeigte mir dies mit Umarmungen und Küssen. Bei mir hingegen fehlten jegliche Gefühle, die man für einen Partner empfindet. Trotzdem ließ ich mich einige Zeit darauf ein, um unsere Beziehung wieder aufzubauen. Auch als ich mich darauf einließ, mit ihm zu schlafen, war dies einfach nur Sex für mich. Ich empfand bei alldem keine Liebe. Es war eine unbeschreibliche Leere in mir, denn ich fühlte mich zu niemandem hingezogen. Selbst wenn ich mich getrennt hätte, wäre die Leere geblieben. Es existierte nicht mal ein Interesse an einem anderen Mann. Mein Mann spürte dies natürlich und deshalb versuchte ich ihm klarzumachen, wie ich mich bei all dem fühlte. Doch da es ihm nicht schnell genug ging mit unserer Beziehung und er wieder an etwas GBL kam, nahm er, um nachts schlafen zu können, etwas davon ein. Es war zwar ein einmaliger Vorfall, doch nun verstand ich die Welt nicht mehr. Ich dachte immer wieder darüber nach: „Warum hat er mir das jetzt wieder angetan?" Wo wir doch gerade dabei waren, unser gemeinsames Leben neu aufzubauen.

Natürlich fiel es ihm schwer, damit klarzukommen, dass ich nicht mehr das Gleiche empfand. Jedoch veränderte sich unser Leben durch die Geschehnisse und jeder von uns musste sich an die neuen Entwicklungen des anderen gewöhnen. Allein schon aus den Rehas nahmen wir viel mit. Mein Mann gewöhnte sich an Rituale, um besser schlafen zu können und ruhiger im Umgang mit unserem Sohn zu bleiben. Und ich baute mir immer wieder Inseln ein, um Stress abzubauen. Nur war mein Mann leider zu ungeduldig. Allerdings begünstigte dieses Ereignis meinen Vertrauens- und Liebesaufbau in keinster Weise. Meines

Erachtens tat er aber zu dieser Zeit zu wenig, um Veränderungen aufrechtzuerhalten. Eines davon war, seinem Ausgleich, dem Bogenschießen, nicht mehr nachzukommen.

Der Vorfall und seine Auswirkungen

Durch diese schlechte Erfahrung lernte ich nun wieder etwas dazu. Denn es gibt einen Unterschied zwischen einem Vorfall und einem Rückfall. Dieser ist wie folgt: Wenn ein Suchtkranker noch einmal etwas konsumiert, es aber nur bei dem einen Mal belässt, nennt man dies einen Vorfall. Nimmt derjenige allerdings wieder über einen längeren Zeitraum etwas zu sich, spricht man hierbei von einem Rückfall.

Den Vorfall meines Mannes bemerkte ich nur, weil ich in dieser Nacht aus gesundheitlichen Gründen nicht schlafen konnte. Die Symptome waren wieder eindeutig. Zuerst wunderte ich mich über seinen festen Schlaf. Aber als ich ihn einige Male laut ansprach und er nicht reagierte, wusste ich, was los war. Er war total weggetreten. So fest schläft kein Mensch. Da es mir sehr schlecht ging und er nicht ansprechbar war, verbrachte ich den Rest der Nacht im Wohnzimmer. Dabei machte ich mir so meine Gedanken. Zum Beispiel dachte ich darüber nach, wer mich jetzt ins Krankenhaus fahren könnte, wenn sich mein Zustand noch mehr verschlechtern würde. Ich fühlte mich wieder einmal auf mich gestellt und allein gelassen.

Als mein Mann morgens nach unten kam, beichtete er mir alles und entschuldigte sich dafür, weil er wusste, dass ich etwas bemerkt hatte. Er sagte aber auch noch, dass er mir die Einnahme der Tropfen und wie er an das GBL gekommen war, verheimlichen wollte. Dies machte das Ganze noch schlimmer für mich. Denn nun fragte ich mich, was mein Mann in der Reha, die ja erst acht bis zehn Monate zurücklag, gelernt hatte. Ich hatte jedenfalls in dem Paarseminar gelernt, dass ein Suchtkranker jederzeit einen Rückfall erleiden kann, dies aber seinem Partner dann nicht verheimlichen sollte. Mir war jedenfalls klar, dass Sucht eine Krankheit ist und der Betroffene seinen Fehler einsehen und zugeben sollte. Nur so hat der Partner die Bestätigung, dass der Suchtkranke seinen Fehler bereut. Im Fall meines Mannes hatte ich nicht das Gefühl der Reue. Meines Erachtens wollte er mir die Reue nun vermitteln, weil ich seinen Konsum bemerkt hatte. Vielleicht hätte er es aber auch zugegeben, wenn ich von der Einnahme nichts gewusst hätte. Darüber lässt sich jetzt aber nur noch spekulieren. Als ich dann erfuhr, von wem das Zeug war und dieser Jemand meinem Mann noch die SMS schickte, wie ihm denn sein Geschenk gefallen hätte, da wurde ich noch wütender. Vor allem, da unsere Tochter mittlerweile die Handynummer meines Mannes hatte, und so las sie als erste die SMS. Deshalb rief ich den ehemaligen Kollegen, der meinem Mann das Fläschchen als Geschenk zukommen ließ, an, und nachdem seine Frau am anderen Ende der Leitung war, klärte ich sie aufgrund meiner Wut über diesen Vorfall und ihren Mann auf. Später rief dieser noch einmal zurück und erzählte mir, dass er clean wäre und so weiter. Ich glaubte ihm allerdings nicht im Geringsten. Unsere Kinder bekamen natürlich auch wieder alles mit, und wie es dazu kam, machte auch sie sauer. Bereits während des Entzugs meines Mannes, versuchte der besagte Kollege meinen Mann zu überreden, diesen abzubrechen. Er war damals schon der Meinung, dass mein Mann so etwas nicht bräuchte.

Zu all den oben genannten Bedenken bereitete mir der Gedanke, weshalb er das Zeug genommen hatte, große

Sorgen. Denn eigentlich wusste mein Mann doch ganz genau, dass GBL nicht geeignet ist, um besser schlafen zu können, und dass er damit keinesfalls unsere Beziehung retten konnte. Außerdem wusste er, welche Gefahren es birgt (**NAHTODERLEBNIS**).

Dieser einmalige Vorfall hatte zur Folge, dass ich in noch stärkere Depressionen fiel und nun kein Ziel mehr vor Augen hatte. Einerseits lernte ich Anfang des Jahres in der Paartherapie, dass es bei Suchtkranken jederzeit zu einem Rückfall kommen kann. Aber andererseits schwor ich mir, meinen Mann, wenn er noch einmal etwas konsumiert, für immer rauszuwerfen. Nun flog er doch nicht raus. Ich gab ihm jedoch zu verstehen, mich nicht mehr anzufassen, und in Ruhe zu lassen. Mein Mann sah seinen Fehler ein und sagte nur noch: „Es tut mir leid. Ich lass dir von nun an so viel Zeit, wie du brauchst." Aus diesen Worten machte ich mir nur nicht mehr viel, denn meine Gefühle waren stärker denn je verletzt. Mir half es auch keineswegs, dass er sich dafür schämte, und dass er sogar selbst keine richtige Erklärung fand, weshalb er das GBL abermals eingenommen hatte. Ich fragte mich nur, ob ich bis an mein Lebensende mit diesem unguten Gefühl und der Angst, die in mir entstand, leben wollte? Außerdem wollte ich nie wieder belogen werden.

Zusätzlich teilte mir mein Arzt an diesem Tag auch noch mit, mich aufgrund meiner gesundheitlichen Probleme baldmöglichst operieren zu lassen. Da ich aber psychisch am absoluten Tiefpunkt angelangt war, bekam ich große Panik, den Eingriff durchführen zu lassen. Es umgab mich ein Gefühl, diese OP nicht zu überleben. Deshalb setzte ich mich wieder einmal mit meinem Heilpraktiker in Verbindung. Da er mir auch diesmal helfen konnte, ersparte ich mir die Operation. Dadurch war ich sehr erleichtert, denn dies nahm mir eine große Last von den Schultern. Allerdings machte ich mir noch sehr viele Gedanken, was passieren könnte, wenn ich meinen Mann verließe. Da ich nicht mehr wusste, wie es von nun an zwischen uns weitergehen sollte, schlug ich meinem Mann vor, dass Vorgefallene in seiner Cleangruppe anzusprechen. Und als er dies tat, empfahl ihm sein Gruppenleiter, es mit einer Eheberatung zu versuchen. Nachdem ich über eine Beratungsstelle eine kostenlose Beratung fand und dort anrief, erhielt ich einen Termin, der wiederum mit Wartezeit verbunden war.

Zu all dem wurde mein Leben vier Wochen später nochmals erschwert. In Bezug auf die schulischen Leistungen fand ich durch einen Elternsprechtag heraus, dass mir unsere Tochter über einen längeren Zeitraum einiges verschwieg. Daraufhin war ich so enttäuscht, dass ich jegliche Hoffnung für die Zukunft verlor. Am liebsten wäre ich mit unserem Sohn ausgezogen und hätte die beiden sich selbst überlassen. Mein Angstgefühl stieg, begleitet von ständiger Unruhe. Ich fühlte mich schon so von meinem Mann verletzt, und nun war mein Vertrauen in unsere Tochter auch noch zerstört. Meine Kindheit war schon nicht die Beste, doch nun stand ich vor einer Ruine im völligen Chaos und wusste weder ein noch aus. Die Enttäuschung hielt über Wochen an und diesmal verschlimmerten sich meine Depressionen ins Unermessliche. Da ich aber gegen Chemiekeulen und harte Antidepressiva war, behandelte ich diese in den besonders schlimmen Phasen abermals mit pflanzlichen Beruhigungsmitteln, die ich von meinem Heilpraktiker bekam. Schließlich wollte ich meinen Alltag nicht benebelt verbringen, und versuchte so klarzukommen. Was mir dank meiner inneren Stärke und Gottvertrauen auch sehr gut gelang. Ich wusste nur nicht, was ich mit meinen Gefühlen anfangen, und wie ich mit all dem umgehen sollte. Denn ich war auf einem absoluten Tiefpunkt angelangt, der toter als tot war. Ich kümmerte mich wieder einmal nur um das Nötigste, da ich mit vielem überfordert war und ich häufig das Verlangen in mir spürte, einfach wegzulaufen. Die Leere in mir fühlte sich an, als befände ich mich in einem schwarzen Loch ohne Ausgang. Jedenfalls war es alles in allem ein herber Rückschlag und auch wenn es merkwürdig klingt, möchte ich hier kurz erwähnen, dass in mir nur noch ein Glücksgefühl aufkam. Dieses war, dass es mich manchmal förmlich überkam, meine Zähne zu putzen. Das Verlangen danach war so groß, dass ich es selbst nicht verstand, was in meinem Körper vor sich ging. Und da das Zähneputzen und der Geschmack von Zahncreme das einzige war, das mich glücklich machte, versuchte ich diesem, wann immer es möglich und mir danach war, nachzukommen. Lediglich dadurch fühlte ich mich noch lebendig.

Wie geht es nun weiter?

Dies fragte ich mich immer wieder. Wir lebten weiterhin zusammen, teilten uns ein Bett und kümmerten uns gemeinsam um die Kinder und was sonst so anfiel. Seit dem Vorfall waren etwa drei Monate vergangen und nun schlug meine Stimmung in Gleichgültigkeit um. Außerdem ekelte ich mich teilweise vor meinem Mann und manchmal beleidigte ich ihn betreffend seiner Figur. Dabei spürte ich weder Reuegefühle noch sonst irgendetwas. Es war eine schwierige Zeit. Das einzige, was mir noch etwas bedeutete, war, mich mit ehemaligen Mitpatienten aus meiner Reha zu treffen oder zu telefonieren. Ansonsten bereitete mir nichts Spaß. Selbst an Tagen wie Weihnachten oder Silvester kam keine Freude bei mir auf. Die Tage verliefen trist und manchmal waren meine Depressionen so stark, dass ich schon morgens beim Aufwachen am liebsten gestorben wäre. Es kostete mich viel Mühe und Kraft, den Alltag zu meistern. Vor allem wenn es problematische Situationen gab. Mir blieb nur eins, rausgehen und nicht verzagen. Dabei half mir unter anderem, dass ich endlich wieder einen festen Job fand. Wenn es mal nichts zu tun gab, beschäftigte ich mich mit verschiedenen Dingen oder unternahm etwas, worauf ich gerade Lust hatte. So verbesserte sich meine Laune und nach einiger Zeit kam trotz Gleichgültigkeit wieder Lebensmut zurück.

Da unser Ziel war, wieder zusammenzufinden, gingen mein Mann und ich nun in die bereits erwähnte Eheberatung. Nachdem wir uns bekannt gemacht hatten, überließ ich meinem Mann das Reden, da es mir wichtig war, dass er alles erzählte. Denn somit übernahm er in meinen Augen endlich Verantwortung für sein Handeln. Dies wäre früher nie möglich gewesen, weil er vor schwierigen Situationen lieber weglief. Da uns nur eine Stunde zur Verfügung stand, erzählten wir in der ersten Sitzung hauptsächlich, worum es sich in unserem Fall handelte. Zum Glück fühlten mein Mann und ich uns in Gegenwart des Sozialpädagogen sehr wohl und so entwickelte sich ein angenehmes Gespräch. Danach gab er uns noch eine Hausaufgabe auf, und wir vereinbarten einen weiteren Termin für den nächsten Monat. Bis dahin sollten wir uns darüber Gedanken machen, was uns früher verband, und wie es nun darum stand. Im Gegensatz zu meinem Mann fielen mir bereits am nächsten Tag einige Punkte ein. Somit erledigte ich die Aufgabe zwar mit Leichtigkeit, doch mein Mann tat sich damit so schwer, dass ihm bis zum vereinbarten Termin nichts einfiel. Erst als ich die positiven und negativen Eigenschaften meines Mannes von damals und heute aufzählte, gelang es auch ihm, Eigenschaften über mich zu nennen. So stellten wir in der zweiten Sitzung fest, dass es trotz allem noch einiges an Verbundenheit in unserer Beziehung gab. Wären da nicht die verletzten und toten Gefühle in mir gewesen. Hinzu kamen noch Ängste, die sich nicht einfach abschütteln ließen. Insgesamt halfen die Sitzungen, dass wir uns besser verständigten und der Sozialpädagoge uns dabei noch Tipps mit auf den Weg geben konnte. Es tat gut, in Anwesenheit dieses Mannes zu sprechen. Denn zu Hause gelang uns das schon wegen der Kinder und anderen Umständen nicht so gut. Deshalb empfahl er uns, auch mal auszugehen, da das Reden in einer fremden Umgebung leichter fiele. Was dann auch tatsächlich funktionierte.

Nachdem weitere drei Monate vergangen waren, stand eine Feier für unsere Tochter an, zu der ich alle Familienmitglieder, bis auf eine Ausnahme einlud. Es war mir seit meiner Kindheit nicht möglich, meine Mutter und meinen Vater zusammen einzuladen. Aber auch bei dem Gedanken, meine Mutter mit all den anderen in einen Raum zu setzen, bekam ich Panikattacken. So lud ich eben lieber meinen Vater ein. Hinzu kam noch, dass einige der Anwesenden ebenfalls nicht gut auf meine Mutter zu sprechen waren, und deshalb nicht gekommen wären. Es gibt eben Gründe, die ich hier nicht nennen kann. Darum fand ich, dass dieser Weg die beste Lösung war, um für unsere Tochter ein ruhiges Fest zu veranstalten. Ich wollte, dass sie im Gegensatz zu mir auf eine schöne Feier zurückblicken kann. Somit vereinbarten wir, meine Mutter am nächsten Tag einzuladen.

Soweit verlief das Fest auch bestens. Mir ging es bis auf meine Gefühlskälte ganz gut. Doch in den darauffolgenden Tagen machte mir meine Mutter wieder einmal mein Leben schwer, obwohl sie vorher mit allem einverstanden war. Deshalb stritten wir uns, und mir ging es dadurch um einiges schlechter. Dazu muss ich allerdings noch kurz erwähnen, dass ich seit meiner Kindheit nicht die beste Beziehung zu meiner Mutter habe. Da ich mir wie schon so oft ständig Gedanken machte, sprach ich auch mit meiner Therapeutin darüber. Sie sagte mir, dass es kein Fehler von mir war, und ich das Recht hätte, einzuladen wen ich wollte. Lediglich meine Mutter müsste damit klarkommen.

Mit der nächsten und auch einigen anderen Schilderungen, möchte ich niemanden anklagen oder verurteilen, sondern einfach mal darstellen, mit welchen Belastungen ich zu kämpfen hatte und wie ich mich damit fühlte.

Acht Wochen herrschte nun Funkstille zwischen uns und ich machte mir immer wieder Gedanken über das Vorgefallene. Also entschloss ich mich, meine Mutter anzurufen, um ihr meine Gefühle klarzumachen. Leider erwies sich dies nicht als vorteilhaft. Denn sie ließ mich nicht zu Wort kommen. Sie besaß auch kein Verständnis für meine Panikattacken, die ich bereits in meiner Kindheit aufgebaut hatte. Sie meinte nur, dass ich ihr den Tag verderben wollte und hielt mir einen Vortrag über die Vergangenheit. Welche Fehler mein Vater gemacht hätte, und welche Fehler ich bei meinen Kindern machen würde. Am Ende gab sie mir sogar die Schuld für die Drogensucht meines Mannes. Sie warf mir vor, dass in der Vergangenheit alles nur nach meinem Kopf gegangen wäre. Meine Mutter war ebenfalls der Auffassung, er hätte die Drogen nur genommen, weil er damals nicht genug Liebe von mir bekam. Nun verstand ich die Welt nicht mehr und wurde aufbrausend. Daraufhin meinte sie, dass ich mein Leben lang eine Therapeutin bräuchte, und mal zum Arzt gehen sollte, um mir Antidepressiva verschreiben zu lassen. Außerdem teilte sie mir mit, dass meine Brüder in Bezug auf die Feier sehr verletzt wären. Ich fragte mich nur, warum mir die beiden dies nicht persönlich mitteilten und ich es immer nur von ihr gesagt bekam. Zudem meinte sie noch, dass ich meinen Mann schließlich unbedingt wollte und nun müsste ich damit leben. Durch diese Aussage entstand noch mehr Unverständnis in mir, denn ausgerechnet sie war bereits viermal geschieden und ging noch weitere neue Beziehungen ein. Danach beendete ich das Telefonat, da ich genug davon hatte. Ich brauchte mir jedenfalls nichts vorzuwerfen. Denn trotz meiner vermasselten Kindheit ließ ich mich immer wieder mit ihr ein und half ihr bei verschiedenen Dingen. Zumal ich in den letzten Jahren keine Mutter-Tochter-Beziehung mehr aufbaute, sondern eher freundschaftlichen

Kontakt hielt. Das Gespräch machte mich zwar wieder wütender, aber ich konnte endlich einmal loswerden, was mich beschäftigte. Obwohl sie mich ständig unterbrach und wir zeitgleich sprachen.

Um die Panikattacken und innere Unruhe, die diesmal durch die Feier hervorgerufen wurden, loszuwerden, entschloss ich mich, nach einigen weiteren Vorfällen, den Kontakt zu einigen in meiner Familie abzubrechen, und so weiteren Problemen aus dem Weg zu gehen. Ich umgab mich von nun an nur noch mit Menschen, die mir gut taten. Und schon nach geraumer Zeit ging es mir besser. Das einzige, was ich immer wieder feststellte, war, dass mich die Geschehnisse der vergangenen beiden Jahre ganz schön krank gemacht hatten. Diese Erkenntnis machte mich sehr traurig und ich fragte mich: „Womit habe ich all das verdient?" Nach dem, was ich in meiner Kindheit durchmachen musste, blieb mir nichts anderes übrig, als den Schlamassel zu überwinden und auch dies hinter mir zu lassen, um endlich neu anzufangen. Von nun an wollte ich alles anders machen.

Zwischenzeitlich wechselte ich noch einmal meinen Arbeitgeber, weil die erste Stelle nicht so optimal war und mir gesundheitliche Probleme bereitete. Außerdem war mein neuer Job, den ich in einem tollen Betrieb antrat, noch um einiges besser und er ist es noch immer.

Hier lernte ich einen Mann kennen, den ich sehr attraktiv fand. Zu dieser Zeit spürte ich ein leichtes Gefühl von Verliebtheit. Allerdings wollte ich keine neue Beziehung eingehen und deshalb fragte ich mich, weshalb ich so reagierte? Ich fand jedoch keine Antwort darauf.

Besonders von schlanken Männern fühlte ich mich angezogen. Da ich mich aber selbst ausbremste, ließ das Gefühl irgendwann nach. Denn immer wenn ich darüber nachdachte, wie es wäre, mich auf einen neuen Mann einzulassen, kamen mir ungute Gedanken. Denn auch in einer neuen Beziehung kämen vermutlich erneut Enttäuschungen auf mich zu. Und da ich momentan genug durchmachte, wollte ich mich sowieso auf keinen anderen Partner einlassen. Aber auch die Schilderungen anderer Angehörigen, sich immer wieder auf den gleichen Typ eingelassen zu haben, bereiteten mir zunehmend Angst. Ich wollte schließlich nicht noch einmal genau dasselbe, nur mit einem anderen Mann, durchmachen.

Nachdem mein Mann noch einmal dieses Zeug genommen hatte, litt ich immerhin insgesamt acht Monate unter starken Depressionen. Doch eines Tages, nachdem ich nochmals mit meiner Therapeutin darüber gesprochen hatte, machte ich mir nach unserer Sitzung so meine Gedanken und plötzlich ging es mir am darauffolgenden Tag so gut, wie schon lange nicht mehr. Woran das lag, wusste ich nicht. Es war unerklärbar für mich und zunächst begleitete mich ein Angstgefühl, dass sich meine Laune wieder verschlechtern könnte. Doch dem war nicht so. Denn selbst nach einigen Tagen ging es mir sehr gut. Meine Depressionen waren wie weggeblasen und meine Lebensfreude kam wieder zurück. Endlich empfand ich wieder Freude und Stolz, wie schon lange nicht mehr. Nun spürte ich nur noch diese Gefühlskälte und innere Unruhe. Die Unruhe kam allerdings nur in schwierigen Situationen, und wenn ich mal wieder zu viel nachdachte. Doch die Gefühlskälte hingegen hielt weiterhin an. Was sich leider nicht verändern ließ. Immerhin wusste ich immer noch nicht, wie es zwischen mir und meinem Mann weitergehen sollte. Es gab nun mal Ereignisse, die für mich nicht einfach waren. Unter anderem ließ ich mich ein weiteres Mal darauf ein, mit meinem Mann zu schlafen. Dennoch fragte ich mich, wie ich mich erneut in ihn verlieben sollte? Solange ich hin und wieder bei genauem Hinsehen ihm gegenüber Ekel empfand, und sich meine Gefühle einfach nicht änderten, konnte ich ihm keine Gewissheit über unsere gemeinsame Zukunft geben. Es gab einiges, das mir Kummer bereitete. Trotzdem versuchte ich es weiterhin. Was mich unter anderem aufbaute war, dass die Beziehung zwischen meinem Mann und unserem Sohn richtig gut lief. Die beiden kamen seit Längerem prima klar und mein Mann blieb in schwierigen Situationen ruhiger.

Wichtig war mir zum Beispiel auch, dass mein Mann zum Ehemaligentreffen fuhr, das jedes Jahr an einem bestimmten Tag in seiner damaligen Rehaklinik stattfindet. Diesmal fuhr ich mit und es war ein sehr schöner Tag. Wir trafen auf ehemalige Mitpatienten meines Mannes, seine damalige Therapeutin und den Psychologen, der mich damals sehr beeindruckt hatte. Und diesmal fand ich den Mut, ihn anzusprechen. Nachdem wir uns kurz unterhalten hatten, gab er mir seine Karte, damit ich mich wegen eines Gesprächs mit ihm in Verbindung setzen konnte. Darüber war ich sehr froh, weil ich seit dem vergangenen Jahr unbedingt mit ihm reden wollte.

Einige Tage später gab es ein Erlebnis, das mich besonders traurig und nachdenklich machte. Und zwar gingen wir einen Sonntag mal wieder zum Gottesdienst. Hierzu war diesmal ein Dekan eingeladen, der eine tolle Predigt hielt. Doch hierbei erwähnte er, dass man in einer Partnerschaft dem anderen ein Freund sein und für diesen auch Lasten übernehmen sollte. Diese Worte berührten mich so sehr, dass ich die Tränen wieder einmal nicht zurückhalten konnte. Währenddessen ging mir einiges Belastendes aus unserer Partnerschaft durch den Kopf. Hierzu fiel mir ein, dass mein Mann zwar auch schon Lasten übernommen hatte, als ich zum Beispiel im Krankenhaus war. Aber die Lasten, die ich in all den Jahren übernommen hatte, waren so schwer zu tragen, dass mich die Worte des Dekans traurig stimmten und mich zu Tränen rührten. Momentan fühlte ich leider nicht mehr als Freundschaft zu meinem Mann. Die beiden Male Sex waren einfach nur Sex, und was das Lustgefühl anging, tat sich bei mir auch nicht besonders viel. Dadurch erschwerte sich ebenfalls manches. Denn wenn er Sex wollte und mir nicht danach war, ließ ich mich nun nicht mehr darauf ein. Außerdem wollte ich nicht von ihm umarmt, geküsst oder berührt werden. Ich wollte keine Nähe zulassen. Deshalb führten wir nochmals ein intensives, aber zum Glück ruhiges Gespräch. Meine Ängste bestanden darin, dass sich hinsichtlich unserer Existenz vieles verändern würde, wovon schließlich auch die Kinder betroffen waren. Und da ich ihnen mehr bieten wollte, als ich je hatte, vereinbarten wir weiterhin in einem Haushalt zu bleiben. Des Weiteren wollte ich mich eigentlich nie scheiden lassen und dann war da noch mein Glaube an Gott. Ich sagte zu meinem Mann: „Ich kann die Liebe nicht erzwingen und es nur versuchen. Was einmal daraus wird, weiß ich nicht und ich hoffe, du wirfst mir irgendwann nicht vor, dass wir unsere Zeit vergeudet haben." Es war zwar nicht gerade leicht für ihn, aber er war damit einverstanden. Mein Vertrauen in ihn war ziemlich kaputt, und um mir darüber klar zu werden, dachte ich mal wieder über eine Angehörigengruppe nach. In all der Zeit fand ich einfach nicht das Passende für mich. Die damalige gemischte Gruppe war zwar in Ordnung, jedoch fand nicht genug Austausch mit anderen Angehörigen statt. Denn wie bereits erwähnt, waren die ehemaligen Betroffenen immer anwesend, aber nur selten kamen Angehörige. Deshalb vereinbarte ich nach so langer Zeit mal wieder mit der Sozialpädagogin vom sozialpsychiatrischen Dienst einen Termin und bat um Hilfe. Immerhin sprachen wir schon damals über eine eventuelle Gruppengründung. Doch zunächst wollte sie, dass ich noch einmal Kontakt zu einer anderen Gruppe aufnahm. Deshalb nannte sie mir eine, in der sich nur Angehörige trafen und so fuhr ich einige Tage darauf zum Treffen. Leider musste ich feststellen, dass auch diese Gruppe nichts für mich war. Denn der monologische Gesprächsverlauf sagte mir einfach nicht zu, da ich mir unter normaler Konversation etwas anderes vorstelle. Das Ganze wirkte irgendwie distanziert und so kam kein Wohlfühlfaktor bei mir auf. Außerdem waren wir nur zu zweit und dadurch fand ebenso kein richtiger Austausch statt. Darum beließ ich es bei dem einen Mal und setzte mich erneut mit der Sozialpädagogin vom sozialpsychiatrischen Dienst in Verbindung, um selbst eine Gruppe zu gründen. Von ihr bekam ich die nötige Hilfe, da es in unserer Gegend noch keine ausgesprochene Angehörigengruppe von suchtkranken Partnern gab. Unter anderem traf ich mich hierfür mit dem Regionalleiter des Krankenhauses, in dem mein Mann damals seinen Entzug machte. Denn dieser engagierte sich sehr in Bezug auf Selbsthilfegruppen und deshalb berichtete ich ihm von meiner Begebenheit, und was mich dazu bewegte, selbst etwas zu tun. Er fand dies sehr mutig von mir und da noch Bedarf bestand, stand auch er mir helfend bei der Gründung einer Angehörigengruppe zur Seite. Dazu war allerdings noch einiges nötig.

Zwischenzeitlich hielt ich immer wieder Kontakt zur damaligen Therapeutin meines Mannes und vereinbarte auch mit ihr einen Gesprächstermin. Außerdem schrieb ich dem Psychologen aus der Fachklinik, in der mein Mann damals war, um endlich ein Treffen zu vereinbaren. Des Weiteren versuchte ich Kontakt zu dem Dekan aufzunehmen, da er mich nicht nur beeindruckt hatte, sondern weil ich das Bedürfnis verspürte, ihm von meinen Lasten zu berichten, und mich seine Meinung dazu sehr interessierte.

Für all das musste ich allerdings Geduld aufbringen, was mir nicht immer leicht fiel.

Achterbahn der Gefühle

Da nun circa zwei Jahre seit dem Entzug vergangen waren, dachte ich, es stünde mir abermals eine schwierige Zeit bevor. Denn wieder einmal stand der Monat an, in dem sich damals und im vergangenen Jahr die Ereignisse häuften. In den Tagen, in denen unsere Kerwe begann, spürte ich zwar wieder diese innere Unruhe, doch diesmal blieb die depressive Stimmung aus. Zudem gestaltete ich mein Leben neu. Denn an dem Tag, der für mich damals der schlimmste in meinem bisherigen Leben war, traf ich mich mit Menschen, die ich aus meiner Reha kannte. Was mir sehr gut tat. Durch diese Veränderung und die anderen Pläne krempelte ich den Monat, den ich am liebsten aus meinem Leben gestrichen hätte, komplett um.

Außerdem fuhr ich nun endlich zu dem Gesprächstermin, den ich mit der Therapeutin, wie zuvor genannt, vereinbart hatte. Wir führten etwa eine Stunde eine angenehme Unterhaltung. Dabei erwähnte ich die Predigt und sprach mit ihr über das Lasten tragen. Dazu meinte sie: „Ihr Mann übernimmt auch Lasten, wie zum Beispiel arbeiten gehen." Unter anderem sprachen wir noch über Gefühle, die ich nicht zuließ. Sie meinte, ob ich mich damit nicht bestrafte. Doch ich sah dies nicht als Bestrafung, denn vorwiegend ließ ich aus Angst nichts an mich herankommen. Aus diesem Gespräch nahm ich ebenfalls viel mit, und da ich ein grübelnder Mensch bin, gingen mir die Lasten, die ich ebenfalls bei dem Gespräch erwähnte, wieder einmal nicht aus dem Kopf. Ich machte mir sehr viele Gedanken, was die Therapeutin in Bezug darauf zu mir sagte und kam zu folgendem Ergebnis: Mir war wohl bewusst, welche

Lasten mein Mann auf sich nahm. Für mich waren die Lasten aus dem Alltag jedoch normal. Denn auch ich übernahm solche Lasten. Ich fragte mich aber, wie ich mit den zusätzlichen Belastungen (zerstörte Gefühle, et cetera) umgehen sollte? Die Enttäuschungen in meinem Leben bereiteten mir Schwierigkeiten, mich fallen zu lassen, und mich meinen Gefühlen hinzugeben. Die Angst in mir ließ meine Gefühle erkalten und diese Feststellung machte mich jedes Mal traurig.

Zu diesem Zeitpunkt durften mich lediglich meine Kinder umarmen und wenn mich ein Knuddelbedürfnis überkam, nahm ich mir, wie in meiner Kindheit, ein Stofftier zum Ausheulen oder Drücken. Schon damals fehlte mir der Bezug zu einem geliebten Menschen, der mich tröstete, mir Zuneigung schenkte und für mich da war. Ich hatte nie diese Liebe erfahren, wie ich sie meinen Kindern gab. Zu meinem Bedauern wusste ich deshalb auch als Erwachsene nicht, wie ich damit umgehen sollte. Wer konnte mir in meiner jetzigen Situation Geborgenheit geben?

Kaum einer wusste, was auf mir lastete, als mein Mann zum Entzug und in Reha war. Ich stand so knapp vor einem Blackout, dass ich trotz meines Glaubens fast den Kindern und mir etwas angetan hätte. An diesem Abend sprach ich noch einmal mit meinem Mann darüber. Zurzeit führten wir wirklich sehr gute Gespräche. Ich teilte ihm mit: „Auch ich wollte eine herkömmliche Ehe und Beziehung in der einer für den anderen da ist (arbeiten geht und zu Hause Tätigkeiten übernimmt)." Vielleicht sah ich dies als zu selbstverständlich an. Aber für mich wäre es ebenso selbstverständlich, für meinen Partner da zu sein und Opfer zu bringen, wie arbeiten zu gehen, um Geld zu verdienen. Ich hätte die Last für ihn und meine Kinder auf mich genommen. Doch die zusätzliche Belastung durch seine Sucht war zu viel für mich und brachte das Gleichgewicht an Belastungen ins Schwanken. Zurzeit empfand ich für niemanden Mitgefühl. So tief waren meine Gefühle immer noch verletzt. Auch die Unruhezustände, die mich immer wieder überkamen, konnte ich nicht kontrollieren. Sie kamen und gingen, wie sie wollten. Ich hatte noch einiges aufzuarbeiten.

Am nächsten Tag dachte ich immer noch über manches nach, aber das Reden mit meinem Mann und das Schreiben halfen mir. Doch meine Laune besserte sich erst, nachdem mich der Dekan endlich zurückrief. Ich teilte ihm dabei kurz mit, um was es ging, und wir vereinbarten ein Treffen. Dadurch stellten sich bei mir wieder einmal Glücksgefühle ein, weil ich mich sehr über ein Gespräch mit ihm freute.

Es war leider nicht immer einfach für mich, da meine Gefühle in letzter Zeit Achterbahn fuhren. So auch als mein Mann und ich bereits einen Tag später erneut eine Diskussion über unsere Gefühle führten. Schon morgens spürte ich eine große Unruhe in mir, welche wieder einmal unerklärbar für mich war. Eigentlich fragte ich meinen Mann nur, ob er noch etwas aus seiner Sicht schreiben würde, das ich dann diesem Buch hinzufügen könnte. Doch damit traf ich einen wunden Punkt. Denn momentan ging es ihm nicht so gut. Er machte sich ständig große Sorgen um unsere Beziehung. Außerdem hatte er immer noch Angst vor einer Trennung. Nachdem mir mein Mann seine Gefühle offenbarte, wollte er, dass ich versuchte, mich in ihn hineinzuversetzen. Daraufhin wollte ich ebenfalls, dass er mal versuchte, sich in meine Lage zu versetzen. Dies gestaltete sich für uns beide schwierig.

Nach diesem Gespräch dachte ich über vieles nach. Vor allem aber darüber, dass es nicht so einfach war, in einem

Haushalt als Freunde zu leben, wie es sich damals anhörte. Nach wie vor fühlte mein Mann noch etwas für mich. Bei mir hingegen klopfte nicht mal mein Herz, wenn ich ihn mit meinen Worten verletzte. Meine Gefühlswelt war immer noch kalt. Ich selbst sah aber große Fortschritte, die ich seit damals gemacht hatte. Nämlich vom totalen Ekel bis dahin, ihn wieder ansehen zu können und glücklicher als vor einigen Monaten zu sein. Wenn ich es nun noch schaffte, meine Gefühle zu wecken, stünde einer gemeinsamen Zukunft vielleicht nichts mehr im Weg. Genau konnte das aber niemand sagen. Ich fühlte mich selbst manchmal unwohl in meinem Körper, so ganz ohne Gefühle. Seit dem Vorfall war dies nun so. Denn gerade nach meiner Reha schöpfte ich neue Hoffnung und empfand Glücksgefühle, sodass einem Neuanfang nichts im Weg gestanden hätte. Doch dann bekam ich erneut einen Dämpfer. Durch all dies verschlechterte sich meine Stimmung, weil ich mir wie so oft über meine Gefühle den Kopf zerbrach. Ich war total in mich gekehrt und knapp davor, depressiv zu werden. Außerdem wurde ich wütend und wäre am liebsten abgehauen. Als mein Mann und ich dann aber mit unseren Hunden spazieren gingen, verbesserte sich meine Stimmung ganz plötzlich. Überraschenderweise war mir auf einmal danach, ihn zu küssen. Ich sagte ihm aber gleich dazu, dass ich nicht wüsste, wie sich die Zukunft entwickelte. Denn ich fühlte mich wie auf einer Achterbahn. Selbst ich hatte keine Kontrolle darüber. Jeder Tag brachte etwas Neues. Dies war jedenfalls ein Anfang.

Bereits am darauffolgenden Tag traf ich mich mit dem zuvor erwähnten Dekan. Wir führten ein tolles und ausgiebiges Gespräch. Ich erzählte ihm alles und teilte ihm mit, dass mich seine Predigt sehr beeindruckt, aber auch getroffen hatte. Hierbei erwähnte ich ebenfalls dies mit den Lasten tragen. Daraufhin meinte der Dekan: „Ein Mensch allein sollte nicht so viele Lasten tragen." Er brachte mir vollstes Verständnis entgegen. Außerdem sprachen wir über die Gründung einer Angehörigengruppe, weil ich für diese einen Raum und dafür Unterstützung über das Dekanat suchte. Woraufhin er mir versprach, sich darum zu kümmern und mit mir in Kontakt zu bleiben. Endlich konnte ich erneut hoffen, etwas zu verändern.

Mir tat es sehr gut mit Menschen, die mir etwas auf meinen weiteren Lebensweg mitgeben konnten, zu sprechen. Allein was sich innerhalb von drei Tagen ereignete, weckte in mir Glücksgefühle. Denn wie bereits zu Beginn erwähnt, wollte ich einfach nicht tatenlos herumsitzen und nichts tun. Dabei wäre ich eingegangen wie eine Blume, um die sich keiner kümmert. Auch wenn meine Stärke noch nicht vollständig hergestellt war, hatte ich nun zumindest die nötige Kraft, etwas zu bewirken und all die Menschen, die mich beeindruckten, bestärkten mich mit ihren Worten. Nun wollte ich nur noch ein Gespräch mit dem zuvor erwähnten Psychologen führen. Dafür musste ich allerdings weiterhin Geduld aufbringen.

Ein neuer Lebensabschnitt

Seit einiger Zeit ging ich nun nur noch einmal im Monat zu meiner Therapeutin. Als ich diesmal zu unserem vereinbarten Termin kam, berichtete ich ihr, was sich in den letzten vier Wochen getan hatte. Außerdem erwähnte ich, wie viel mir daran läge, noch einmal die damalige Gruppenleiterin der ersten Selbsthilfegruppe aufzusuchen, um ihr klarzumachen, wie angegriffen ich mich damals gefühlt hatte. Daraufhin meinte meine Therapeutin, dass sie das gut fände, weil ich dieser Frau dadurch meine Sichtweise deutlich machen könnte, und sie somit die Möglichkeit bekäme, in Zukunft etwas zu verändern. Ich fragte sie noch, was ich in Bezug auf den Ekel tun könnte, der mich manchmal noch überkam? Dazu meinte sie, dass dies eher ein Erschrecken als Ekel sei. Denn in gewissen Situationen könnte es immer wieder mal vorkommen, dass ich bedingt durch eine Erinnerung aufschrecke. Ich empfand dies allerdings anders. Denn manchmal überkam mich beim Anblick meines Mannes ein schauriges Gefühl.

In diesem Gespräch konnte ich meiner Therapeutin zumindest vermitteln, dass mir das, was ich unternahm, sehr gut tat. Ich teilte ihr mit, dass ich mich entschieden hatte, bei meinem Mann zu bleiben. Allerdings wollte ich mein Leben eigenständiger führen, um nie mehr so verletzt zu werden und wieder in solch ein Loch zu fallen. Dass hieß, wenn mir nach etwas Bestimmten war, dann tat ich dies. Denn im Gegensatz zu damals ließ ich mich nun nicht mehr von meinem Mann leiten. Die Liebe hatte nun mal unter all dem gelitten und war nicht mehr dieselbe wie früher. Ich ließ mich jedoch auf eine neue Beziehung mit ihm ein, um zu sehen, was sich daraus entwickeln könnte. Immerhin verstanden wir uns in letzter Zeit recht gut, und da mein Mann mich nicht verlieren wollte, ließ er sich ebenfalls darauf ein.

Der nächste Schritt war, dass ich mir über das letzte Gespräch mit meiner Therapeutin Gedanken machte und zu dem Entschluss kam, bei der oben genannten Gruppenleiterin anzurufen. Denn auch sie ging mir oftmals nicht aus dem Kopf. Ich verstand vor allem eins nicht: Wieso gingen Angehörige, die nach Hilfe und Unterstützung suchten, zu solch einer Frau? Gut, viele Möglichkeiten gab es vermutlich nicht. Aber niemand sollte in einer Gruppe angegriffen werden, wie es damals bei mir war und dies wollte ich ihr noch einmal verdeutlichen. Nur war dieser Termin wieder einmal mit erheblicher Wartezeit verbunden. Deshalb kümmerte ich mich weiterhin um die Gründung einer eigenen Angehörigengruppe. In Bezug darauf standen mir schließlich sehr tolle Menschen zur Seite. Was mir wiederum sehr gut tat.

Trotz allem blieben meine Gefühlszustände recht chaotisch. Es war ein Auf und Ab. Die Unruhezustände waren manchmal besonders schlimm. Ich bekam den Eindruck, mein Körper wurde allmählich süchtig nach den Glücksgefühlen der vergangenen Tage. Immer wieder dachte ich über die Menschen nach, mit denen ich in letzter Zeit zu tun hatte. Irgendetwas bewirkten diese Entwicklungen in mir und dazu war die Vorfreude oftmals so groß, dass ich mich selbst bremsen musste. Immerhin gab es lange Zeit keine Freude mehr in mir und jetzt wurde ich damit überhäuft. Vielleicht war es zu viel auf einmal für meinen Körper, da nach so langer Zeit erst wieder alles aktiviert werden musste. Es gab so vieles, das mir gut tat, sodass ich mich am Liebsten täglich mit Leuten umgeben hätte, die dieses Glücksgefühl in mir weckten. Doch dies war leider nicht möglich. Deshalb versuchte ich mich abzulenken, und die Tage bis zu den nächsten Ereignissen ruhig anzugehen. Da sich zu meinem vorherigen Leben so viel veränderte, fühlte es sich an, als hätte ich jeden Tag Geburtstag. Nach einigen Tagen legte sich die Unruhe glücklicherweise etwas.

So manches bereitete mir jedoch weiterhin Bedenken. Unter anderem besuchte ich einmal eine gute Freundin, die bereits einiges von dem Geschehenen wusste. Ich erzählte ihr, was sich in letzter Zeit getan hatte. Außerdem sprachen wir über meinen Mann in Bezug auf seine Interessen und Standfestigkeit. Ich erklärte ihr, dass er keinen Hobbys nachkäme, da ihm bis auf das Bogenschießen nichts Spaß bereitete. Mein Mann unternahm auch ungern etwas allein. Er traf sich nicht wie ich mit Freunden. Im Gegensatz zu mir bestanden seine Interessen darin, seine Freizeit wie früher nur mit mir und seinen Kindern zu verbringen. Ich teilte meiner Freundin mit, dass ich damit so meine Schwierigkeiten hatte, und dass die Liebe auch noch fehlte. Sie war meiner Meinung und meinte dazu, dass es nicht gut sei, wenn er nicht auch einmal was für sich täte. Zum Thema Liebe war sie der Meinung, dass diese nicht mehr wiederkäme. In diesem Punkt wollte ich allerdings noch nicht ganz aufgeben, denn die Hoffnung stirbt bekanntlich zuletzt.

Abends erzählte ich meinem Mann von den Äußerungen meiner Freundin. Nur das mit der Liebe ließ ich weg, um ihm keine unnötige Angst zu machen. Zu den anderen Behauptungen meinte er: „Ich weiß nicht, was ihr habt, mir geht es doch gut!" Daraufhin fragte ich mich: „Nimmt er das nicht wieder zu leichtfertig hin? Wie reagiert er in ein paar Jahren wirklich in Stresssituationen und kann er dann

NEIN sagen?" Trotz seiner Äußerungen, dass so etwas nie wieder passieren würde, vertraute ich nicht auf die Worte meines Mannes. Schließlich konnte auch er nicht sagen, was die Zukunft bringen würde. Deshalb nahm ich mir vor, darüber nochmals mit meiner Therapeutin zu reden, und eventuell in der Paartherapie etwas zu erwähnen.

Zu dieser Zeit ging ich noch offener mit meinem Erlebten um und so offenbarte ich einer weiteren Freundin, was damals wirklich vorgefallen war.

Des Weiteren traf ich mich mal wieder mit meiner sehr guten und langjährigen Freundin, der ich damals im Eiscafé als Erste von allem erzählte. Sie ist eine der wenigen, der ich alles anvertrauen kann. Außerdem führt man mit ihr wirklich bereichernde Gespräche. Da wir uns nicht so oft sehen konnten, gab es sehr viel zu erzählen. Ich berichtete ihr von der Entwicklung unserer Beziehung und was sich sonst so getan hatte. Doch wir sprachen nicht nur über meine Familie, denn auch sie teilte mir mit, was ihr auf dem Herzen lag. Dabei kamen wir unter anderem auf die Liebe in einer Partnerschaft zu sprechen. Besonders nachdenklich machte mich folgende Aussage: „Nach so langer Zeit mit einem Partner verbindet einen so viel, was man in einer neuen Beziehung nicht hat. Außerdem verändert sich die Liebe doch ständig im Laufe einer Ehe." Damit hat sie wohl Recht. Denn von einigen Freundinnen, die in einer langjährigen Beziehung lebten, erfuhr ich ebenfalls, dass es immer wieder Hürden zu überwinden gab, welche auch nur mit einer Veränderung der Liebe zu schaffen waren. Auch uns verband so einiges, das wir unseren Kindern erzählen konnten. Zwar gab es darunter nicht nur gute Erinnerungen, doch waren so einige schöne Erlebnisse dabei. Inwiefern mir diese allerdings helfen sollten meine Liebe wiederzufinden, wusste ich leider nicht. Immerhin musste

ich erst wieder Vertrauen finden, welches sich nicht innerhalb kurzer Zeit, wenn überhaupt noch, entwickelte. Doch
in letzter Zeit unternahm mein Mann endlich mehr, um sich
attraktiver für mich zu machen. Vielleicht war dieser neue
Lebensabschnitt wieder ein Anfang für eine neue Liebe.

Schwierigkeiten bereitete mir lediglich mein Geburtstag in diesem ereignisreichen Monat. Ich wollte weder feiern noch Geschenke, da mir nicht nach Geburtstag zumute
war. Morgens ging es mir schon mal gar nicht gut. Erst an
meinem Arbeitsplatz gelang es mir, mich abzulenken und
so meine Laune zu verbessern. Als ich wieder zu Hause
war, überkam mich wieder ein ungutes Gefühl, welches ich
aber ebenfalls mit Ablenkung loswurde. Den Nachmittag
verbrachte ich mit unserer Tochter und einer Bekannten
mit einem tollen Ausritt. Abends überraschte mich mein
Mann mit einem Mitbringsel, da ich kein Geschenk von
ihm wollte. Doch seine Idee gefiel mir sehr gut, denn diese
brachte noch einmal Veränderung zu den früheren Jahren.
Ich fand es toll, dass er sich etwas einfallen ließ, das mir
nicht noch mehr die Laune verdarb.

Einige Tage später ging es mir wieder besser, da ich
mich bereits auf mein nächstes Treffen freute. Denn nachdem mittlerweile über ein Jahr seit der Entlassung aus meiner Reha vergangen war, und ich zu der damals liebgewonnenen Stationsschwester noch Kontakt hielt, traf ich mich
auch mal wieder mit ihr. Da ich mich ihr damals anver-
traute, kannte sie bereits die Begebenheiten meines damaligen Klinikaufenthaltes recht gut. Nun erzählte ich ihr von
den Ereignissen des vergangenen Jahres und von meinem
Vorhaben, eine Gruppe zu gründen. Sie fand die Entwicklungen toll und sagte zu mir: „Geben Sie Ihrem Kind einen
Namen." Genau diesen Satz hörte ich schon einmal von einer guten Freundin, als ich mit diesem Buch begann. Damit

machten mir beide klar, dass es sehr wichtig ist, seinem Vorhaben einen Namen zu geben, um dadurch seinen inneren Frieden zu finden. Außerdem meinte die Stationsschwester: „Ich bin nicht sehr christlich erzogen, aber wenn ich vor mir das Bild der Kreuzigung Jesus und die Darstellung seiner Wunden sehe, dann finde ich, dass sie ihre Wunden der Welt genauso offen zeigen." Des Weiteren sprach sie davon, wie viel Kraft und Leben sie in mir spürte und wie toll sie meine Eigenständigkeit fand. Zum Schluss verabschiedeten wir uns mit einer innigen Umarmung voneinander.

Auch aus diesem Gespräch nahm ich wieder sehr viel Beeindruckendes mit. Auf dem Heimweg dachte ich nochmals darüber nach und dabei wurde mir klar, dass ich meine Kraft und Lebensenergie gerade solchen Menschen zu verdanken hatte. Denn sie gaben mir so viel und machten das Leben erst lebenswert. Doch auch Gott hatte ich viel zu verdanken.

Seit einigen Tagen bekam ich die Erkenntnis, dass die Gründung einer Selbsthilfegruppe nicht so einfach war, wie anfangs gedacht. Ich erhielt zwar Hilfe von der Sozialpädagogin vom sozialpsychiatrischen Dienst und dem Regionalleiter des Krankenhauses, in dem mein Mann damals seinen Entzug machte, doch es steckte noch viel mehr dahinter so etwas aufzubauen. Während ich immer noch auf der Suche nach einem geeigneten Raum war, lernte ich weitere Menschen kennen, die sich mit diesen Begebenheiten auskannten. Deshalb ergab sich nach einem Gespräch mit dem Regionalleiter und der Sozialpädagogin vom sozialpsychiatrischen Dienst, dass ich erst einmal andere Gruppen besuchen sollte, um so noch mehr Eindrücke zu erhalten. Dazu fanden die beiden, dass eine aus fünf Blöcken bestehende Fortbildung zur Suchtkrankenhelferin, welche über eine Suchtberatungsstelle angeboten wurde, ebenfalls eine gute Sache sei. Denn hierbei erhielt ich die Möglichkeit, mehr über die Grundlagen der Sucht und etwas über meine eigene Persönlichkeit in Erfahrung zu bringen. Da ich ebenso dieser Auffassung war, dass mir dies eine zusätzliche Hilfe wäre, gingen wir das Ganze nun langsamer und geplanter an. Deshalb kümmerte ich mich nun erst einmal um die Erstellung eines Flyers. Aber besonders bemerkenswert fand ich die Bemühungen des Regionalleiters. Er kümmert sich wirklich gut um die nötige Transparenz der Selbsthilfegruppen im Krankenhaus. Auch bei diesem Gespräch erwähnte der Regionalleiter wieder, wie mutig ich sei. Außerdem glaubte er fest daran, dass ich die Sache voll durchziehen würde. Ich stellte aber auch fest, dass noch einiges an Wut in mir steckte, als ich ihm davon erzählte, dass mich in dem Krankenhaus damals keiner auffing und wie schlecht es mir damit ging. Aber genau diese Wut und die Erinnerungen halfen mir, nicht locker zu lassen und mich an den Veränderungen zu beteiligen. Außerdem hatte mein Handeln für mich nichts mit Mut zu tun. Die Weise, wie ich mit allem umging, war eher eine Art Befreiung. Im Gegensatz zu heute war ich früher schüchtern und fraß vieles in mich hinein.

Erst seit ich mit meinem jetzigen Mann zusammenkam, lernte ich mit einigem anders umzugehen. Aber selbst wenn ich dadurch auch mal meine Meinung äußerte, gab es zur damaligen Zeit immer noch Gefühle wie Angst, Aufregung und Herzklopfen in gewissen Situationen. Doch durch die Geschehnisse, während seiner Abhängigkeit und was sonst so geschah, verlor ich diese Gefühle und begegnete allem kühler. Somit äußerte ich nun häufiger meine Meinung und vertrat meinen Standpunkt, auch wenn es meinem Gegenüber nicht gefiel.

Unkontrollierbare Gefühle

Seit meinem Geburtstag äußerte unsere Tochter hinsichtlich meiner Gefühle, wie sehr sie es bedauerte, dass ich auf Geschenke keinen Wert mehr legte. Sie teilte mir mit, dass schließlich auch ihr Geburtstag damals von ihrem Vater verdorben wurde. Doch obwohl hin und wieder schlechte Erinnerungen hochkämen, freue sie sich noch über Geburtstagsgeschenke. Dazu konnte sie aber meiner Meinung nach keinen Vergleich ziehen, da mir vieles, wozu auch mein Geburtstag gehört, seit meiner Kindheit durch gewisse Umstände wenig Freude bereitet.

Immerhin gab es in ihrem Fall bisher nur dies eine Ereignis, welches sie dank meiner Unterstützung meines Erachtens nach, gut überwand. Immerhin war ich für sie und ihren Bruder da und ich hatte damals niemanden. Außerdem hatte ich das Gefühl, dass sie recht gut mit ihrem Vater klarkam. Hinzu kommt, dass zwischen ihren und meinen Gefühlen zu ihm ein großer Unterschied besteht. Eine Vater-Tochter-Beziehung ist immerhin anders als eine Mann-Frau-Beziehung.

Jedenfalls, dachte ich bis zu dem Tag, als ich mal wieder aufgrund einiger Belastungen ausrastete, dass es ihr momentan recht gut ginge. Da ich dabei auch wieder die Gefühle unserer Kinder verletzte, entschuldigte ich mich bei den beiden. Und nachdem mein Mann sauer zu Bett gegangen war, sprach ich seit langem wieder einmal mit unseren Kindern über ihre und meine Gefühle. Da diese bei mir seit einiger Zeit chaotisch waren und sich meine Unruhe nur geringfügig besserte, wusste ich manchmal nicht

mehr, wie ich damit umgehen sollte. In diesen Unruhezu-
ständen hatte ich oftmals das Bedürfnis, mich einfach fal-
len- und loszulassen. Doch leider gab es niemanden, bei
dem ich mich in diesen Momenten ausheulen konnte beziehungsweise wollte. Normalerweise hat man für so etwas
seinen Partner. Mir fiel es jedoch sehr schwer, dies mit
meinem Mann zu teilen. Und so vertraute ich meine Gefühle unserer Tochter an und sie vertraute mir ihre an. Dabei stellte sich heraus, dass sie gar nicht so glücklich war,
wie sie nach außen hin zeigte. Sie erzählte mir davon, wie
oft sie darüber nachdachte, wie es um unsere Familie wohl
stände, wenn das Ganze nicht passiert wäre. Dabei erwähnte sie, dass sie manchmal traurig vor dem Foto ihrer
Oma (verstorbene Mutter meines Mannes) saß und sich
fragte: „Was wäre wohl gewesen, wenn sie noch gelebt
hätte?" Das fragte auch ich mich manchmal. Wobei ich
denke, dass sie es nicht einfach gehabt hätte, und sie mit
mir ganz schön angeeckt wäre.

Außerdem erzählte ich meiner Tochter unter Tränen,
wie sehr ich mir in letzter Zeit wünschte, mit so einem
Mann verheiratet zu sein, wie einen von jenen, die mich so
sehr beeindruckten. Ich sehnte mich einfach nach einer har-
monischen Beziehung. Das Gespräch erleichterte uns und
dadurch wurde mir jedenfalls mal wieder klar, dass es in
jedem Einzelnen von uns anders aussah, als wir es nach
außen hin zeigten.

Kopfzerbrechen bereitete mir nur noch unser Sohn.
Denn leider sprach er nicht gerne über seine Gefühle und
durch die ganzen Geschehnisse verlor er den Respekt vor
seinem Vater. Teilweise gab es sogar Phasen, in denen er
an uns allen seine Wut ausließ. Wenn er wieder einmal seinen Kopf durchsetzen wollte, schrie er oftmals seine
Schwester und auch mich an. Er kam zwar mittlerweile

ganz gut mit seinem Vater klar, aber irgendwie war das alles nicht so einfach für ihn. Da ich allerdings mein früheres Verhalten in ihm erkannte, verstand ich ihn auf eine Art und Weise. Dennoch dachte ich mal wieder über psychologische Hilfe nach. Die Sache von damals hatte sich glücklicherweise erledigt. Doch die Art, wie er sich manchmal uns gegenüber verhielt, wollte ich nicht einfach hinnehmen und es auch nicht dabei belassen. Bevor ich allerdings etwas unternahm, wollte ich dies noch einmal mit dem Sozialpädagogen unserer Eheberatung besprechen.

In der Zwischenzeit standen noch einige andere Termine zwecks Gruppengründung auf dem Programm. Außerdem bekam ich die notwendigen Unterlagen, welche die Kosten und Termine der Suchtkrankenhelferseminare betrafen, zugesandt. Nun war es an der Zeit, an meinem Arbeitsplatz Bescheid zu geben, um für die besagten Tage frei zu bekommen. Bei diesem Gespräch spürte ich erstmals große Aufregung, da ich nicht wusste, mit welcher Reaktion zu rechnen war. Doch die Aufregung war völlig unnötig, weil mir auch hier sehr viel Verständnis entgegengebracht wurde. Wofür ich der dafür zuständigen Kollegin sehr dankbar bin, denn ohne ihr Verständnis wären meine Seminare vielleicht nicht möglich gewesen. Nun war ich erneut ein Stück weit erleichtert. Bisher erhielt ich von allen, mit denen ich über meinen suchtkranken Mann sprach, nur positive Reaktionen. Es faszinierte mich immer wieder, wie viele mir von ihren Erfahrungen berichteten. Und somit stellte ich fest, dass es in einigen Familien nicht so rosig zugeht, wie es nach außen hin scheint oder dargestellt wird. Einige weitere Menschen machten mir ebenso wie schon eine der erwähnten Freundinnen klar, dass es für die Liebe nicht nur einen, sondern viele Wege gibt.

Unsere Beziehung verlief nun so, dass wir zwar verschiedene Wege nahmen. Doch nun hatten wir die Möglichkeit, herauszufinden, wo uns diese hinführten und wo wir uns auf diesen trafen, um einen gemeinsamen Neuanfang zu starten.

Nachdem abermals vier Wochen vergangen waren, stand der nächste Termin bei meiner Therapeutin an. Diesmal erzählte ich ihr von meinen Gefühlswallungen. Daraufhin meinte sie: „Sie machen einen recht munteren Eindruck und das ist doch gut so." Ich vermittelte ihr, dass mir die Aufgaben, die ich übernahm, gut taten, jedoch die daraus entstandene Unruhe nicht einfach zu verarbeiten sei. Dazu sagte sie: „Das ist momentan zwar anstrengend, doch mit der Zeit legt sich das wieder." Nun sollte ich abermals versuchen, die Atemübung von damals anzuwenden. Weiterhin erwähnte ich, dass ich eine Art Verliebtheit in mir spürte und mir manchmal danach wäre, gewisse Menschen einfach zu umarmen. Hierzu meinte meine Therapeutin: „Dann tun sie das doch." Es war mir allerdings nicht möglich, alle zu umarmen, bei denen ich diesen Wunsch verspürte. Dennoch sollte ich mein Glücksgefühl genießen, solange es noch so intensiv vorhanden wäre.

Des Weiteren suchte ich nun erneut die Angehörigengruppe des Krankenhauses auf. Diesmal wurde diese von der Sozialpädagogin geleitet, mit der mein Mann und ich damals, während seines Aufenthaltes, gesprochen hatten. Der Abend verlief sehr gut, da alle Anwesenden die gleiche Problematik betraf. Am Ende der Gesprächsrunde unterhielt ich mich nochmals mit der Sozialpädagogin darüber, wie ich mich damals fühlte, und dass mir die erhoffte Hilfe komplett fehlte. Sie fand gut, dass sie dieses Feedback von mir bekam, denn nur so wäre eine Änderung möglich. Außerdem sagte sie: „Ich frage mich, warum ich Ihnen damals nichts gab, dass Ihnen weiter geholfen hätte?" Doch das ließ sich nach so langer Zeit nicht mehr nachvollziehen. Allerdings denke ich, wäre ohne solche Hürden alles anders gekommen. Denn wäre mein Weg leichter gewesen, wäre ich das Ganze vermutlich nicht so angegangen.

Danach berichtete ich ihr noch von den ganzen Vorhaben, die ich mit dem Regionalleiter und der Sozialpädagogin vom sozialpsychiatrischen Dienst vereinbart hatte und dann verabschiedete ich mich. Nach alldem, was an diesem Tag geschah, ging es mir einfach fantastisch.

Und auch in den darauffolgenden Tagen ging es mir besser als je zuvor. Denn seit einigen Wochen behielt mein Mann seine Veränderungen bei. Er nahm weiterhin ab und damit dies so blieb, ging er sogar oftmals allein mit unseren Hunden spazieren. Er bemühte sich, mehr zu helfen, und man konnte spüren, wie stolz er darauf war. Ich fand die momentane Entwicklung ebenfalls toll. Die Bedenken von vor einiger Zeit bestanden nun nicht mehr, da er statt des Bogenschießens jetzt das Laufen als Ausgleich hatte. Immerhin gewann ich dadurch erstmals den Eindruck, dass er in Zukunft standfester bleiben wollte und auch mal „NEIN" sagen konnte. Nun hoffte ich wieder einmal, dass es dabei blieb.

Auch in der Eheberatung erzählten wir von den neuen Geschehnissen und Eindrücken. Wir sprachen aber auch über die Vergangenheit. Dabei erwähnte ich gegenüber dem Sozialpädagogen das Ereignis mit unseren Kindern, und dass ich es gut fände, wenn auch sie einmal mit ihm sprechen würden. Allerdings teilte ich ihm auch mit, dass sie es, im Gegensatz zu mir, nicht nötig fanden. Daraufhin meinte dieser, dass man sie nicht zwingen sollte. Und so vereinbarten wir, dass die Kinder kommen könnten, sobald in ihren Augen Bedarf bestünde.

Da die Entwicklungen nicht still standen, und aufgrund der Aufgaben, die ich zwecks Gruppengründung übernahm, geschah innerhalb weniger Tage Beachtliches. Ich blieb ständig mit tollen Menschen in Kontakt und dadurch veränderte sich mein Gefühlszustand weiterhin. Doch als ich endlich einen Termin bei dem Psychologen der Rehaklinik meines Mannes erhielt, gingen mit mir die Pferde durch. Ich freute mich wie ein kleines Kind, da ich durch meine Hartnäckigkeit endlich etwas erreichte. Außerdem erhielt ich von einer Stelle, die der bereits erwähnten Suchtberatungsstelle zugehört, eine Zusage für einen Raum. Es war eindrucksvoll von so vielen Seiten Gutes zu erhalten, und bei etwas Gutem mitzuwirken. WAHNSINN!

Da mein Mann spürte, wie sehr mir dies alles half, ging es auch ihm gut, und so entstand noch mehr Hoffnung beiderseits, für eine neue, aber andere Beziehung. Aufgrund der anhaltenden Kontakte mit einigen besonderen Personen, verbesserten sich meine Gefühle bereits nach kurzer Zeit mehr und mehr. Lediglich ab und zu waren noch in Zusammenhang mit gewissen Leuten leichte berauschende Zustände zu spüren. Diese äußerten sich durch Kribbeln im ganzen Körper, begleitet von Herzklopfen. Es war eine Art Aufregungszustand, der mehrere Stunden gleich stark anhalten konnte. Manchmal auch, wenn ich nur an diese Menschen oder deren Aussagen dachte.

Erfahrungen sammeln

Um mich noch intensiver mit der Thematik zu befassen, nahm ich weitere Termine wie Gruppenbesuche und eine Fahrt zu einer weiteren wichtigen Organisation für Selbsthilfegruppen wahr. Unter anderem besuchte ich dazu auch die damalige gemischte Gruppe, um auch ihnen die Neuigkeiten zu berichten. Immerhin war seit meiner letzten Teilnahme ein Jahr vergangen und da in solchen offenen Gruppen immer wieder ein Wechsel der Anwesenden stattfindet, kannte ich lediglich die Leiterin, eine Betroffene und einen Angehörigen. Dennoch war es sehr schön, dabei zu sein. Da die Zeit aber nicht ausreichte, alles zu erzählen, und diejenigen, die mich kannten, noch mehr erfahren wollten, luden sie mich gleich noch einmal zu einem ihrer Treffen ein. Des Weiteren begeisterte ich am nächsten Tag den Regionalleiter mal wieder mit meinem Engagement. Außerdem teilte er mir noch seine Vorhaben, welche für mehr Transparenz sorgen sollten, mit. Dazu gehörten unter anderem das Kennenlernen der Therapeuten und das Vorstellen meines Vorhabens im besagten Krankenhaus. Für mich hatte die Aufgabenübernahme zwar mit Anstrengung zu tun, da ich nun, wie bereits erwähnt, eher zu Aufgeregtheit neigte. Jedoch war ich vor einigen Monaten innerlich komplett tot und dadurch wurde ich endlich wieder lebendig. Schließlich freute ich mich sehr über die Anerkennung, die ich nun erhielt. Allerdings war ich so etwas in meinem bisherigen Leben nicht gewohnt. Endlich gab es Menschen, die an mich glaubten und mir dies auch mitteilten. Dadurch veränderte sich einiges in meiner Gefühlswelt, womit ich erst einmal zurechtkommen musste.

Ich konnte mir damit einen weiteren Traum verwirklichen und da ich noch mehr in Planung hatte, arbeitete ich weiter an dessen Umsetzung. Zum Beispiel wollte ich aus meinen Songtexten richtige Lieder machen. Da die Bandsuche bisher erfolglos verlief, beschäftigte ich mich mit den Melodien, die ich seit damals in meinem Kopf hatte. Und schließlich gelang es mir dank meines Keyboardunterrichts, den ich erst seit einem Jahr hatte, eigene Melodien zu komponieren. Auch wenn die Schaffungsphase eine lange Zeit in Anspruch nahm, so war ich doch stolz darauf. Darum nahm ich mir vor, wenn die Zeit gekommen sei, die Songs im Internet zu veröffentlichen. Auf jeden Fall wollte ich auch hieraus mehr machen. Für all die bisherigen Erfolge musste ich hart arbeiten. Aber wenn man etwas wirklich will, lässt sich meines Erachtens viel erreichen. Die schwere Zeit überwand ich unter anderem mit Musik, allerdings immer auf der Suche nach Songs, die zu mir passten. Da ich keine fand, blieben mir eben nur meine eigenen.

Mittlerweile fühlte ich mich befreiter, als in meinem bisherigen Leben. Im Gegensatz zu früher, ging ich mit den Menschen in allen Bereichen offener, ehrlicher und kritischer um. Dadurch bekam ich viel Positives zurück. Natürlich war auch Negatives dabei. Dies kam dann aber von Leuten, die nicht damit umgehen konnten. Hätte meine Schwiegermutter noch gelebt, wäre sie eine von jenen gewesen. Aber da sie verstorben war, brauchte ich mir darüber zum Glück keine Gedanken machen.

Jedenfalls, um die Vorbereitungen weiter anzutreiben, arbeitete ich weiterhin an einigen Umsetzungen, denn mein Flyer war bereits fertig. Dazu gehörte unter anderem ein Artikel für die Zeitung, damit durch diesen eine Bekanntmachung der Selbsthilfegruppe erfolgte. Hierfür sendete ich dem zuständigen Redakteur mein Anliegen. Da ich nicht wusste, wie solche Berichte geschrieben werden, stellte dieser meine Fassung um, und schickte mir eine Kurzfassung nach seiner Vorstellung. Weil mir der Artikel so nicht gefiel, machte ich mir Gedanken und sendete ihm eine Version aus seinen und meinen Worten zu. Bald darauf erhielt ich eine E-Mail mit den Worten: „Das nehmen wir so." Als ich dies las, war ich so was von begeistert. Allerdings überkam mich eine so große Freude, dass je mehr ich darüber nachdachte, erneut Aufregung in mir entstand. Diesmal war das Gefühl so gewaltig, dass ich nicht wusste, ob ich vor Freude schreien oder weinen sollte. Am liebsten hätte ich der ganzen Welt davon erzählt. Doch da diese Möglichkeit nicht gegeben war, musste ich wieder alleine damit klar kommen. Ich teilte zwar vieles mit meiner Familie, doch irgendwie half dies nur teilweise, um mich zu beruhigen. Das Gefühl, ein nützlicher Mensch zu sein war einfach überwältigend für mich, da ich von klein auf so etwas nie erfahren habe.

Bereits am nächsten Tag nahm ich wieder einmal am Gottesdienst des besagten Dekans teil. Denn ich hatte mir bereits nach unserem vergangenen Gespräch vorgenommen, einmal im Monat daran teilzunehmen. So kam es, dass er mich auch dieses Mal wieder mit seiner Predigt zu Tränen rührte. In dieser ging es um erneut zum Leben erweckt werden, dass nur Gott weiß, wie es in einem aussieht, wie kostbar das Leben ist, und wie dankbar wir dafür sein sollten. Auch in dem Glaubensbekenntnis, das wir mit dem Dekan sprachen, stand so viel Passendes. Dazu gehörte zum Beispiel, dass man aus dem Bösesten Gutes entstehen lassen kann. Genau diese Worte standen meiner Meinung nach dafür, dass sich mit der Entstehung der Selbsthilfegruppe etwas Gutes aus meinen schmerzhaften

Erfahrungen ergab. Nach dem Gottesdienst erhielt ich noch kurz die Möglichkeit, mit dem Dekan zu sprechen. Dabei erwähnte ich, wie sehr die Predigt wieder zu mir passte. Ich berichtete ihm, wie lebendig ich mich momentan fühlte und wie anstrengend meine Empfindungen waren. Außerdem berichtete ich ihm, von den bisherigen Entwicklungen, und dass ich nun einen Gruppenraum gefunden hatte. Denn auch er interessierte sich sehr dafür und deshalb sollte ich den Dekan sogar weiterhin auf dem Laufenden halten. Daraufhin versprach ich ihm, zu weiteren Gottesdiensten zu erscheinen. Zudem meinte er noch: „Ich dachte immer, in unserer Gemeinde wäre alles an Hilfsmöglichkeiten abgedeckt. Doch Sie haben mir gezeigt, dass dem nicht so ist." Auch diese Worte reichten schon wieder aus, mich in Unruhe zu versetzen. Denn mir wurde damit so viel Anerkennung zuteil, dass ich wie immer zu viel darüber nachdachte, und somit den ganzen Tag mit einem inneren Zittern zu kämpfen hatte. Zudem ergab sich für mich die ganze Zeit über keine Möglichkeit abzuschalten. Und so kam ich erst am Abend zur Ruhe und schrieb mir, wie so oft in letzter Zeit, alles von der Seele. Es passierte einfach zu viel Großartiges und Beeindruckendes das unter anderem mit mir zu tun hatte, und bedingt durch meine Vergangenheit fiel es mir schwer, damit umzugehen. Aufgrund dessen spürte ich einen großen Mitteilungsbedarf. Deshalb rief ich die bereits erwähnte sehr gute und langjährige Freundin an. Obwohl nicht einmal vier Wochen seit unserem letzten Treffen vergangen waren, hatte ich ihr sehr viel zu berichten. Ich wollte meine Freude einfach mit noch jemandem, außer meiner Familie, teilen. Nachdem ich ihr alle Neuigkeiten mitgeteilt hatte, meinte sie, dass sie das Ganze erst einmal verarbeiten müsse. Als ich auch ihr gegenüber erwähnte, dass ich fast süchtig nach tollen Menschen sei, sagte sie: „Ich würde es eher als Hunger bezeichnen. Denn da dein Körper dieses Gefühl schon lange nicht mehr kennt, giert er regelrecht danach." Auf diese Weise konnte man es auch sehen. Daran hatte ich noch nicht gedacht und vielleicht steht hierfür das Sprichwort: „Mir hungert und dürstet danach". Nach dem Telefongespräch war ich jedenfalls sehr froh darüber, solch eine tolle Freundin zu haben. Endlich verstand jemand meine Gefühle und freute sich mit mir über so viel Erfolg. Denn bereits am Nachmittag führte ich ein Telefonat mit der Sozialpädagogin vom sozialpsychiatrischen Dienst und dabei versuchte ich auch ihr die umwerfenden Gefühle, bedingt durch so viel Anerkennung, zu erklären. Doch sie hatte eher Angst um mich. Da es solche Eindrücke aber zum ersten Mal in meinem Leben gab, konnte ich ihr klarmachen, dass ich mit alldem, was ich tat, meine Erfüllung gefunden hatte und sie sich keine Sorgen machen brauchte. Denn schließlich entdeckte ich dadurch Gefühle wie Aufregung, Freude, Mitgefühl und all die anderen wieder neu.

Durch Zufall erfuhr ich durch das Telefonat mit der Sozialpädagogin von einem Vortrag über Suchtkrankheit, der eigentlich für Betreuer bestimmt war. Da ich für meine Gruppengründung Informationen sammelte, nahm ich daran teil. Dadurch lernte ich die Suchtsymptomatik noch besser verstehen. Einiges war mir bereits bekannt, doch hierbei erfuhr ich noch viel Neues. Außerdem erhielten alle Beteiligten durch meine Anwesenheit noch einen Einblick aus meiner Sicht als Angehörige. Es gab allerdings auch Aspekte, vorgebracht durch den leitenden Psychiater, die mir zu Denken gaben und Angst machten. Eine Äußerung von ihm war: „Wenn jemand in meiner Familie GBL nimmt, dann fliegt er auf jeden Fall aus dem Haus. Denn dies ist für alle anderen untragbar und man befindet sich auf Messers Schneide." Des Weiteren erwähnte er im Verlauf des Abends noch, dass es drei Suchtgruppen gibt. Diese unterteilen sich in Genetiker (Suchtkrankheit, die in der Familie liegt), Sensation Seeker (Koma-Trinker, Action-Junkie) und psychische Probleme (Sucht wird durch Angstzustände hervorgerufen). Demnach ist mein Mann genetisch vorbelastet und zählt laut dem Psychiater zu der kritischen Gruppe, die es oft nicht schafft, für immer clean zu bleiben. Nun fragte ich mich, ob mir das Sorgen bereiten sollte oder nicht? Jedenfalls nahm ich mir vor, mich noch an anderen Stellen zu informieren.

Zumindest wusste ich durch die Teilnahme an dem Vortrag nun, weshalb ich mir einen suchtkranken Partner ausgesucht hatte. Denn erst kürzlich sagte jemand zu mir: „Die Frage ist doch, warum habe ich mir einen suchtkranken Mann ausgewählt?" Die Antwort darauf lautet: „Da ich aus zerrütteten Familienverhältnissen komme, suchte ich mir anscheinend einen Partner mit ödipaler Störung. Und da diese Störung wohl auch auf mich zutrifft, gingen wir eine harmonische Bindung ein." Dies gab mir wiederum zu Denken, denn mich machte es irgendwo traurig, bedingt durch meine Vergangenheit eine Entscheidung getroffen, und somit eine weitere Enttäuschung erlebt zu haben. Die Feststellung musste ich erst einmal verarbeiten.

Zwei Tage darauf fand dann endlich das Treffen mit dem leitenden Psychologen der Rehaklinik meines Mannes statt. Die Vorfreude war groß mit diesem endlich ein Zwiegespräch zu führen. Bedingt durch die zeitliche Begrenzung von einer Stunde, blieben leider noch einige Fragen offen, die ich gerne besprochen hätte. Dennoch war ich sehr froh, die Möglichkeit dafür erhalten zu haben.

Da sich der Psychologe nicht mehr detailliert an unsere Begebenheit erinnern konnte, berichtete ich ihm kurz davon. Immerhin waren seit dem damaligen Paarseminar fast zwei Jahre vergangen. Als nächstes sprachen wir darüber, dass ich das Gefühl hatte, bedingt durch dieses GBL intensiver verletzt worden zu sein, als Angehörige von Alkoholikern. Doch dies widerlegte er, indem er mir von Begebenheiten berichtete, die ebenfalls für die Beteiligten schwer zu verkraften waren. Des Weiteren interessierten mich seine Erfahrungen in Bezug auf Offenheit und Verschlossenheit der Angehörigen. Hierbei stellte ich fest, dass es weder eine Mehrheit noch Minderheit gab. Die Reaktionen der Leute beruhen darauf, welche Spannungen in einer Partnerschaft vorhanden sind und auf welcher Ebene sich die Paare befinden. Außerdem sprach ich ihn noch auf das Krankheitsbild Genetiker an. In Bezug darauf konnte er mich etwas beruhigen, da dieses unter anderem mit dem jeweiligen Typ zu tun habe. Denn dazu sagte der Psychologe zu mir: „Darüber würde ich mir nicht allzu viele Sorgen machen. Denn es kommt immer darauf an, wie der Betroffene sich von den jeweiligen Situationen beeinflussen lässt." Zum Schluss riet er mir noch, auf jeden Fall mit einer speziellen Fachperson in Kontakt zu bleiben, da sich bedingt durch eine Gruppenleitung für mich Probleme ergeben könnten. Und um darüber zu sprechen, sollte ich mich in regelmäßigen Abständen einer auserwählten Person wie zum Beispiel der Sozialpädagogin vom sozialpsychiatrischen Dienst oder von der Fachstelle anvertrauen. Darüber hinaus bot er mir an, wenn ich wollte, könnte ich gerne einmal an einem Paarseminar als Angehörige teilnehmen, um von mir zu erzählen. Daraufhin bedankte ich mich und verließ die Klinik. Auch wenn ich mir von dem

Gespräch mehr erhofft hatte, konnte ich auch hieraus wieder Einiges mitnehmen und ich bin dem Psychologen sehr dankbar, dass er sich die Zeit für mich nahm.

Da es noch nicht allzu spät war, nahm ich einen anderen Rückweg und fuhr dabei zu meinen Pflegeeltern, bei denen ich sieben Jahre meines Lebens verbrachte. Seit meinem letzten Besuch waren etwa drei Jahre vergangen, und da ich ihnen von den Geschehnissen nicht am Telefon berichten wollte, war dies der perfekte Zeitpunkt, mit den beiden alleine zu sprechen. Nachdem ich ihnen von dem Vorgefallenen erzählte, öffnete sich meine Pflegemutter ebenfalls und berichtete mir von ihren Erlebnissen mit ihrem suchtkranken Mann. Auch sie hatte so einiges mit ihren vier Kindern, die damals teilweise noch klein waren, durchlebt. Doch die beiden überstanden es ebenso ohne Trennung. Immerhin hielt diese Ehe bereits über fünfzig Jahre. Allerdings spielte ihr Glaube an Gott auch für sie eine große Rolle. Es faszinierte mich immer wieder, was ich durch meine Offenheit erreichte. Denn schon wieder öffnete sich mir jemand und erzählte von seinen Erlebnissen zum Thema „Sucht". Daraus lässt sich wieder einmal schließen, dass in vielen Familien Dinge passieren, von denen keiner etwas mitbekommt und die über Jahre geheimgehalten werden.

Zwei Tage später traf ich mich nochmals mit dem Regionalleiter, um einige wichtige Dinge betreffend der Gruppengründung zu besprechen. Da ich auch bei ihm das Bedürfnis verspürte, über meine Gefühlsentwicklungen zu reden, tat ich dies und berichtete ihm was in mir vorging. Das war das Beste, was ich tun konnte, denn seit diesem Tag verbesserten sich meine Unruhezustände erheblich. Nun konnte ich in meinem Job wieder konzentrierter arbeiten und klarer denken. Meine ganze Verfassung besserte sich dadurch so schnell, dass ich wieder an die Stations-schwester denken musste. Mit ihrer Aussage, dass ich der Welt meine Wunden offen zeigte, hatte sie Recht. Denn wem auch immer ich begegnete, und mich dabei dieses Bedürfnis überkam, musste ich davon erzählen, um meine Unruhe loszuwerden. Warum das so war, wusste ich auch nicht. Doch mittlerweile wusste ich, wie mein Körper reagierte und dementsprechend musste ich handeln. Wenn es sich allerdings zeitlich nicht ergab, mich der Person mitzuteilen, blieb so lange diese innere Unruhe, bis ich mir alles von der Seele reden konnte.

Meine gute Laune hielt dennoch weiterhin an. Ich fühlte mich lebendiger als je zuvor. Selbst als ich an einem Frauentreffen, welches ebenfalls aus Angehörigen und Betroffenen bestand, teilnahm. Hierdurch war es mir möglich, noch mehr Erfahrungen mit auf den Weg zu bekommen. Denn dabei erzählten alle in meinem Beisein in einer kurzen Vorstellrunde von ihren Begebenheiten. Zum Schluss der Vorstellrunde berichtete auch ich von meinem Erlebten. Danach fand eine rege und offene Gesprächsrunde statt. Hierbei kamen auch Themen zur Sprache, in die ich mich richtig gut hineinversetzen konnte, da ich genau dasselbe durchlebt hatte. Deshalb konnte ich mich auch prima mit einbringen. Obwohl dies alles bewegend für mich war, fand ich den Abend absolut bemerkenswert. Dennoch belastete mich die Teilnahme nicht und auch hier nahm ich mir wieder etwas an Erfahrungen mit. Nachdem das Frauentreffen beendet war, bedankte ich mich noch ganz herzlich bei der Gruppenleiterin dafür, dass ich daran teilhaben durfte.

Bereits am darauffolgenden Tag führte ich ein einein-halbstündiges Telefonat mit einer Angehörigen eines verstorbenen Alkoholikers. Dieser schaffte den Absprung leider nur für eine kurze Zeit von einigen Monaten. Danach trank er über Jahre bis er starb. Ich fand an dem Telefongespräch toll, dass wir beide so offen über alles sprachen, obwohl wir uns zuvor nicht kannten. Nachdem ich ihr erzählte, dass ich bei meinem Mann immer nur kurz vorbeikam, die Sachen hinstellte und wieder ging, während er sich in der Psychiatrie befand, meinte die Frau zu mir: „Schade, dass ich Sie nicht schon früher kennengelernt habe, dann hätte ich vieles vielleicht auch anders gemacht."

Dieser Satz gab mir das Gefühl, dass ich mich mit meinem Vorhaben auf dem richtigen Weg befand. Am Ende wünschte sie mir noch viel Glück und Erfolg für meine Gruppengründung. Ich versprach ihr, mich auf jeden Fall mal wieder zu melden, um ihr von den Entwicklungen zu berichten.

Am Nachmittag fand endlich das Gespräch mit der zuvor erwähnten Gruppenleiterin der ersten Selbsthilfegruppe statt. Leider war mit dieser Leiterin weder damals noch zu diesem Zeitpunkt eine vernünftige Konversation möglich. Zuerst versuchte ich ihr meine damalige Situation zu vermitteln, indem ich ihr klarmachen wollte, dass es mir schlecht ging und ich Hilfe suchte. Da sie mich hierbei schon unterbrach, konnte ich das Gespräch nicht mehr sachlich weiterführen. Deshalb verlief dieses sehr impulsiv. Jedoch blockte die Frau von vornherein ab und ließ keine Kritik zu. Diesmal fühlte sie sich von mir angegriffen. Allerdings wollte ich ihr eigentlich etwas anderes vermitteln und nur mal meine Meinung äußern. Sie dachte gleich, ich wolle ihre Persönlichkeit verändern. Dabei wollte ich ihr nur klarmachen, dass sie mich damals sehr verletzt hatte, und dass sie sich darüber mal Gedanken machen sollte. Die Frau war in keiner Weise einsichtig. Dazu unterbrach sie mich weiterhin ständig. Ein sachliches Gespräch verläuft meiner Meinung nach so, dass einer auch mal reden kann, und der andere in Ruhe zuhört. Doch sie ließ nichts an sich herankommen und besaß nicht einmal die Fähigkeit, sich ansatzweise in meine Lage zu versetzen. Sie war der Meinung, ihr Konzept sei genau das Richtige. Dazu gehörte unter anderem keine Vorstellrunde in der Gruppe. Dann meinte sie noch, dass ich damals alle überfahren hätte mit dem, was ich erzählte. Daraufhin versuchte ich ihr zu vermitteln, dass es in anderen Gruppen auch funktioniert und man sich durch eine Vorstellrunde nicht ausgeschlossen fühle. Bereits wie damals fehlten mir bei ihr das Verständnis und die Herzlichkeit, was mir von allen anderen entgegengebracht wurde. Da wir so nicht weiterkamen, brach sie das Gespräch nach einer halben Stunde ab, und wies mich an zu gehen. Kopfschüttelnd verließ ich das Gebäude und versuchte das Ganze als misslungen abzuhaken.

Abends besuchte ich noch einmal meine damalige gemischte Gruppe und erzählte dieser Leiterin davon. Ich erwähnte ihr gegenüber alles, und wie sehr sich diese Frau wehrte, mich alles erklären zu lassen. Daraufhin meinte sie zu mir: „Vergiss das Gespräch am besten und hake es ab. Denn solche Menschen sind eben uneinsichtig."

Beim nächsten Termin mit meiner Therapeutin hatte ich ebenfalls eine Menge zu berichten. Dabei erzählte ich ihr, dass die Atemübungen leider erfolglos blieben. Denn damit wurde ich der Unruhezustände diesmal nicht Herr. Daraufhin erklärte sie mir, dass es aufgrund der Freisetzung von Dopamin im Gehirn in meinem Körper zu einer Überreaktion kam, da es diese Ausschüttung lange nicht mehr gegeben hatte. Außerdem erzählte ich ihr von meinem misslungenen Gespräch mit der bereits erwähnten Gruppenleiterin und was sich sonst noch so ereignete. Zum Gespräch meinte meine Therapeutin: „Immerhin haben Sie es versucht." Dabei beließen wir es dann.

Als nächsten Schritt versuchte ich über weitere Institutionen Angehörigengruppen zu finden, um an deren Treffen teilzunehmen. Dies erwies sich jedoch als schwierig, da es in unserem Umkreis wenn überhaupt nur gemischte Gruppen gab. Deshalb fragte ich mich seit geraumer Zeit, ob mein Vorhaben nicht etwas zu speziell war? Da ich mir aber eine Angehörigengruppe in den Kopf gesetzt hatte, hielt ich weiterhin daran fest und hoffte das Beste. Zudem wurde mir von sehr vielen mitgeteilt, dass viele Angehörige dachten, dass es nicht nötig wäre, für sich selbst etwas zu tun. Weshalb ich mir allerdings vornahm, es dennoch zu versuchen, und auf jeden Fall dran zu bleiben, um damit Erfolg zu haben. Immerhin war es mir wichtig und ich unternahm einiges, um für die Gruppengründung Werbung zu machen. Außerdem standen mir die Mitarbeiterinnen des sozialpsychiatrischen Diensts und das Krankenhauspersonal weiterhin mit der Bekanntmachung unter den Patienten zur Seite.

An dieser Stelle möchte ich noch kurz erwähnen, dass dem Krankenhauspersonal wirklich eine große Anerkennung gebührt. Denn trotz meiner damals schlechten Erfahrung wirkte ich nun bei den Veränderungen mit. Immerhin fand im Gegensatz zu anderen Menschen bei den Mitarbeitern der psychiatrischen Abteilung des Krankenhauses bereits eine Weiterentwicklung statt. Was ich absolut großartig finde! Herzlichen Dank dafür!

Es kam allerdings noch einiges anderes auf mich zu. Dazu gehörte zum Beispiel ein Kennenlern- und Informationstreffen für meine bevorstehenden Suchtkrankenhelferseminare. Hierbei stellten sich die beiden Seminarleiter, aber auch wir uns vor. Dann informierten sie uns über das bevorstehende Programm. Die Seminare bestanden im Folgenden daraus, sich auf das Kennenlernen der eigenen Persönlichkeit oder Selbstreflexion einzulassen. In Gruppen zu arbeiten, sich auf Rollenspiele einzulassen, Strukturen und Hilfen zu erlernen und vieles mehr. Im Umfang sollten Themen wie Entstehung und Funktion von Sucht, Formen der Sucht, Suchtumfeld, Umgang mit Sucht, das Hilfesystem und Sinn und Wertbezüge erarbeitet werden. Was hieß, dass es noch viel zu lernen gab.

Außerdem fuhr ich mit dem Regionalleiter endlich zu der Kontakt- und Informationsstelle für Selbsthilfegruppen. Diese steht Menschen bei Gruppengründungen, Öffentlichkeitsarbeit, Möglichkeiten der Selbsthilfeförderung und vielem mehr beratend zur Seite. Ich bekam zunächst einmal Unterstützung für den Druck der Flyer und Aushänge. Auf die Anfrage zwecks Seminarkostenübernahme, konnte mir die Leiterin der Einrichtung leider nicht weiterhelfen. Wobei sie allerdings nicht begeistert reagierte, weil ich bereits vor Gruppengründung mit dem Seminar zur Suchtkrankenhelferin beginnen wollte. Doch trotz der ungeklärten Frage, was die Kostenübernahme betraf, war mir dieses sehr wichtig und so ließ ich von meinem Plan nicht ab.

Als nächstes besuchte ich eine gemischte Gruppe in einer entfernten Großstadt, um noch mehr Erfahrungen betreffend der Gruppenleitung zu sammeln. Dabei lernte ich einige beeindruckende Menschen kennen. Ich wurde sehr freundlich aufgenommen und wir führten ein sehr offenes

Gespräch. Hierbei spürte ich richtig die Gemeinschaftlichkeit und Harmonie der einzelnen Teilnehmer. Sie hörten mir aufmerksam zu, teilten mir von sich etwas mit und stellten mir neugierig Fragen. Auch hier gab es eine Vorstell- und Schlussrunde. Aufgrund des Wohlfühlfaktors gab ich sehr viel von mir preis, was alle sehr schätzten. Unter anderem fand eine Teilnehmerin, dass ich mich sehr wortgewandt ausdrückte. Jeder teilte mir etwas mit. Darunter waren einige wichtige Wortwechsel. Hier einige Beispiele, die mir Einzelne mit auf den Weg gaben: „Es kann nie wieder so werden wie früher, weil ihr euch beide verändert habt und daraus nun etwas neues entsteht. Beschäftige dich nicht nur mit dem Thema Sucht, sondern achte auch auf dich." Jemand fragte nach meinem Mann, weil ich hauptsächlich nur von mir sprach, ob er nicht auch verzweifelt gewesen wäre? Ich antwortete: „Ja, aber zu dieser Zeit war noch so viel Wut in mir, dass eben durch all das Geschehene die Gemeinsamkeiten fehlten." Daraufhin meinte jemand anderes: „Der war doch selber Schuld, ich finde es verblüffend was diese Frau durchgemacht hat, und wo sie nach so kurzer Zeit schon steht." Außerdem teilte mir noch eine Angehörige mit, dass es weder Falsch noch Richtig gibt. Dieser Austausch war so beeindruckend. Ich fühlte mich wie in einer großen Familie in der einem vollstes Verständnis entgegengebracht wird. Sie teilten mir immer wieder mit, wie wichtig es sei, gemeinsam als Betroffene/r und Angehörige/r in eine Gruppe zu gehen, da man nur so den anderen verstehen lernt. Jeder war für den anderen da. Sie erzählten mir von gemeinsamen Ausflügen, Faschings- oder Weihnachtsfeiern, Seminaren, an denen sie teilnahmen und all den anderen Unternehmungen. Und das alles funktionierte ohne Alkohol und sie hatten auch noch Spaß daran. In der Abschlussrunde teilten mir alle mit, wie toll sie das Gespräch und meine Offenheit fanden. Außerdem meinten sie noch, dass ich für die Gruppe eine Bereicherung war. Danach vereinbarten wir, miteinander in Kontakt zu bleiben. Ich verließ diese Menschen mit so großer Begeisterung, dass ich meinem Mann zu Hause gleich davon berichtete. Auch mich bereicherte dieser Abend sehr. Vor allem, weil ich solch eine Atmosphäre bisher in keiner anderen Gruppe kennengelernt hatte. Vielen Dank für diese Erfahrung!

Obwohl ich auch hier von allem berichtete, fühlte sich niemand von mir überfahren. Egal in welcher Gruppe ich davon erzählte, stellte dies kein Problem für die Teilnehmer dar. Bisher eckte ich damit nur in der Gruppe an, in der ich damals ausgeschlossen wurde. Was mir bewies, dass alle anderen, die ich mit meinen Erlebnissen konfrontierte, damit umgehen konnten. Dies wurde mir auch von allen bestätigt, mit denen ich darüber sprach.

Jedenfalls wartete so viel Neues auf mich und je mehr ich tat, umso lebendiger fühlte ich mich. Seitdem ich zu neuem Leben erweckt wurde, fiel mir alles leichter und nachdem die Unruhezustände welche circa acht Wochen anhielten, endlich komplett überwunden waren, verlief mein Leben wieder um einiges ruhiger. Es war schön, wieder normale Gefühle zu haben. Denn in der Zeit der Unruhe, welche auch noch von Herzrasen begleitet wurde, fühlte ich mich so zittrig und überdreht. Ungefähr so stellte ich mir einen Entzug vor.

Wenn mir zwei Jahre zuvor jemand gesagt hätte, dass ich wieder glücklich werde, hätte ich nicht daran geglaubt. Doch nun wusste ich, dass sich der Weg für mich gelohnt hat, nicht aufzugeben, da ich so einen Ausweg aus der schweren Zeit fand.

Aber auch unsere familiäre Situation verbesserte sich zunehmend. Natürlich gab es zwischendurch mal Phasen, in denen mein Mann und ich mit Rückschritten zu kämpfen hatten. Diese überwanden wir aber mit Gesprächen, um uns nicht zu sehr zu belasten. Dabei half mir allerdings auch ein Telefonat mit der Sozialpädagogin vom sozial-psychiatrischen Dienst. Im Gegensatz zu damals wusste ich nun, wo ich Hilfe erhielt, und da ich nie wieder so tief sinken wollte, nahm ich diese dankend an. Außerdem ver-heimlichte ich nichts mehr, um nie wieder so krank und innerlich tot zu werden.

Als letztes Treffen in diesem Jahr besuchte ich eine Gruppe von ehemaligen Betroffenen, die sich seit Jahren zweimal im Monat in dem Raum traf, in dem auch ich un-tergekommen war. Und um sich so näher kennenzulernen, nahm ich an einem Gruppentreffen teil. Unter anderem traf ich dabei sogar auf einen Angehörigen. Zunächst begannen wir mit einer Vorstellrunde mit kurzem Feedback wie es den Einzelnen so ging. Da die Gruppe an diesem Abend sehr gut besucht war und jeder so manches zu erzählen hatte, dauerte es einige Zeit, bis ich von unserer Begeben-heit berichten konnte. Nachdem ich vieles offenbart hatte, führten wir eine angeregte Unterhaltung. Auch hier teilten mir wieder einige mit, dass sie mein Vorhaben gut fanden, dieses sich in unserer Gegend jedoch als schwierig erwei-sen könnte, da die Meisten nicht bereit wären, sich zu öff-nen. Dennoch meinten sie, dass ich nicht aufgeben sollte, auch wenn sich die Gruppengründung zäh gestalten würde. Genau das hatte ich auch nicht vor. Denn wenn ich mir et-was in den Kopf setze, dann ziehe ich dies durch. Immerhin wollte ich auch etwas für mich. Und dazu tat es mir gut, mich dieser Aufgabe zu widmen. Unter anderem flüchtete ich mich gern in dieses Projekt, da ich dadurch tolle und positive Erfahrungen machte.

Welche zu Hause nicht unbedingt zu erwarten waren. Denn wieder einmal befand sich mein Mann in einer schwierigen Phase. Diesmal verrannte er sich in seinem ganzen Abnehmfieber in eine totale Unzufriedenheit. Er wusste einfach nicht, was er wollte. Am liebsten hätte er etwas Leckeres gegessen. Doch kurz darauf dann doch nicht mehr. Dazu fühlte sich mein Mann noch ungeliebt und ich wusste nicht, wie ich ihm dabei helfen sollte. Immerhin konnte ich ihm diese Liebe, die er wollte, nicht entgegenbringen. Es lief in letzter Zeit zwar recht gut in unserer Beziehung, aber deswegen fühlte ich mich nicht unbedingt in der Lage, ihn in den Arm zu nehmen und zu knuddeln. Auch seine Unzufriedenheit machte es mir nicht gerade leichter, ruhig zu bleiben. Gerade in solchen Phasen wusste ich einfach nicht, was ich meinem Mann gegenüber fühlen sollte. Denn ganz unschuldig war er nicht daran. Ich versuchte doch alles, was mir möglich war, um Gefühle aufzubauen. Leider sah es in mir, bedingt durch die Enttäuschungen in meinem Leben, anders aus, als es ihm lieb gewesen wäre. Mein Mann wusste aber auch, dass ich nie seinem Wunsch entsprechen würde, als er mich damals heiratete. Und damit musste er nun leben. Genauso wie ich mit seinen Vor- und Nachteilen leben sollte.

Da sich das Jahr dem Ende neigte, verbrachte ich die restlichen Tage ruhiger und plante erst wieder im neuen Jahr alles Weitere anzugehen. Schließlich erzielte ich sehr viele Erfolge. Dazu zählte, dass ich lebendiger wurde, gute und weniger gute Erfahrungen sammelte und letztendlich meine innere Unruhe komplett besiegte. Hinzu kam, dass das Verlangen nach Zahnpasta und Zähneputzen mit dem

Lebendigwerden verschwand und allmählich kehrte wieder Ruhe in meinen Körper ein.

Da ich aber durch die ganze Action in keinerlei Weihnachtsstimmung kam, veränderte sich diesbezüglich auch in diesem Jahr so einiges. Es gab weder einen Adventskranz, noch irgendwelche Lichterketten im Haus. Selbst unseren Kindern war es nicht danach. Sie wollten lediglich, dass ich einen Weihnachtsbaum aufstellte. Was ich ihnen zuliebe natürlich tat. Diesmal feierten wir auch nicht im Familienkreis meines Mannes, sondern blieben für uns. Was zwar manchen nicht so gut gefiel, aber sie akzeptierten unsere Entscheidung und fanden sich damit ab.

Die weiteren Vorbereitungen

Gleich zu Beginn des neuen Jahres besuchte ich noch einmal die Angehörigengruppe der Sozialpädagogin des Krankenhauses. Außerdem meldete sich der Regionalleiter bereits an seinem ersten Arbeitstag im neuen Jahr bei mir, um einen Termin zur Vorstellung in der Morgenrunde zu vereinbaren. Bedingt durch meinen Job und andere Termine wurde ich allerdings zunächst wieder etwas ausgebremst. Deshalb verschob sich die Vorstellung im Krankenhaus um einige Tage. Mittlerweile waren schon vierzehn Tage vom neuen Jahr verstrichen. Dennoch musste ich hinsichtlich des näherrückenden Termins zur Gruppengründung endlich Werbung dafür machen, um Interessenten zu finden. Da ich allerdings immer noch keine Flyer hatte und auch von der Kontaktstelle diesbezüglich noch keine Entwicklung stattfand, kümmerte ich mich vorübergehend selbst um Werbematerial. Zum Glück gab es noch die tolle Sozialpädagogin vom sozialpsychiatrischen Dienst. Denn auch sie half mir vorübergehend mit dem Druck von Flyern und Aushängen aus. Da ich nun etwas Werbematerial hatte, und der Regionalleiter mir trotz seines Zeitmangels einen Vorstellungstermin auf einer der psychiatrischen Stationen ermöglichte, konnte ich doch noch rechtzeitig loslegen. Zusätzlich wurden alle, die von meiner Selbsthilfegruppe wissen sollten, vom sozialpsychiatrischen Dienst, dem Regionalleiter und der Kontakt- und Informationsstelle informiert.

Währenddessen verlief unser Familienleben endlich wieder harmonischer. Nur wie mein Mann mir manchmal seine Liebe zeigte, fand ich etwas kindisch. Ich war nun zwar glücklich wie schon seit vielen Jahren nicht mehr in meinem Leben. Doch durch die Vorkommnisse blieb ich ernster und erwachsener. Dies wünschte ich mir deshalb auch von meinem Mann. Was allerdings nur Wunschdenken blieb, da er sich verständlicherweise nicht in jeder Hinsicht auf seine Charakterzüge ändern wollte oder konnte. Und so versuchte ich, damit zu leben.

Nach einigem Hin und Her, meldete sich endlich die Kontaktstelle, um den Druck und die Verteilung der Flyer und Aushänge zu veranlassen. Diesbezüglich brauchte ich mir nun keine Gedanken mehr zu machen, da die Verteilung sogleich von dieser Stelle ausging und somit die Öffentlichkeitsarbeit begann. Auch dafür war ich sehr dankbar.

Zeitgleich fing ich nun mit meinem ersten Suchtkrankenhelferseminar an, welches etwa drei Tage in Anspruch nahm. Zunächst trafen sich alle Teilnehmer in einer Runde. Dort wurden wir dann unter den beiden Leitern in zwei Kleingruppen zu jeweils zehn Leuten aufgeteilt. Danach fand in diesen das Kennenlernen statt. In der Gruppe, in der ich mich befand, legten alle bereits zu Beginn sehr intensiv und offen los. Es kam sofort ein Gefühl von Verbundenheit auf, da niemand etwas verheimlichte und sich alle mit einbrachten. Wir führten jedenfalls eine sehr angeregte Unterhaltung, welche noch stundenlang hätte fortfahren können. Jeder war bereit, sich darauf einzulassen. Nachdem der Leiter irgendwann einen Schlussstrich zog, damit wir nicht bis in die Nacht diskutierten, ergab sich danach noch die Möglichkeit, Einzelne näher kennenzulernen. Dabei kristallisierte sich bei manchen heraus, wie gut es doch sei, dass Betroffene und Angehörige in getrennte Gruppen gingen. Denn einigen bereitete selbst der Gedanke, vor seiner Partnerin oder seinem Partner über alles offen zu sprechen,

Schwierigkeiten. Deshalb wollte ich genau aus diesem Grund eine Angehörigengruppe gründen. Jedoch behielt ich mir eine Umstrukturierung im Hinterkopf. Denn ich persönlich war mittlerweile nicht mehr abgeneigt, eine gemischte Gruppe anzugehen.

Auch am nächsten Tag führten wir wieder einige intensive Gruppengespräche. In einem davon wurde uns die Aufgabe gestellt, innerhalb von zehn Minuten Fragen zu beantworten, wie wir uns zu dieser Zeit selbst einschätzten. Diese zeigten mir, welche Entwicklungen und Veränderungen sich bei mir im Laufe der Zeit getan hatten. Hierbei handelte es sich um folgende Fragen:

Wo liegen meine Stärken und was finde ich gut an mir?

Was will ich auf keinen Fall verändern?

Woran möchte ich bei mir selbst arbeiten?

Woran erkenne ich, dass sich bei mir etwas positiv verändert hat?

Die zeitliche Umsetzung zur Beantwortung der Fragen fiel mir anfangs zwar sehr schwer, da ich lieber genauer darüber nachdenke. Aber schließlich gelang es mir, einige Stichpunkte aufzuschreiben.

Nachdem die Zeit um war, kam jeder Einzelne zu Wort, um über seine Notizen offen zu sprechen. So ergab sich, dass ich in der darauf folgenden Diskussion mit den anderen Gruppenteilnehmern verblüffender Weise einen großen Wiedererkennungswert fand. Was aber nicht nur mir so ging. Gegen Ende war auch ich an der Reihe. Nun spürte ich, dass in mir ein merkwürdiges Gefühl aufkam, als ich die Stichpunkte über mich nennen sollte. Dennoch überwand ich mich dazu. Immerhin wollte ich für alles offen sein.

Allerdings wurde mir, während ich alles aufzählte, klar, dass ich noch an einigem arbeiten musste. Vor allem in der Beziehung zu meinem Mann gab es vom Gefühlszustand her noch manches zu bewältigen. Dazu gehörten meine Ängste und der Vertrauensverlust. Denn gerade wenn ich in mich hineinfühlte, bemerkte ich, welche Distanz ich zu ihm hielt, und wie schwer es für mich war, Nähe zuzulassen. Ging es allerdings um sehr gute Freunde oder besonders tolle Menschen, ließ ich die Nähe in Form einer Umarmung zu und holte mir damit die nötige Wärme und Geborgenheit. Denn es war für mich nicht einfach, meinen Mann hingebungsvoll in die Arme zu schließen, zu drücken oder mit ihm zu schmusen. Allerdings waren die oben erwähnten Umarmungen freundschaftlich. Bei meinem Mann hingegen empfand ich eher Angst, dass er mehr fordern würde, als ich zulassen wollte. Durch die fehlende Zuneigung in meiner Kindheit bereitete mir leider vieles große Schwierigkeiten. Und bis ich das nötige Vertrauen zu einem Menschen, der mich verletzt hatte, wieder aufbauen konnte, gingen Jahre ins Land.

Bedingt durch einen Vortrag über Sucht am letzten Seminartag, entstand in mir durch die Darstellung der Co-Abhängigkeit große Wut. Deshalb meldete ich nach dessen Beendigung eine Störung an. Diese konnten wir jederzeit anmelden, wenn uns etwas nicht so gut bekam. Und da es mir nach dem Vortrag nicht gut ging, wollte ich dies sogleich in der Kleingruppe klären. Hierbei berichtete ich unter Tränen, was sich bei uns alles ereignete, und dass ich nur aufgrund meiner Ausweglosigkeit nicht aus meiner angeblichen Co-Abhängigkeit herausfand. Ein paar in der

Kleingruppe traf meine Schilderung über die Geschehnisse. Deshalb äußerte sich ein Teilnehmer wie folgt: „Boah, ich muss zu Hause gleich mit meiner Frau reden, wie es ihr mit meiner Abhängigkeit ergangen ist. Wir haben noch nie darüber gesprochen." Somit brachte meine Darstellung auch hier eine Veränderung. Leider brachen wir diesen Tag wegen schlechtem Wetter vorzeitig ab und so konnte ich für mich nicht mehr alles klären. Aufgrund dessen fuhr ich etwas niedergeschlagen nach Hause, da mich immer noch zu viel beschäftigte. Ich wollte einfach nicht mit allen in eine Schublade gesteckt werden.

Nach diesem ersten Seminar musste ich feststellen, dass ich immer noch nicht bereit war, mich als co-abhängig zu sehen. Meiner Meinung nach sollte dabei nochmals differenziert werden, inwiefern es auf den jeweiligen zutrifft. Mir persönlich sagt am ehesten das Wort „Resignation" zu. Ich war in Bezug auf seinen Drogenkonsum irgendwann resignativ und tolerierte ihn einfach, um Streit aus dem Weg zu gehen. Doch wenn es darum ging, Entscheidungen zu treffen, band ich ihn immer mit ein. Das einzige Problem dabei war, dass er in vielen Dingen, die ich als notwendig ansah, keine Wichtigkeit fand und die Bewältigung dieser wie selbstverständlich mir alleine überließ. War es ihm jedoch wichtig genug, setzte er sich dafür ein und ließ sich davon auch nicht abbringen. Hier mal ein Beispiel:

Mein Mann wollte eine Veränderung in unserem Wohnzimmer. Also gingen wir die Renovierung gemeinsam an. Dabei half er tatkräftig mit, solange es beruflich und zeitlich machbar war. Schließlich war ihm diese Veränderung wichtig. Was aber die Gartenarbeit und dessen Veränderung betraf, war es ihm gleichgültig. Deshalb widmete ich mich den Dingen, die mir wichtig waren, alleine.

Leider gehörten diese dem Übermaß an und so blieb vieles an mir hängen. Was ich jedoch nie tat war:

Aufgaben wie Krankmelden im Betrieb zu übernehmen, extra für ihn aufzustehen, um Frühstück zu machen, oder ihm alles hinterher zu tragen. Immerhin war er erwachsen genug, dies alleine zu schaffen. Da sah ich es nicht ein, ihm alles aus der Hand zu nehmen. Wenn ich es mir recht überlege, veränderte ich vieles hauptsächlich für die Kinder und mich. Immerhin wollten wir uns zu Hause wohlfühlen, weil wir oftmals den ganzen Tag hier verbrachten. So viel zu meinen Hintergründen und meiner angeblichen Co-Abhängigkeit.

Natürlich übernimmt die Mehrheit alles für ihre/n Partner/in. Doch ich sehe mich nicht als solche an, weil jeder gesunde Erwachsene Pflichten und Aufgaben auf sich nehmen kann.

Wenn, dann bestand meine Co-Abhängigkeit hauptsächlich aus meinen Werten und Vorsätzen. Ich wollte immer nur eine glückliche Familie mit finanzieller Absicherung. Aufgrund dessen, dass ich eine gute Mutter sein wollte, die für ihre Kinder da ist, hatte ich keine Arbeit und war von meinem Mann finanziell abhängig. Aber bin ich deshalb gleich co-abhängig?

Im nächsten Kapitel gehe ich noch detaillierter darauf ein, weil es noch einige Erklärungen bedarf, was meine Kindheit betraf. Jetzt möchte ich aber erst noch einmal erwähnen, dass die Vorbereitungen zur Gruppengründung weiterhin in vollem Gang waren und ich damit schon bald zum Abschluss kam. Der Regionalleiter, die Sozialpädagogin vom sozialpsychiatrischen Dienst, die Kontaktstelle für Selbsthilfegruppen und eine Mitarbeiterin der bereits erwähnten Suchtberatungsstelle setzten sich weiterhin für mich und eine erfolgreiche Gruppengründung ein. Doch auch für mich gab es noch Einiges zu tun. Unter anderem nahm ich Verbindung zu einer weiteren Fachstelle auf, um mit Flyern zu werben, und kümmerte mich um die Artikelveröffentlichung in der Zeitung. Durch all die Bekanntmachungen erhoffte ich mir den Zulauf der Angehörigen. Denn bedingt durch folgende Situation, machte ich einen erneuten Rückschritt und dadurch spürte ich, wie sehr mir der Austausch mit Gleichgesinnten fehlte.

Aufgrund des Suchtkrankenhelferseminars ließen mich die Gedanken über meine Co-Abhängigkeit immer noch nicht los. Deshalb setzte ich mich gleich per E-Mail mit dem Seminarleiter in Verbindung. Ich wollte ihm unbedingt klarmachen, dass ich anders als die Mehrheit handelte. Da ich wieder einmal abwarten musste, bis ich eine Antwort erhielt, war ich mehrere Tage sehr nachdenklich. Zusätzliches Kopfzerbrechen bereitete mir die Aussage meines Mannes: „Ich habe heute schon den ganzen Tag Kopfschmerzen und deshalb bereits drei Schmerztabletten genommen." Daraufhin kam es zwischen uns zu einer Auseinandersetzung, weil er der Auffassung war, dass ich ihm nicht richtig zuhörte. Da er dann aber in seinem Bett verschwand, ließ sich die Situation nicht klären. Deshalb war ich am darauffolgenden Tag seit Langem wieder einmal sehr niedergeschlagen. Zunächst fiel ich nur in ein kleines Loch. Umso mehr ich allerdings über alles nachdachte, vergrößerte sich dieses, bis ich mir fast ein Grab schaufelte. Da ich dort aber nicht hinwollte, baute ich mir ein Labyrinth und suchte in meinen Gedanken nach einem Ausweg. Zum Glück fand ich diesen am Abend durch ein Gespräch mit meinem Mann. Zusätzlich verbesserte sich meine Stimmung, nachdem ich vom Seminarleiter eine Antwort auf meine E-Mail erhielt. Als ich diese las, stellte ich erleichtert fest, dass er mich verstand. Außerdem machte ich meinem Mann an diesem Abend klar, dass ich mit seiner Aussage in Bezug auf die Schmerztabletten nicht wusste, wie ich damit umgehen sollte. Zum einen fragte ich mich, ob er mir damit sagen wollte: „Sieh mal, wie ehrlich ich zu dir bin." Oder wollte er mich darauf hinweisen, „Ich habe die Kontrolle verloren." Jedenfalls gab mir das zu Denken und nachdem wir darüber gesprochen hatten, klärte sich alles auf. Denn er wollte mir damit nur sagen, dass er in Bezug auf sein Kopfweh nicht mehr weiter wusste und sich von mir eine andere Option außer Schmerztabletten erhoffte. Für mich stellte sich dies jedoch nicht so dar. Was dann zur Folge hatte, dass ich mich wieder einmal zu sehr damit beschäftigte und daraufhin Chaos in meinem Kopf herrschte. Manchmal fand ich für meine Gedankengänge alleine eine Lösung. Doch in diesem Fall kam ich zu keinem Entschluss und somit landete ich bis zur Klärung auf einem Stimmungstiefpunkt, der meiner depressiven Phase glich.

Meine Weltanschauung mag zwar sehr komplex sein, aber auf dieser Welt gibt es eben auch nicht nur ein Geradeaus gehen. Ich kann mich im Kreis drehen und in viele Richtungen laufen. Und deshalb ist es für mich nicht einfach, damit umzugehen, wenn mich jemand nicht versteht und mir dann noch die Zeit fehlt, ihm meine Gedankengänge zu erklären. Hinzu kommt noch, dass es mir schwer fiel, Geduld aufzubringen und so mancher nicht die nötige Zeit hatte, mit mir darüber zu sprechen, was mich beschäftigte. Deshalb musste ich noch lernen, mich in Geduld zu üben, bis die entsprechende Person Zeit hatte. Auch in den vorangegangenen Kapiteln war dies schon ein Thema. Dennoch hatte ich sehr viel erreicht, auch wenn es mir in meiner Ungeduld nicht gerade leicht fiel. Allerdings manchmal zum Leidwesen meines Mannes. Denn wenn mich etwas zu sehr beschäftigte, ging ich ihm damit auf den Keks.

Co-abhängig?

Um dies festzustellen, ging ich der Frage weiterhin auf den Grund. Hierfür sollte ich allerdings erst einmal etwas über mein Handeln in Bezug auf das Suchtverhalten meines Mannes verdeutlichen. Eine große und zusätzliche Rolle spielt aber auch meine Kindheit. Bedingt durch das Seminar wurde es mir um noch einiges klarer, dass ich doch nicht darum herum komme, von meiner Vergangenheit zu berichten. Schließlich wird dort der Grundstock gelegt und das weitere Leben darauf aufgebaut.

Am besten beginne ich in meiner Kindheit und beschreibe danach das Suchtverhalten meines Mannes und wie ich damit umging.

Bedingt durch die Trennung meiner Eltern und das Aufwachsen bei Pflegeeltern bildete sich bei mir, nach meiner Auffassung, eine Fehlentwicklung. Zum einen von den Eltern gewollt, aber ohne die notwendige Zuneigung und Liebe aufzuwachsen, ist nicht einfach. Weil ich mir schon sehr früh eine eigene Meinung über meine Umwelt bildete, erkannte ich, was andere hatten und was mir fehlte. Bis zu meinem zehnten Lebensjahr lebte ich mit all meinen Geschwistern im Elternhaus. Von der Mutter hin und wieder geschlagen, vom Vater mit Hausarrest bestraft und nie in den Arm genommen zu werden. Nach der Trennung zogen wir Kinder mit unserer Mutter um. Dort verbrachten mein richtiger Bruder und ich nur wenige Monate, dann wurden wir ihr scheinbar zu viel. Deshalb schob sie uns beide an unseren Vater ab. Die anderen waren nur Halbgeschwister, deren Vater nicht mehr lebte. Weswegen sie diese beiden nicht weggeben konnte. Da unser Vater berufstätig war, lebten mein Bruder und ich für zwei Monate bei einer Tante, bis wir dann endgültig bei Pflegeeltern unterkamen. Das einzige Positive daran war, dass ich schon früh selbstständig war. Jedoch laufend herumgereicht zu werden, ohne zu wissen, was als nächstes passiert und jedes Mal den neu aufgebauten Freundeskreis zu verlieren, war wahrlich nicht das, was ich mir damals wünschte. Trotzdem war ich immer für alles offen und wusste, irgendwann werde ich erwachsen sein und dann mache ich es anders.

Mit meiner Darstellung möchte ich niemand verurteilen, denn all die Erlebnisse haben den Menschen aus mir gemacht, der ich jetzt bin. Mit all meinen Vor- und Nachteilen. Allerdings denke ich, dass mir trotz meiner Fehler, die ich machte, die Erziehung unserer Kinder gut gelungen ist. Zumindest wissen sie sich zu benehmen und ich weiß, dass sie mich trotz allem lieben.

Es war nicht gerade leicht für mich und womöglich habe ich diese Erlebnisse bis heute nicht richtig verarbeitet. Da ich mir aber aufgrund meiner Umwelteinflüsse eine eigene Welt aufbaute, passte ich nie so richtig in die gesellschaftliche Norm eines/r Mädchens/Frau. Außerdem setzte ich mir schon sehr früh Prioritäten, weil ich in vielen Dingen wusste, was ich wollte. So auch im Bereich Suchtmittel. Bereits mit neun Jahren wusste ich, bedingt durch besonders abschreckende Bilder im Sachunterricht, dass Rauchen oder Drogen für mich nicht in Frage kommen. Dafür bin ich meiner damaligen Lehrerin sehr dankbar. Aber auch andere Begebenheiten prägten mich und beeinflussten so mein Handeln als Erwachsene. Vielleicht verhielt ich mich deshalb anders als die meisten Partner/innen eines/r Suchtkranken.

Aber nun zu meinem Mann und seinem damaligen Suchtverhalten, während wir zunächst noch nicht verheiratet waren, dann aber heirateten.

Wie bereits zu Beginn erwähnt, rauchte mein jetziger Mann nur ab und zu mal einen Joint mit, wenn wir bei Freunden waren, die das Zeug regelmäßig konsumierten. Waren wir nicht in deren Gesellschaft, tat er es auch nicht. Später lernten wir jemanden kennen, der ihn öfter in Spielotheken mitnahm. Dabei entwickelte mein Mann seine erste richtige Abhängigkeit. Seine Spielsucht ging so weit, dass er sich sogar an meinem Geld bediente. Als ich dies feststellte, versuchte ich dagegen anzukämpfen, da mich das sehr wütend machte. Ich informierte mich über Hilfsstellen, tat jedoch erst einmal nichts, weil ich ihm die Chance geben wollte, einsichtig zu werden und aufzuhören. Da dies nicht funktionierte, flehte ich ihn immer wieder an, sich Hilfe zu holen. Weil auch das nicht half, drohte ich ihm, ihn zu verlassen. Das war mir so ernst, dass ich damals rasend vor Wut in eine seiner bevorzugten Spielhallen ging, ihm direkt am Spielautomat, im Beisein eines anderen Spielers, eine knallte und sagte: „Jetzt ist Schluss!" Danach drehte ich mich um und stürmte von allen Blicken verfolgt nach draußen. Etwa fünf Minuten später kam er dann und versprach mir, nie wieder zu spielen. Daraufhin trafen wir eine Vereinbarung. Und da er sich daran hielt, vergab ich ihm, und wir blieben zusammen. Die Spielsucht hielt aufgrund meiner Reaktion, ihn vor vollendete Tatsachen zu stellen und seiner Angst, mich zu verlieren, nur circa sechs Monate an. Er besiegte diese sogar ohne Rückfall. Dann gab es unter anderem einen Zeitrahmen von zwei bis drei Jahren, in dem mein Mann nichts konsumierte. Allerdings mieden wir, wenn möglich, den Kontakt zu Personen, wie ich sie bereits oben erwähnt habe. In dieser Zeit heirateten wir. Nachdem er aber irgendwann an seinem Arbeitsplatz mit Kollegen zu tun hatte, die ihm alles Mögliche anboten, und er nicht „Nein" sagen konnte, begann er mit dem Konsum von Speed, Ecstasy und anderen Substanzen. Auch diese nahm er stets unregelmäßig. Dabei gab es, je nach Vorrat seiner Kollegen, Pausen von mehreren Monaten. Ich machte ihm immer klar, wie ich dazu stand. Doch mir waren die Hände gebunden. Denn weil mein Mann die Drogen nur außerhalb unserer Reichweite nahm, was somit zu keiner Zeit unser Leben zu Hause beeinflusste, ergab sich mir nicht die Möglichkeit, darauf einzuwirken. Deshalb tolerierte ich seinen Missbrauch irgendwann. Für mich war es total unverständlich. Doch er ließ sich nicht von mir überzeugen, die Finger davonzulassen. Aufgrund seines unregelmäßigen Konsums stufte ich ihn nie als süchtig, sondern eher als Gelegenheitskonsument ein. Da ich ihn darin nie unterstützte oder schützte, würde ich mich nicht als co-abhängig bezeichnen. Denn selbst sein Vater und ein guter Kumpel wussten damals von seinem Missbrauch, sahen jedoch ebenfalls darüber hinweg. Allerdings sprachen wir auch nie darüber. Mein Mann hörte auf niemanden und zog einfach sein Ding durch. Und schließlich war oder ist er für sich selbst verantwortlich.

Im Gegensatz zu mir wuchs mein Mann in einem relativ guten Elternhaus auf. Erst bei seinem Entzug stellte er fest, dass seine Mutter bereits in seiner Kindheit medikamentenabhängig war. Jedoch machte er nicht ganz das durch, was ich erlebte.

Meine Kindheit prägte mich so sehr, dass ich dies meinen Kindern niemals antun wollte, was mir widerfuhr. Trotz allem machten sie durch die Suchtkrankheit ihres Vaters auch Einiges mit. Denn durch meine Entscheidung, mich nie trennen zu wollen, erlebten unsere Kinder andere schwerwiegende Phasen. Dabei stellt sich mir dann die Frage: „Was wäre in diesem Fall besser gewesen? Trennung oder das gestörte Familienleben aufrechterhalten?" Andererseits heißt es aber auch: „Einen Süchtigen soll man nicht fallen-, aber loslassen." All dies machte es mir sehr schwer, eine und vor allem die richtige Entscheidung zu treffen. Mein Problem bestand hauptsächlich darin, dass ich nicht nur mich, sondern auch unsere Kinder und die Haustiere in meine Entscheidungen mit einbeziehen musste. Aus diesem Grund werde ich als co-abhängig bezeichnet, auch wenn ich nicht in das übliche Bild passe. Es ist nicht einfach eine Entscheidung zu treffen, die man als Kind selbst erlebt hat, seinen Kindern aber nie antun will. Ich gehöre zu denjenigen, die bereits nach kurzer Zeit gegangen wären. Denn ich habe sehr oft über einen Auszug nachgedacht. Nur fand ich keine vernünftige Lösung für die Umsetzung. Sorge bereitete mir vor allem die finanzielle Situation mit den Kindern, und was tun mit den Haustieren usw.? Deshalb sollte jeder mal hinter die Kulissen sehen, und nicht einfach sagen, die oder der ist co-abhängig. Schließlich gibt es einige Ehen, in denen die Partner auch nur freundschaftlich zusammenleben. Wichtig dabei ist dann wiederum zu differenzieren, was der jeweilige Partner für den anderen macht, oder ob jeder die Aufgaben, die er als wichtig ansieht, übernimmt. Mir kann zum Beispiel einiges wichtiger sein, als meinem Partner. Wenn diese Tätigkeiten im Gegensatz zu seinen Aufgaben, die er als wichtig ansieht, überwiegen, dann heißt das noch lange nicht, dass ich co-abhängig bin, nur weil die Aufgabenverteilung nicht im Gleichgewicht steht. Schließlich gibt es Dinge, die ich für mich verändern will. Natürlich profitiert hierbei auch der Partner davon, aber soll ich etwas in einem

Zustand belassen, wenn ich mich selbst nicht wohl damit fühle?

Nachdem mein Mann allerdings seinen Entzug begann, sah das Ganze wieder anders aus. Nun konnten wir neue Hoffnung schöpfen und die Kinder bekamen ihren Vater wieder zurück, den sie ebenso wie mich benötigen. Auch diese Angst steckte damals in mir. Denn hätte ich ihn verlassen, wäre für die Kinder nur noch ein Elternteil übrig geblieben. Dessen bin ich mir absolut sicher. Und da ich das nicht wollte, war dies mit ein Grund, meinen Mann durch seine Sucht und seinen Entzug zu begleiten und so zu sehen, was daraus wird. Bei einem weiteren Absturz wäre ich jedenfalls nicht bereit, zu bleiben.

Während ich mich weiter mit dem Thema Co-Abhängigkeit beschäftigte, verbesserte sich mein Gemütszustand wieder und ich kümmerte mich neben meinen alltäglichen Pflichten weiterhin um Werbung für die Gruppengründung. Mittlerweile erschienen hierzu verschiedene Zeitungsartikel in der Presse. Zusätzlich gab ich noch einige Flyer und einen Aushang in der Kirche des Dekans ab. Denn auch er bot mir seine Hilfe an. Nun konnte ich nur noch hoffen und abwarten, dass sich Teilnehmer/innen meldeten. Vorab wurde ich allerdings schon öfter darauf hingewiesen, dass sich so etwas nur mühselig entwickelt. Deshalb machte ich mir erst einmal nicht allzu viel Hoffnung und ließ mich überraschen.

Zwischendurch besuchte ich weiterhin die bereits erwähnte Frauengruppe und die Angehörigengruppe der Sozialpädagogin des Krankenhauses. Schließlich half mir die Teilnahme, so lange ich keine eigene Gruppe hatte. Außerdem standen mir die Leiterinnen mit Gesprächen zur Seite. Aufgrund dessen vereinbarte ich mit der Gruppenleiterin der Frauengruppe einen Termin, um mich auch mit ihr über das Thema Co-Abhängigkeit zu unterhalten. Ich wollte unbedingt mehr darüber herausfinden. Zusätzlich setzte ich mich diesbezüglich auch mit Literatur auseinander. Hierzu besorgte ich mir von der Autorin Christina Neumann unter anderem das Buch „Ertrunkene Liebe", welches ich innerhalb weniger Tage verschlang. Es ist sehr interessant geschrieben und für jeden, der sich mit dem Thema befassen möchte, empfehlenswert zu lesen. Jedoch fand ich in dieser Erzählung wieder keinerlei Parallelen zu mir. Teilweise spürte ich sogar Unruhe in mir aufkommen, weil ich auch in diesem Fall anders gehandelt hätte. Somit war mir klar, dass meine Co-Abhängigkeit nicht mit anderen Beziehungen vergleichbar ist. Ich lernte aber auch Angehörige kennen, zu denen die Schilderungen recht gut passten.

Und dann war es fast soweit. Der Termin des ersten Gruppentreffens rückte immer näher. Da ich nicht unvorbereitet starten wollte, besorgte ich mir hierzu ein Handbuch für Leiterinnen und Leiter, welches den Titel „Selbsthilfegruppen für Suchtkranke und Angehörige" hat und sehr hilfreiche, erfahrungsorientierte Arbeitshilfen bietet.

Um an dieses Buch zu gelangen, ereignete sich Folgendes:

Zunächst suchte ich im Internet nach einem gebrauchten Exemplar. Dabei blieb ich allerdings erfolglos. Deshalb rief ich in einer Buchhandlung in unserer Nähe an, um eines davon zu bestellen. Doch auch hierbei blieb der Erfolg aus, weil es seit Jahren leider keine Neuauflage davon gab. Daraufhin suchte ich erneut das Internet ab. Diesmal unter dem Namen der Autorin. Hierbei stieß ich auf ihre eigene Homepage. Nun schrieb ich die Schriftstellerin über diese an, schilderte ihr mein Problem und wie gern ich dieses

Buch hätte. Bereits am nächsten Tag erhielt ich eine Antwort, mit der Zusicherung, ein Exemplar, wenn sie noch eins fände, aus ihrem eigenen Bestand zugesandt zu bekommen. Nachdem wir uns einig waren und die Buchautorin tatsächlich noch eines in ihrem Regal fand, sendete sie mir dieses und noch ein anderes Buch zu. Als ich die beiden Bücher erhielt, sendete ich ihr den ausgemachten Betrag, wie vereinbart, in Briefmarken zu. Ich fand es einfach genial, dass mir die Autorin so viel Vertrauen entgegenbrachte. Außerdem war ich über die Abwicklung des Ganzen total begeistert. Deshalb bedanke ich mich ganz herzlich bei der Autorin Ingrid Arenz-Greiving.

Dass mir jemals so etwas Wundervolles und Großartiges passieren könnte, hätte ich mir in meinem bisherigen Leben nie träumen lassen.

Was ist Sucht?

Nachdem ich mich eine Zeitlang mit dem Thema Co-Abhängigkeit auseinandergesetzt hatte, folgte nun ein großes Interesse, was man unter Sucht versteht. Hierzu recherchierte ich Folgendes im Internet und da ich nicht vom Fach bin, habe ich hierfür keine eigenen Worte verwendet:

Eine Deutung aus gesellschaftlicher und psychologischer Sicht

Eine allgemeine Definition von Sucht gibt es nicht. Sucht war in der deutschen Sprache ursprünglich das Wort für Krankheit. Heute versteht man darunter eine krankhafte, zwanghafte Abhängigkeit von Stoffen; das Verlangen nach einer ständig erneuten Einnahme dieser Stoffe, um ein bestimmtes Lustgefühl zu erreichen oder Unlustgefühle zu vermeiden. Dieser Zustand tritt nach einer längeren Phase der Gewöhnung ein, wenn regelmäßiger oder dauernder Konsum zu einer physischen und/oder psychischen Abhängigkeit geführt hat.

Von physischer Abhängigkeit spricht man, wenn der Körper den Stoff in seinen Stoffwechsel eingebaut hat und wenn nach Absetzen der Drogen körperliche Entzugserscheinungen wie Schweißausbrüche, Fieber, Muskelschmerzen, Erbrechen auftreten.

Der Begriff der psychischen Abhängigkeit wurde eingeführt, weil bei einigen Drogen (z.B. LSD, Kokain, Haschisch) keine körperliche Abhängigkeit eintritt.

Das Verlangen, den Konsum fortzusetzen, ist dennoch sehr stark und nicht mehr steuerbar. Wenn das Mittel abgesetzt wird, treten Unlustgefühle und Depressionen auf. Sucht bedeutet in beiden Fällen Unfreiheit. Der Mensch kann mit dem Suchtmittel nicht mehr frei umgehen.

Süchtiges Verhalten:

Es gibt sehr viele Mittel, aus deren Gebrauch eine zwanghafte Abhängigkeit, eine Sucht entstehen kann. In der Öffentlichkeit wird vor allem die Abhängigkeit von illegalen Drogen, Alkohol und Medikamenten zum Thema gemacht. Im Sinne der Reichsversicherungsordnung ist auch nur die Abhängigkeit von diesen Stoffen als Krankheit anerkannt, also die stoffgebundenen Abhängigkeiten.

Was aber ist mit Spielsucht? Kaufsucht? Arbeitssucht? Fernsehsucht? und neuerdings Internetsucht? etc.

Nicht stoffgebundene Abhängigkeiten sind oft auf den ersten Blick nicht als süchtige Verhaltensweisen zu erkennen. Aber auch sie können ebenso zur „Krücke" für Lebensbewältigung werden wie stoffliche Suchtmittel und genauso zerstörerisch sein.

Dabei erscheint es dem/der Betroffenen zunächst so, als bringe das Suchtmittel Erleichterung, Entlastung in einer schwierigen Situation. Erst nach einiger Zeit stellt man fest: „Nicht ich habe die Droge unter Kontrolle, sondern das Mittel mich."

Wie entsteht Sucht?

Warum wird ein junger Mensch drogenabhängig? Warum wird ein Familienvater Alkoholiker? Warum ist die Nachbarin tablettenabhängig? Warum raucht die Freundin, obwohl sie sich der Gefahren bewusst ist?

Sucht hat nie eine einzige Ursache, sondern entsteht aus einem komplexen Ursachengefüge, in einem Prozess und nicht von heute auf morgen.

Wurzeln können in der Persönlichkeit des Betroffenen liegen, wenn er nicht gelernt hat, schwierige Situationen zu bewältigen, wenn er sich nicht dagegen wehren kann, von Gefühlen wie Angst, Wut, Scham, Langeweile, Einsamkeit erdrückt zu werden.

Wurzeln können aber auch im sozialen Umfeld liegen, in Kindheitserfahrungen oder in Ereignissen, die bedrohlich und ausweglos erscheinen, wie Trennung von einer geliebten Person, Verlust des Arbeitsplatzes, Geldnot, Schulprobleme, Schwierigkeiten in der Familie.

Das Zusammentreffen mehrerer belastender Faktoren kann den Einstieg in den Drogenkonsum begünstigen. Dabei spielt natürlich auch die Verfügbarkeit der Droge eine Rolle.

Hat man in einer schwierigen Situation einmal die Erfahrung gemacht, dass durch Drogen im engeren oder weiteren Sinne schlechte Gefühle abgestellt und gute Gefühle hervorgerufen werden, ist die Gefahr groß, immer wieder zu diesem Mittel zu greifen, sich „per Knopfdruck" Erleichterung zu verschaffen, bis ein Wohlbefinden ohne diese Hilfe nicht mehr möglich ist. Aber auch Leichtfertigkeit im Umgang mit Suchtstoffen, Selbstüberschätzung („...ich kann schon damit umgehen, ich werde schon nicht abhängig...") sind oft der Einstieg in eine Suchtkarriere.

Ein Teufelskreis beginnt:

Der Wunsch nach Hochgefühl, Entlastung, Erleichterung, Flucht wird mit Hilfe der Droge befriedigt, das Verlangen danach wird größer, die Dosis wird gesteigert.

Schuldgefühle entstehen; man versucht sich zu rechtfertigen, sich selbst und andere zu täuschen, zu vertuschen; Vorsätze und Versprechungen werden nicht eingehalten; die Familie und Freunde werden belogen, bestohlen; das Suchtmittel wird Dreh- und Angelpunkt des Lebens. Die Sucht hat die ursprünglichen Probleme überlagert und neue geschaffen, die dem Betroffenen unüberwindlich scheinen.

Aufhören ist möglich:

Der Ausstieg aus der Abhängigkeit beginnt mit der Einsicht: „Ich bin süchtig, so kann ich nicht weitermachen, der Preis ist zu hoch."

Der Wunsch aufzuhören ist in der Regel begleitet von der Suche nach Hilfen beim Entwickeln von Alternativen, beim Lernen und ausprobieren neuer Verhaltensweisen und Einstellungen.

Eine Suchtberatungsstelle oder Selbsthilfegruppe kann jetzt sachkundige Unterstützung bieten.

Quelle: DHS (Deutsche Hauptstelle für die Suchtgefahren) gefunden auf der Homepage www.die-tür-trier.de

Mir hat dieser Artikel sehr gut gefallen und meiner Meinung nach steckt in jedem von uns ein Anteil Sucht. Denn wenn sich alle einmal Gedanken darüber machten, würde jeder feststellen, dass auch in ihm ein Verlangen nach etwas besteht. Wichtig dabei ist nur, die Kontrolle zu behalten. Stopp oder Nein sagen zu können. Dies gelingt dem einen besser und der andere tut sich sehr schwer damit. Nehmen wir einmal das Beispiel „Kaffee".

Viele von uns trinken ihn. Die einen mehr, die anderen weniger. Ist es nun aber der Fall, dass jemand zwanzig oder mehr Tassen am Tag trinkt, wird diese Person nicht als süchtig abgestempelt, weil jeder Kaffee trinkt. Deshalb achtet auch niemand darauf, wie viel der andere davon zu sich nimmt. Was allerdings nicht bedacht wird, ist, dass er in hohen Mengen dennoch gesundheitsschädlich sein kann.

Ich persönlich habe schon oft gehört, dass jemand nach einer gestressten Situation sagt: „Ich brauche jetzt unbedingt einen Kaffee." Also befinden wir uns doch auch hierbei in einem Suchtkreislauf. Denn der Körper signalisiert, ich habe Stress, dadurch entsteht Unruhe, danach kommt das Verlangen und dann folgt die Durchführung. Das heißt, ein Kaffeetrinker nimmt erst einmal einen genussvollen Schluck aus seiner Tasse und findet dies entspannend. Ein Raucher entspannt mit einem kräftigen Zug an seiner Zigarette. Andere wiederum brauchen Schokolade oder Sonstiges, um Stress abzubauen. Aus all diesen Dingen kann sich eine Form der Abhängigkeit bilden. Denn bereits nach starkem und regelmäßigem Konsum, reagiert unser Körper, wenn er plötzlich nichts mehr bekommt. Dies ist jedenfalls meine Meinung.

Allerdings habe ich einige Male festgestellt, dass cleane oder trockene Suchtkranke vermehrt Kaffee trinken oder zu Zigaretten greifen. Dies wurde mir auch von Betroffenen bestätigt und als Suchtverlagerung geschildert.

Deshalb frage ich mich, ob Kaffee und Zigaretten nicht auch als eine Art Droge zu werten sind? Denn gerade Tabak macht abhängig. Aber warum ist das so? Viele können doch einfach damit aufhören, oder sind Gelegenheitsraucher. Dennoch gibt es Menschen, denen dies nicht so leicht fällt, weil sich der Körper zu stark an das Nikotin gewöhnt hat. Lässt die Wirkung nach, beginnt die Unruhe. Deshalb muss eine Zigarette her, um sich wieder zu beruhigen. Warum beruhigt Nikotin aber, wenn es doch eine stimulierende Substanz ist? Das hängt daran, dass sich die Person auch hierbei in einem Suchtkreislauf befindet. Denn zuerst entsteht Unruhe, dann wird diese mit Nikotin gestillt und somit wirkt die Zigarette beruhigend auf den Raucher. Das heißt, die Ruhelosigkeit entsteht durch Tabak, wird dann aber wiederum durch Tabak unterdrückt. Fällt allerdings der Nikotinspiegel, reagiert der Körper auch hier mit Entzugserscheinungen, die nur durch eine Zigarette verschwinden. Je nachdem, an welche Menge der Konsument gewöhnt ist, steigt das Verlangen nach Tabak. Und deshalb finde ich, dass jeder Einzelne in unserer Gesellschaft mehr Akzeptanz in Bezug auf Sucht entwickeln sollte. Denn es kann jeden von uns treffen.

Die Gruppengründung

Nach Wochen intensiver Vorbereitung war es nun soweit. Eine Woche vor dem Gründungstermin erschienen die zuvor von mir und den Redakteuren erarbeiteten Artikel in den Zeitungen. Aufgrund der Veröffentlichung eines Interviews in einer bekannten Zeitung meldete sich plötzlich ein Fernsehsender bei mir. Da meine Telefonnummer im Bericht angegeben war, rief mich eine Redakteurin an und fragte: „Hätten Sie Lust in einem fünf Minuten Gespräch im Fernsehen über Ihr Vorhaben zu berichten?" Daraufhin war ich erst einmal baff und teilte ihr mit, dass ich dies erst mit meiner Familie besprechen müsste. Nachdem ich mit unseren Kindern und meinem Mann darüber gesprochen hatte und alle einverstanden waren, sagte ich dem Sender zu. Zudem klärte ich den Fernsehauftritt noch mit einigen Freundinnen ab, und auch sie bestärkten mich darin, dies zu tun. Immerhin meinten alle, dass meine Gruppengründung eine gute Sache sei, und ich so noch mehr Aufmerksamkeit erreichen könne. Bereits am nächsten Tag sprach ich in Begleitung einer Freundin und unserer Tochter live im Fernsehen über die damaligen Geschehnisse und die Entwicklungen, die zu all dem führten. Darüber waren vermutlich einige, die mich bereits über Jahre kannten, sehr erstaunt. Da ich nicht wusste, wer alles die Sendung gesehen hatte, war ich am darauffolgenden Tag entsprechend aufgeregt. Immerhin erzählte ich nun in der Öffentlichkeit darüber und war auf die Reaktionen der Menschen in meinem Umfeld gespannt. Würde ich auf Ablehnung stoßen oder verurteilen sie mich deshalb? Mir war richtig übel und mein Schädel brummte, als ich morgens aufstand und zur Arbeit ging. Doch alles war wie immer. Lediglich von einer Kollegin und dem Vater meines Chefs wurde ich darauf angesprochen. Auch in unserer Ortschaft und Umgebung blieb alles beim Alten. Manch einer sprach mich darauf an, andere wiederum sahen mich nur an. Meine Aufregung war völlig umsonst, denn von allen kamen nur positive Reaktionen. Zudem erhielt ich einen Anruf von einer früheren Bekannten. Wir hatten seit Jahren keinen Kontakt mehr und aufgrund der Sendung rief sie mich an. Alle teilten mir mit, wie gut sie den Auftritt fanden.

Aber auch unserer Tochter ging es nicht gut, als sie zur Schule musste. Zum Glück kamen nur positive Reaktionen von den Mitschülern. Nur leider fragten zu viele danach. Und so war sie mit der Situation überfordert. Unsere Tochter hatte nicht das Ausmaß bedacht, als sie mir begeistert zu dem Auftritt zustimmte. Deshalb heulte sie sich bei ihrem Vater aus und aufgrund meiner Aussagen kippte die Stimmung zu Hause wieder. Denn meinem Mann wurde es daraufhin zu viel. Er fühlte sich trotz seiner Zustimmung an den Pranger gestellt. Ich wies alle auf ihr Einverständnis hin und sagte: „Ich dachte mir schon, das einiges auf uns zukommt. Aber solange die Menschen nichts Negatives äußern und uns Respekt entgegenbringen, habe ich kein Problem damit." Und wahrhaftig, die Leute empfanden Respekt für meinen Mann, weil er meinen Auftritt zuließ. Auch hierbei machte ich wieder einmal nur positive Erfahrungen.

Leider blieben trotz des Fernsehauftritts die Teilnehmer/innen aus. Dennoch war das erste Gruppentreffen toll. Denn eine Teilnehmerin wurde mir dank der Suchtberatungsstelle vermittelt und so verbrachten wir den Abend mit der stellvertretenden Leiterin der Kontakt- und Informationsstelle für Selbsthilfegruppen zu dritt. Und darum hieß es, weiterhin Öffentlichkeitsarbeit machen.

Deshalb fuhr ich, sobald sich etwas ergab, mit dem Regionalleiter zu einem weiteren Vorstellungstermin in einem anderen Krankenhaus unserer Region. Hierbei stellte er mich einer sehr netten stellvertretenden Pflegedienstleiterin vor. Kurz darauf erhielt ich die Möglichkeit, mich in der Morgenrunde vorzustellen. Als diese beendet war, fragte mich eine der Schwestern: „Hätten Sie noch Interesse an der Entlass-Vorbereitungsgruppe teilzunehmen?" Daraufhin stimmte ich zu. Die Zeit war zwar etwas knapp, da der Regionalleiter und ich wieder zurück mussten, dennoch fand ich die Teilnahme sehr informativ. Hierbei erzählte ich kurz von unserer Begebenheit und wie wichtig ich es finde, auch als Angehörige/r in eine Selbsthilfegruppe zu gehen. Außerdem interessierte mich, wie der Freundes-, Familien- und Bekanntenkreis mit den jeweiligen Betroffenen umging. Dabei stellte sich heraus, sie machten eher schlechte Erfahrungen. Und da ich auf der Internetseite, über die ich mich weiterhin austauschte, ebenfalls solche Bemerkungen über Unverständnis der Mitmenschen las, sagte ich bevor ich ging: „Anscheinend habe ich einen sehr bemerkenswerten Bekannten-, Familien- und Freundeskreis." Denn von uns hat sich bisher niemand abgewendet. Alle verhielten sich uns gegenüber so, als wäre nie etwas vorgefallen.

Bereits wenige Tage nach meinem Fernsehauftritt legten sich die familiären Turbulenzen zum Glück wieder. Bedingt durch dieses Erlebnis trat ich erst einmal auf die Bremse und somit kehrte wieder die gewohnte Ruhe in unser Leben ein. Trotz des sensationellen Auftritts blieben auch bei den darauf folgenden Treffen, welche zwei Mal im Monat stattfanden, die Teilnehmer/innen aus und so blieben wir erst einmal zu zweit.

Nach einigen Wochen fand nun das zweite Seminar statt. Hierbei ergab sich endlich die Möglichkeit, mit dem Leiter ein weiteres, für mich hilfreiches Gespräch über das vergangene Seminar zu führen. Dabei ergab sich für mich wieder, dass die Co-Abhängigkeit an keinem bestimmten Handeln festzumachen war. Deshalb entschloss ich, mich einfach als geringfügig co-abhängig einzustufen, um endlich meinen inneren Frieden mit dieser Thematik zu finden, und endgültig damit abzuschließen.

Nun konnte ich mich wieder besser auf etwas Neues einlassen und somit verlief das zweite Seminar angenehmer als das erste. Hierbei lernten wir unter anderem, dass jeder von uns verschiedene Strukturen durchlebt, welche für jeden Einzelnen, je nach äußeren Umständen, unterschiedlich verlaufen. Wir lernten einige Strukturen kennen, die uns in unserer frühen Kindheit schon prägen und durch diese sich unsere Persönlichkeit entwickelt.

Es handelt sich hierbei um folgende:

Narzisstische Störung/narzisstische Persönlichkeit

(Entstehung: Erste Lebenswochen).

Borderlinestörung/Borderlinepersönlichkeit

(Entstehung: Erste Lebenswochen).

Schizoide Struktur

(Entstehung: Erster bis sechster Lebensmonat).

Depressive Struktur

(Entstehung circa dritter Lebensmonat bis etwa zweites Lebensjahr).

Zwanghafte Struktur

(Entstehung: drittes bis viertes Lebensjahr).

Hysterische Struktur

(Entstehung: etwa fünftes bis sechstes Lebensjahr).

Dabei spielen vor allem die familiären Umstände eine große Rolle. Die Erfahrungen, die ich hierdurch erhielt, fand ich sehr beeindruckend und bewegend. Wieder einmal konnte ich Einiges über mich und meine Vergangenheit lernen und dieses Wissen nun mit anderen teilen. Auch bei den anderen Teilnehmern fand bereits eine Veränderung statt. Denn im Gegensatz zum ersten Seminar teilten mir manche mit, dass es vielleicht doch nicht so schlecht wäre, gemeinsam als Angehörige/r und Betroffene/r in eine Gruppe zu gehen. Aus diesem Seminar nahm ich viel Gutes mit und fühlte mich dadurch irgendwie befreiter als bei meiner Ankunft.

Seitdem sich die Lage nach dem Fernsehauftritt beruhigt hatte, verlief unser Zusammenleben endlich etwas entspannter. Meine Familie stand bei allem, was ich tat, hinter mir und die Entwicklungen nahmen ihren Lauf. Ich nahm ebenfalls weiterhin an den Frauentreffen teil. Außerdem fand nun monatlich ein Trialog-Stammtisch für Psychiatrie-Erfahrene, Angehörige und Mitarbeiter der psychiatrischen Abteilungen der beiden Krankenhäuser unserer Region zum Austauschen statt. Daran nahm ich ebenfalls regelmäßig teil. Ich behielt die Veränderungen weiter bei, da mich dieses neue Leben einfach glücklicher, als mein bisheriges, machte. In meiner gegründeten Gruppe blieben wir zwar immer noch zu zweit, aber darüber war ich nun nicht mehr enttäuscht. Denn ich übte mich in Geduld und nach wenigen Monaten bahnte sich eine Umstrukturierung an. Mein Mann und unsere Tochter zogen es in Erwägung, ebenfalls an den Treffen teilzunehmen. Und da die andere Teilnehmerin ebenso dafür war, weitete ich mein Angebot auf Angehörige und deren suchtkranke Partner aus.

Des Weiteren vereinbarte unsere Tochter mit einer Lehrerin für mich einen Schulbesuch, um dabei etwas von unseren Geschehnissen und aus meiner Sicht als Angehörige zu erzählen. So ergab sich, dass ich darüber vor einer ganzen Klasse berichtete und den Jugendlichen hoffentlich einiges mit auf ihren Lebensweg geben konnte.

Bei einem weiteren Frauentreffen sprachen wir diesmal über das Thema „Rückfall". Dabei erwähnte ich, dass es bei einer einmaligen Einnahme als Vorfall bezeichnet wird. Daraufhin gaben mir die Betroffenen und die Gruppenleiterin zu verstehen, dass es gar nicht gut sei, dies so zu nennen, da so das Ganze nur verharmlost würde. Im Gegensatz zu manch anderen fanden die Betroffenen es wichtig, auch einen einmaligen Konsum als Rückfall zu bezeichnen. Denn dies stand für die Frauen als eine Art Warnung. Bezeichneten sie es hingegen als Vorfall, stellte es sich eher als leichtfertig dar. Und um die Gefahr abzuwenden, benannten sie es deshalb lieber als Rückfall.

Wie bringe ich die Gruppe zum Erfolg?

Dies fragte ich mich immer wieder. Und nachdem ich einige Wochen untätig war, nahm ich mal wieder an einer Fortbildung teil. Hierbei lernte ich einen weiteren Suchtberater kennen. Von ihm erhielt ich den Tipp, einige Teilnehmer über Seminare finden zu können. So hatte auch er erfolgreich eine Angehörigengruppe gegründet, welche nun schon seit Jahren bestand. Ich fand diese Idee gut, und nahm mir vor, an einer Umsetzung zu arbeiten.

Außerdem erhielten wir die Aufgabe, zum Thema Sucht Worte, die damit in Verbindung stehen, zu finden, und uns jeweils eines davon auszusuchen. Daraufhin sollten wir dann in einem Rollenspiel als Gruppe eine Art Skulptur bilden. Wenn auch merkwürdig und theatralisch, war dies eine besondere Erfahrung für mich. Denn jeder Einzelne wurde, nachdem wir unsere Plätze eingenommen hatten, gefragt, wie wir uns in der Verbindung zum anderen sahen, uns damit fühlten und so weiter. Im weiteren Tagesverlauf stellte ich auch hier wieder fest, inwieweit mein Handeln in der Suchtphase meines Mannes mit meiner Kindheit zu tun hatte. Ich lernte wieder einmal einiges dazu. Noch am gleichen Abend rief mich eine weitere Angehörige an, die sich unbedingt mit mir treffen wollte. Nachdem wir einen Termin vereinbart hatten, den sie jedoch wieder absagte, hörte ich nichts mehr von ihr. Dabei beließ ich es dann, da es nicht meine Aufgabe war, jemandem nachzulaufen. Schließlich sollte jeder nach seiner Wichtigkeit handeln und für sich selbst Verantwortung übernehmen. Sobald aber Notwendigkeit bestand, konnte sich jeder gerne wieder bei mir melden.

Nachdem die eine Teilnehmerin meiner Gruppe wieder mit ihrem Mann zusammengezogen war, verlor ich auch sie aus den Augen und konnte keinen Kontakt mehr zu ihr aufnehmen. Daher verliefen die zuvor erwähnten Pläne wieder im Sand, da sie sich nicht mehr bei mir meldete und auch nicht mehr zu den Treffen erschien. Daraufhin wartete ich oftmals vergebens auf Gruppenteilnehmer und somit dachte ich über eine eventuelle Umsiedlung in einen anderen Ort nach, in dem angeblich Bedarf bestünde. Für mich war bedingt durch eine größere Entfernung damit zwar ein höherer Kostenaufwand verbunden. Diesen war ich jedoch bereit in Kauf zu nehmen, solange etwas daraus entstehen würde. Bevor dies aber endgültig zur Debatte stand, machte ich weiter wie bisher. Unter anderem stellte ich mich in Begleitung des Regionalleiters in den beiden Krankenhäusern unserer Region bei den Therapeuten vor. Außerdem planten wir in verschiedenen Intervallen weitere Vorstellungen im Rahmen der Entlass-Vorbereitungsgruppen und Morgenrunden. Zudem hielt ich weiterhin Kontakt zum sozialpsychiatrischen Dienst und ließ in gewissen Abständen weitere Artikel in der Zeitung veröffentlichen. Trotz all der bisherigen Schwierigkeiten eine Gruppe aufzubauen, ging es mir richtig gut. Denn mich hat dieser Weg befreit und ich bin froh, ihn gefunden zu haben. Mittlerweile hatte ich viele Kontakte aufgebaut. Konnte mir Rat einholen, wenn sich Probleme anbahnten. Unter anderem gibt es sogar von der psychiatrischen Abteilung des Krankenhauses das Angebot, allen Selbsthilfegruppenleiter/innen mit Gesprächen zur Seite zu stehen. Diese finden in regelmäßigen Abständen statt, wofür wir sehr dankbar sind. Außerdem wurde uns (ehemalige Patienten, Angehörige usw.) seitens der psychiatrischen Abteilung einmal im Quartal ermöglicht, an einer erweiterten Leitungskonferenz teilzunehmen. Somit wurden sogar wir in die

Planungen und Entwicklungen miteinbezogen. Was ich einfach toll und sehr beeindruckend finde. Ich erhielt Anrufe von Menschen, die mit mir am Telefon über ihre Probleme sprachen, aber nicht zu den Gruppentreffen erschienen. Zumindest entwickelte sich etwas daraus. Und als ich eines Abends wieder einmal alleine im Gruppenraum saß, verirrte sich einer der Betroffenen aus der Gruppe, die parallel zu meiner lief, versehentlich zu mir, und so kamen wir ins Gespräch. Zuerst fragte er mich: „Und wie läuft deine Gruppe?" Daraufhin erwiderte ich: „So wie heute sitze ich häufig alleine da." Deshalb erwähnte er, dass es vielleicht doch sinnvoll wäre, die beiden Gruppen zusammenzuführen und seinen Vorschlag mit dessen Gruppenleiter zu besprechen. Damit war ich einverstanden und nachdem mich dieser ebenso telefonisch kontaktierte, um mit mir darüber ein Gespräch zu führen, fuhr ich zum nächsten Gruppentreffen der Betroffenen. Hierbei unterbreitete mir der Gruppenleiter seinen Vorschlag und fragte mich, ob ich mir eine Leitungsübernahme vorstellen könnte und den Versuch wagen würde? Ich erklärte mich einverstanden und da alle Gruppenteilnehmer ebenfalls zustimmten, war der Wechsel komplett. Meine Entscheidung wurde zwar von etwas Angst begleitet, da die Gruppe bereits seit vielen Jahren unter der Leitung eines erfahrenen Leiters bestand. Allerdings konnte ich hierbei sehr viel lernen und mit der Übernahme erfüllte sich endlich der Wunsch einer eigenen Gruppe. Dass diese fast nur aus Betroffenen bestand, stellte für mich zu diesem Zeitpunkt kein Problem mehr dar. Immerhin hatte ich in den vergangenen zwei Jahren einige Angehörige, Suchtkranke und andere Menschen aus verschiedenen Lebenslagen kennengelernt. Trotz allem wollte ich mein Ziel, andere Angehörige in die Gruppe zu bekommen, weiterhin verfolgen, da mir dies sehr wichtig war.

So kam es, dass ich nun wöchentlich zum Gruppenraum fuhr. Doch es tat sich immer noch nicht viel in meiner Selbsthilfegruppe. Zwischendurch kam mal eine Teilnehmerin. Aufgrund der weiten Anfahrt hielten wir danach allerdings noch telefonisch Kontakt. Hingegen dazu war in der übernommenen Gruppe genug Zulauf vorhanden. Darum schickte ich alle, die sich bei mir meldeten, eben zu diesen Treffen, damit für alle ein besserer Austausch stattfand.

Und so dachte ich erneut über eine Umsiedlung nach. Denn schließlich war es unsinnig, alle vierzehn Tage nur alleine da zu sitzen, wenn doch anderorts Leute froh wären, sie könnten in eine Gruppe gehen.

Zwischenzeitlich gab es ein Erlebnis, das mich sehr in meinem Herzen traf. Und zwar lud mich eine meiner Freundinnen zu einem Musical ein, bei dem sie mitwirkte. Nach langem Überlegen entschloss ich mich, hinzugehen. Anfangs war ich ein wenig skeptisch, doch bald darauf gefiel es mir immer besser. Nur gegen Ende gab es leider drei Songs, die so gut zu meinem jetzigen Leben passten, sodass sich meine Stimmung trübte, und ich schweren Herzens nach Hause fuhr. Auch am nächsten Tag ließ mich das Erlebte nicht los. Und dabei fiel mir ein, wie sehr mir mein Glaube an Gott in der depressiven Zeit geholfen hatte. Deshalb beschloss ich, einen Song für den Dekan zu schreiben und zu komponieren. Nachdem dieser mit Hilfe meines Keyboardlehrers fertiggestellt war, fuhr ich zum Gottesdienst und erzählte dem Dekan im Anschluss davon, was mich seit dem Musical bewegte. Dabei übergab ich ihm schließlich die Komposition. Daraufhin sah er mich überrascht an und fragte: „Das ist für mich?" Ich sagte: „Ja!" Danach bat ich ihn noch, mir Bescheid zu geben, wenn er das Lied zum ersten Mal in einem seiner Gottesdienste mit einbauen würde. Er gab mir sein Wort und dann verabschiedeten wir uns.

Nun waren bereits drei Jahre seit dem Entzug meines Mannes vergangen und somit veränderte sich meine Gefühlswelt um einiges. Vieles gehörte nun der Vergangenheit an und geriet immer mehr in Vergessenheit. Wobei ich auch diesmal an unserem Kerweumzug nicht da war, weil ich meinen Vater im Krankenhaus besuchte.

Einige Wochen später fand mein drittes und letztes Seminar in diesem Jahr statt. Der Anreisetag fiel genau auf meinen Geburtstag, und so ergab sich diesbezüglich auch in diesem Jahr eine Veränderung. Leider führte ich hierzu in den Tagen davor einige Diskussionen mit meiner Familie. Mein Mann und meine Tochter wollten mir, mal wieder gegen mein Einverständnis, Geschenke machen. Darüber war ich etwas verärgert, weil ich mich von nun an nicht mehr in etwas hineinzwängen lassen wollte, das mir nicht gefiel. Ich wollte nun mal kein großes Tamtam, und dass sie meine Entscheidung akzeptierten. Da es sich sowieso um einen Wochentag handelte, an dem meine Familie eh nicht zu Hause war, ging ich morgens arbeiten und nachmittags fuhr ich zu meinem Seminar.

Diesmal mussten wir uns in Form eines Rollenspiels in die Lage versetzen, einmal als Berater und einmal als Hilfesuchender zu agieren. Doch auch wenn sich dies nicht einfach für mich umsetzen ließ und etwas unglücklich verlief, lernte ich wieder einiges dazu. Als weiteres Thema behandelten wir die Symptomatik Essstörungen. Hierzu erhielten wir in unserer Gruppe einige Informationen von zwei Betroffenen, die uns von sich erzählten. Unser Leiter war sehr dankbar für den Einblick in diese doch so schwierige Lebenssituation. Denn bei einer Magersucht besteht zum Beispiel immer die Problematik, etwas essen zu müssen, um zu leben. Darüber hatte ich mir bisher keine Gedanken gemacht. Weil man im Gegensatz zu anderen Süchten hierbei nicht, wie bei anderen Suchtmitteln, einfach von der Nahrung ablassen kann. Bei dieser Sucht kann man nur lernen, richtig damit umzugehen. Was bei einer Magersucht sehr schwer ist, da sich ein gewisser Druck aufbaut, jetzt etwas zu sich nehmen zu müssen. Es ist unfassbar, welche schwierige Last diese Menschen tagtäglich zu meistern haben. Sie verdienen vollsten Respekt. Obwohl ich in meinem bisherigen Leben keine Sucht entwickelt hatte, konnte ich mich durch die Erzählungen sehr gut einfühlen. Hierbei wuchs in mir ein Gefühl, selbst knapp an einer Sucht vorbeigeschlittert zu sein. Denn bedingt durch meine Kindheitserlebnisse, hätte ich ebenfalls Gefahr laufen können, eine Sucht zu entwickeln. Vermutlich half mir hierbei aber meine Stärke, „Nein" sagen zu können. Bereits meine Kindheit wurde durch Vorfälle geprägt, zu denen ich mir meine Meinung bildete und stets daran festhielt. Wenn ich aber mal etwas ausprobierte, dann ließ ich es allerdings auch wieder gut sein, da ich mich an meine Vorsätze erinnerte und weiter daran festhalten wollte. Während des Seminars lieh mir unser Gruppenleiter ein Buch aus, das wieder einmal vom Thema Co-Abhängigkeit handelte. Dabei erwähnte er noch kurz: „Du hast dir deine eigene Welt aufgebaut." Dadurch spürte ich, dass er erkannte, dass ich in vielem anders handelte.

Obwohl ich mit dem Thema Co-Abhängigkeit abgeschlossen hatte, las ich das Buch „Verstrickt in die Probleme anderer" von Pia Mellody, nachdem ich zu Hause war. Einerseits wurden darin interessante Dinge beschrieben, wie zum Beispiel: Co-Abhängigkeit besteht nicht nur in Familien mit Suchtproblemen, oder dass jeder Sucht-kranke, der clean werden möchte, erst einmal erkennen sollte, ob nicht auch er co-abhängig ist. Was darauf schlie-ßen lässt, dass wir alle co-abhängig sind, da wir nicht nur auf uns bezogen sind. Denn wir stehen uns gegenseitig hel-fend zur Seite. Dies sollte nur in einem gesunden Verhält-nis stehen. Andererseits gab es darin Erläuterungen, die für mich schwer nachzuvollziehen waren. Aber alles in allem war es eine interessante Erfahrung, das Buch gelesen zu haben.

Aufgrund meiner Neugierde erhoffte ich mir, so etwas mehr über mich zu erfahren. Ich wollte einfach herausfin-den, wie ich funktioniere und warum ich manches anders anging. Deshalb ließ ich zu, mich erneut nach so vielen Jahren in meine Kindheit zu versetzen. Und da ich mich wieder nur ansatzweise erkannte, entschied ich mich, nun ein weiteres Buch zu schreiben, in dem ich endlich meine Kindheit verarbeiten wollte. Und so beschäftigte ich mich auch damit, was wieder vieles in meinem jetzigen Leben veränderte. Ich grub jedoch etwas zu tief im Brunnen, wes-halb es mir einige Wochen nicht besonders gut ging. Aller-dings sprach ich endlich einmal mit meinem Vater über al-les, da ich dies noch nie getan hatte. Außerdem nahm ich nach über dreißig Jahren zu Menschen aus meiner Vergan-genheit Kontakt auf, weil ich das Bedürfnis verspürte, mit ihnen zu sprechen. Unter anderem aber auch, um sie über meinen Kindheitswunsch zu informieren. Dieser war da-mals nach der Trennung meiner Eltern, sie zu fragen, mich aufzunehmen. Was ich mich als Kind nicht traute, sollten sie wenigstens jetzt erfahren. Als ich sie nun fragte, was sie damals getan hätten, antworteten sie: „Wir hätten dich auf-genommen." All das bereitete mir erneut Unruhe. Doch als ich etwas Abstand fand, und mich wieder meiner zuvor erwähnten Umsiedlung zuwandte, verbesserten sich meine Gefühle.

Hierfür traf ich mich deshalb wieder einmal mit der Sozialpädagogin vom sozialpsychiatrischen Dienst. Sie war über mein Angebot sehr glücklich. Nach diesem Gespräch war jedoch etwas Klärungsbedarf in Zusammenhang mit weiteren Beteiligten notwendig. Unter anderem auch mit zwei Krankenhausmitarbeitern. Deshalb nahm ich zu verschiedenen Personen Kontakt auf. Als ich dazu mit dem leitenden Oberarzt alles abgeklärt hatte und seine Zustimmung fand, berichtete ich ihm von meinem Plan, einen Informationsabend zum Thema „Umgang mit Alkohol und anderen Mitteln" zu veranstalten.

Daraufhin fragte ich ihn: „Könnten sie sich vorstellen, sich daran zu beteiligen?" Woraufhin er ohne lange Überlegung zustimmte. Einige Tage darauf nahm ich zu einem Polizisten Kontakt auf, der Vorträge zur Suchtprävention hält. Dieser war hellauf begeistert und stimmte ebenfalls gleich zu. Daraufhin führte ich ein weiteres Gespräch mit der Sozialpädagogin vom sozialpsychiatrischen Dienst, um sie darüber in Kenntnis zu setzen und mit der weiteren Planung fortzufahren. Zwischenzeitlich erfuhr ich von einem Suchtpräventionstag an einer Berufsschule, von der es einen Standort in unserer näheren Umgebung und einen etwas entfernten zweiten Standort gibt. Aufgrund dieser Information setzte ich mich mit dem dafür zuständigen Sozialarbeiter telefonisch in Verbindung. Hierbei berichtete ich ihm von meinem Vorhaben. Daraufhin entgegnete er mir begeistert: „Ich würde Sie gerne kennenlernen und mich mit Ihnen austauschen." Da ich auch hiervon profitieren konnte, stimmte ich zu, und wir vereinbarten einen Termin.

Wieder einmal geschah so viel Beeindruckendes, weil alle Menschen an mich glaubten. Sie äußerten Dinge, die mir gut taten, wenn sie auch manchmal etwas euphorisierend auf mich wirkten. Nur hinsichtlich meines Mannes hatte ich diesbezüglich nicht das Gefühl, dass er ebenfalls deren Meinung war. Er tolerierte zwar die Veränderungen, zeigte mir aber nicht so viel Begeisterung, wie alle anderen. Dies vermittelte mir das Gefühl, dass er nicht an alles, was ich mir zu verwirklichen versuchte, glaubte. Es fühlte sich an, als wäre ich nicht dazu in der Lage, mit meinen Songs und meiner Stimme etwas zu erreichen. Dies reichte mir nur nicht aus. Allerdings rührte das vermutlich schon von früher her, da auch er bereits damals nicht jede meiner Ideen gut fand. Ich wünschte mir schon immer, etwas von meinen Träumen zu erfüllen. Ist daran etwas nicht in Ordnung, Träume zu haben, und zu versuchen, sich diese zu erfüllen? Mir wurde oft von einigen das Gefühl vermittelt, nichts Besonderes zu sein. Was ich jedes Mal bedauerlich fand, aber dennoch selbst nichts daran änderte. Doch das ließ ich nun nicht mehr zu. Deshalb hatte ich wieder einmal mit einem extremen Rückschlag in Bezug auf ihn, mit meinen Gefühlen und dem damaligen Ekel zu kämpfen. Zuvor hätte ich nie gedacht, dass es noch einmal dazu kommen könnte. Vor allem nach so langer Zeit. Doch ich wurde eines Besseren belehrt. Scheinbar löste die Wut, die ich wegen oben Genanntem auf ihn hatte, dieses Gefühl aus und wird sich wohl auch nie mehr ganz abstellen. Was mich ein wenig traurig stimmt. Warum sollte ich nicht auch zu etwas Außergewöhnlichem fähig sein? Ich habe jedenfalls noch Träume, die ich mir zu erfüllen wünsche.

Da ich es nun an der Zeit fand, die Gruppenumsiedlung durchzuführen, fuhr ich nur noch zweimal im Monat zum

Gruppenraum. Immerhin hatte sich mit der Leitungsübernahme der zuvor erwähnten Gruppe bereits ein Wunsch erfüllt. Nun arbeitete ich weiter daran, auch meine anderen
Wünsche in die Tat umzusetzen.

Neues schaffen

Nach etwa vier Wochen fuhr ich nun zum vereinbarten Termin mit dem Sozialarbeiter der Berufsschule (an dem uns nahegelegenen Standort). Mit diesem unterhielt ich mich etwa zwei Stunden. Dabei erzählte ich grob, was sich bei uns ereignete und was ich daraus gemacht hatte. Als sich das Gespräch dem Ende neigte, bot er mir an, an dem Suchtpräventionstag, der jedes Jahr im Wechsel an den beiden Berufsschulen für die Schüler veranstaltet wird, teilzunehmen. Hierfür sollte ich versuchen, eine Bildschirmpräsentation zu erarbeiten, um damit meine Erlebnisse den Jugendlichen bildlich darzustellen. Innerhalb weniger Tage setzte ich meine Ideen um und teste die Präsentation mit meiner Familie auf ihre Tauglichkeit.

In der Zwischenzeit bereitete mir die Planung eines Festes für unseren Sohn erheblichen Stress. Denn bedingt durch einige Unruhen innerhalb der Verwandtschaft meines Mannes, war auch diesmal nicht an eine gemeinsame Feier zu denken. Denn die einen wollten partout nicht mit den anderen in einem Raum sitzen und deshalb verlangten sie von uns ein getrenntes Fest. Keiner wusste, wie ich mich damit fühlte. Genau solche Situationen begleiteten mich bereits mein ganzes Leben in meinem familiären Umfeld, und ständig jedes Fest zweimal feiern zu müssen, bereitete mir einfach keinen Spaß mehr. Bei Geburtstagen hatten wir dies lange genug praktiziert. Vor allem konnten sie doch nicht einfach selbst darüber entscheiden. Hätten wir zweimal feiern wollen, hätte es doch in unserer Entscheidung gelegen. Außerdem brachten mich die Gründe total in Rage und es entstand Unverständnis in mir. So würde ich jedenfalls nie reagieren. Ich kann doch zum Beispiel auch nicht von meiner Tochter verlangen, ihre Hochzeit zweimal zu feiern, nur weil jemand eingeladen ist, den ich nicht mag. Leider ließ sich die Sache nicht sachlich und vollständig klären. Aufgrund einiger verbaler Angriffe endete diese Freundschaft und ich beschloss, nach diesem Fest nie wieder eine Familienfeier zu veranstalten. Meinen Geburtstag feierte ich sowieso nicht mehr und alles andere war mir ebenso egal. Je nachdem, wem es innerhalb der Verwandtschaft danach war, mich zu einem Geburtstag einzuladen, musste damit rechnen, dass ich nicht unbedingt kam. Was ich je nach Lust und Laune entschließen würde. Denn bei manchen legte ich auf solche Begebenheiten, aufgrund ihres Verhaltens uns gegenüber, einfach keinen Wert mehr, dabei zu sein. Meinem Mann und unseren Kindern überließ ich es, ihre eigenen Entscheidungen zu treffen.

Nachdem einige Tage verstrichen waren, legte sich der Stress wieder und meine Stimmung besserte sich. Ich fand mich damit ab, die mir entgegengebrachten Beleidigungen hinzunehmen, da ich mich nicht auf das gleiche Niveau herablassen wollte. Außerdem wollte ich nun sowieso nicht mehr, dass die Verwandten an dem Fest teilnahmen.

Wenige Wochen darauf fand endlich das vierte Seminar statt. Seit dem letzten Mal war bereits ein halbes Jahr vergangen und ich freute mich sehr, alle wieder einmal zu sehen. Leider kam es gerade an meinem Abfahrtstag zu einer Begebenheit, die mich misstrauisch stimmte. Denn auf der Suche nach einem Föhn, durchstöberte ich eine Badetasche und fand so ein kleines leeres Schnapsfläschchen. Da mein Mann nicht zu Hause war und ich wegmusste, bevor er kam, ließ sich die Situation nur telefonisch klären. Seine Erklärung, den Alkohol zum Kochen benutzt zu haben, ließ in mir immer noch die Frage offen, weshalb er die Flasche dann versteckte. Doch zum Glück lenkte mich das Seminar soweit ab, dass ich nicht ins Grübeln kam.

Diesmal ging es um Feedback, Sucht und Depressionen, Sucht und Ängste, Gruppendynamik und Gruppenmoderation. Die Themen waren alle sehr interessant und vielfältig. Jedoch beim Thema Ängste ging es unter anderem auch um Panikattacken, was mir nicht so gut bekam. Denn sogleich spürte ich wieder das bedrückende Gefühl, welches sich den Rest des Tages nicht mehr abschütteln ließ. Daraus folgerte ich, dass mir allein der Gedanke an die damaligen Panikattacken Angst bereitete. Was mir wieder einmal nicht gut tat. Zu meiner Erleichterung löste sich die daraus entstandene Belastung am darauffolgenden Tag auf. Jedoch hielt dieser Zustand nicht lange an. Denn aufgrund der Äußerung eines Teilnehmers, dass meine Finger wie Trommelschlägerfinger aussehen und dies auf eine Herzkrankheit hindeuten würde, spürte ich, dass mir dies zusätzlich Stress bereitete. Vermutlich prasselte einfach zu viel auf mich ein und so konnte ich nicht nachvollziehen, was genau die Unruhe auslöste. Am Ende wurden wir vor die Aufgabe gestellt, uns für das nächste und letzte Abschlussseminar ein Thema auszuwählen, mit dem wir unsere Abschlussprüfung absolvieren wollten. Unser Gruppenleiter erwähnte noch: „Es ist alles erlaubt, außer die Gruppe zu langweilen." Hierzu wählte ich erneut das Thema „Co-Abhängigkeit", da ich mich damit mittlerweile sehr eingehend beschäftigt hatte. Bereits auf dem Heimweg machte ich mir über den Aufbau und die Umsetzung Gedanken, da alles in dreißig Minuten abgehandelt sein sollte.

Leider nahm ich die bereits erwähnte Unruhe ebenso mit nach Hause. Da mir der innere Druck zu schaffen machte, bereitete mir dies gesundheitliche Probleme. Also versuchte ich, alles auszuschließen und herauszufinden, woran das lag. Deshalb begab ich mich unter anderem zu einem ärztlichen Gesundheitscheck. Denn nicht nur diese Aspekte, sondern auch die Voraussetzung, dass man als Angehörige/r einem gewissen Krebsrisiko ausgesetzt sei, belastete mich zusätzlich. Deshalb wollte ich mir auch in diesem Punkt Sicherheit verschaffen. Außerdem beunruhigten mich verschiedene Symptome, die auf Herz- Kreislaufprobleme zurückzuführen sein konnten. Darum suchte ich Antworten, die mir Entlastung verschaffen sollten. Da mein Hausarzt nichts fand und mir bestätigte, keine Trommelschlägerfinger zu haben, stellte ich nach einem weiteren Gespräch mit ihm fest, dass die Probleme hauptsächlich psychisch bedingt waren. Nachdem ich in einem Gesundheitsbuch etwas fand, dass zu meinen Symptomen passte, wurde mir klar, dass ich auf eine Angstneurose zusteuerte. Aus diesem Grund nahm ich erneut Beruhigungstropfen ein, um damit meine Ängste abzubauen. Gegebenenfalls sollte ich auf Anraten meines Arztes eine erneute Verhaltenstherapie in Betracht ziehen. Doch zunächst versuchte ich es mit Achtsamkeit und Ruhephasen, um abzuschalten. Und nachdem ich mich gedanklich darauf eingestellt hatte ging es mir bereits nach wenigen Tagen besser. Wieder einmal halfen mir die homöopathischen Tropfen und der innere Stress verflog. Lediglich ein kribbelndes Gefühl war nun noch zu spüren. Was allerdings auch damit zusammenhängen konnte, dass eines meiner musikalischen Werke zum ersten Mal in der Öffentlichkeit zum Einsatz kam. Es handelte sich dabei um das Lied, dass ich vor einiger Zeit dem Dekan übergab. Ich fühlte mich geehrt, weil er sein Versprechen hielt und tatsächlich schaffte, es einzubauen. Begeistert nahm ich am Gottesdienst teil, und nachdem wir das Lied gemeinsam gesungen hatten, sprach mich der Dekan vor allen teilnehmenden Gemeindemitgliedern direkt an. Nun wussten alle Anwesenden Bescheid. Nach Ende des Gottesdienstes blieb die Organistin kurz bei mir stehen. Hierbei teilte sie mir mit, dass ihr die Melodie sowie der Text gut gefielen. Daraufhin dankte ich ihr. Ebenso war ich dem Dekan sehr dankbar, da ich hierdurch eine absolut sensationelle Erfahrung machte. Freudestrahlend fuhr ich zu dem am gleichen Abend stattfindenden Gruppentreffen und berichtete allen Teilnehmenden von diesem Ereignis. Außerdem sprach ich über meinen inneren Kampf, meine Gefühle wieder in den Griff zu bekommen und wie es mir seit dem Seminar ging. Mit den anderen über alles zu sprechen, verhalf mir meine Gefühle komplett zu verbessern, wie sich bereits am nächsten Tag herausstellte. Dadurch bestätigte sich wieder einmal, wie wichtig Selbsthilfegruppen sind. Hierbei möchte ich aber noch erwähnen, dass mir die Gruppensituation bisher keine großen Probleme bereitete, für die ich eine bestimmte Person zum Reden brauchte. Sollte sich jedoch etwas ergeben, wusste ich ja nun, an wen ich mich wenden konnte. Denn hierfür können wir, wie bereits erwähnt, in dem Gruppenangebot für Selbsthilfegruppenleiter/innen über belastende Situationen sprechen. Dieses wird von einem Arzt und der bereits erwähnten Sozialpädagogin des Krankenhauses angeleitet.

Ein weiteres positives Erlebnis war, dass mir eine benachbarte Chorleiterin dabei half, die Noten aus zwei meiner Songs zu setzen. Dadurch lernte ich erstmals, meine Gefühle auf Papier zu bringen. Erst als mir die Chorleiterin sagte, wie genial sie es fände, dass meine Songs unter anderem aus Triolen und vorgezogenen Achteln bestehen, wusste ich, dass ich zu mehr in der Lage war. Selbst ich hätte das nicht gedacht. Immerhin schrieb ich nur aus meinen Gefühlen heraus. Auch hierbei lernte ich mich um ein weiteres Stück neu kennen. Allerdings wuchs in mir manchmal der Wunsch nach noch mehr Freiheit, um all dem nachkommen zu können, was ich mir zu erfüllen wünschte. Manchmal fragte ich mich, welche Talente noch in mir schlummern könnten, denn auch das Dichten fiel mir nicht schwer. Bedingt durch ein paar Worte des Dekans und ein Gedicht, das er erwähnte, ließen mich diese erst wieder los, nachdem ich ein eigenes Gedicht verfasst hatte. Es geht darum, erst mitten im Leben angekommen zu sein, ehe ich erkannte, wozu ich fähig bin.

Mitten im Leben

Steh mitten im Leben,

will noch so viel bewegen,

viel zu viel ist gescheh´n,

nicht alles leicht zu versteh´n.

Zuvor stand ich da,

fühlte mich allem unnah,

sah einfach noch nicht klar,

bis ich endlich angekommen war.

Mitten im Leben, von allem befreit,

und zum ersten Mal zu mehr bereit,

geh ich nun mit Gott zur Seit,

stark und sicher, damit was bleibt.

Fühle mich wie neu geboren,

und zu Dingen auserkoren,

die das Leben hält bereit,

auf dem Weg, den ich beschreit.

Daraus Gutes kann entsteh'n,

was soll immer fort besteh'n.

Die gesamten Entwicklungen begeisterten mich einfach. Es geschah weiterhin so viel Großartiges, das sich nicht in Worte fassen lässt.

Um noch mehr in der Öffentlichkeit zu erreichen, nahm ich unter anderem an einem zweitägigen Trialog-Workshop teil. Hierbei trafen sich, zum Thema psychiatrische Erkrankungen, Betroffene, Angehörige und Professionelle. Unsere Arbeit bestand hauptsächlich darin, herauszufinden, welche Themen wir als wichtig sahen. Es handelte sich dabei zum Beispiel um: EX-IN Ausbildung, Nachsorge nach der Entlassung aus der Klinik, Umgang mit dem Patienten (Zwangseinweisung) und anderem. Es war faszinierend, gemeinsam Wege zu erörtern, wie solche Themen auch der Öffentlichkeit näherzubringen sein könnten. Die rege Beteiligung aller zeigt, wie wichtig solche Trialog-Workshops wirklich sind. Die Umsetzung wurde im Allgemeinen sehr positiv bewertet und als angenehm empfunden.

Am Ende bildeten wir eine Arbeitsgruppe. In dieser wollten wir uns von nun an einmal im Monat treffen, um über unsere Vorhaben und Ziele zu diskutieren. Außerdem wollten wir erörtern, wie diese Anklang in unserer Gesellschaft finden könnten. Auch dies stellte wieder eine Herausforderung im Zuge einer wichtigen Veränderung dar. Jedoch blieb der Erfolg aufgrund einiger größeren Entfernungen der Teilnehmer aus. Was aber nicht heißt, dass in Zukunft keine Änderung möglich wäre. Ich denke, wir sind dennoch auf dem besten Weg, etwas zu bewirken. Auch mit kleinen Schritten lässt sich etwas erreichen. Deshalb versuche ich weiterhin Ideen zu entwickeln, um weitere Erfolge zu erzielen.

Um mich aber nicht nur mit Problemen auseinanderzusetzen, widmete ich nun auch dem Gesang einige Zeit und trat einem Musicalchor bei. Dies ermöglichte mir, meine Stimme zu verbessern, und gewisse Techniken zu erlernen. Immerhin bereitete mir auch das Singen schon mein Leben lang große Freude. Doch auch den dazugehörigen Auftritten in der Öffentlichkeit war ich nicht abgeneigt. Denn bereits in meiner Jugend hatte ich Spaß am Aufführen von Theaterstücken. Einige werden sich nun vielleicht fragen, warum ich all diese Dinge nie verfolgte. Darauf kann ich allerdings nur antworten: „Ich glaubte damals einfach nicht genug an mich und ließ mich zu sehr von meinem Umfeld beeinflussen. Aber all das werde ich jetzt aufholen und es ist mir egal, was andere sagen. Ich habe in alldem, was ich tue, meinen WEG fürs Leben gefunden. Und das ist das WICHTIGSTE!"

In den weiteren Wochen stellte ich dem Sozialarbeiter der Berufsschule meine Präsentation vor, und testete diese dann an der Schule unserer Tochter, in einer zum Thema Sucht unterrichtsbezogenen Klasse. Diese bestand aus Schülern, die aus vier verschiedenen neunten Klassen kamen. Daraufhin berichtete ich dem Sozialarbeiter vom erfolgreichen Verlauf und somit war alles für den Suchtpräventionstag in der Berufsschule geklärt. Zwischenzeitlich traf ich mich mit der Sozialpädagogin vom sozialpsychiatrischen Dienst, dem Chef der bereits erwähnten Fachstelle und einer seiner Mitarbeiterinnen aus unserem Kreis. Bei diesem Treffen sprachen wir über die genauere Umsetzung der neuen Gruppengründung. Im Raum stand, ob sich die oben erwähnte Fachstelle daran beteiligen wollte und welche Möglichkeiten es gäbe, den von mir geplanten Infoabend zum Erfolg zu bringen. Hierbei entwickelte sich nicht das erhoffte Ergebnis. Denn nach diesem Gespräch stand fest, dass ich erst an einer Sitzung mit einigen Gemeindemitgliedern des betreffenden Ortes teilnehmen sollte, um diese über mein Vorhaben in ihrer Gemeinde zu unterrichten. Als es soweit war, teilte ich allen Anwesenden mein Anliegen, einen Informationsabend zum Thema Sucht zu veranstalten, mit. Da sie skeptisch waren, dass der Abend nicht den gewünschten Erfolg bringt, rieten mir alle, einstimmig darüber, von der Durchführung ab. Allerdings fanden sie die Idee einer Gruppengründung lobenswert und meinten: „Wir finden, Sie sollten erst klein anfangen, indem sie zuerst die Gruppengründung vornehmen und dann eventuell für die Zukunft einen Informationsabend planen." Damit gab ich mich einverstanden, wenn auch etwas widerwillig. Aber vielleicht wäre das Ganze die Arbeitsmühe wirklich nicht wert, weil sich keiner trauen würde, zu kommen. Sie argumentierten sehr überzeugend. Vielleicht werden irgendwann auch zum Thema Sucht in

der Öffentlichkeit weitere Erfolge, offener damit umzugehen, erzielt. Denn niemand muss sich für eine Krankheit
schämen. Damit auch die Sozialpädagogin vom sozialpsychiatrischen Dienst darüber Bescheid wusste, berichtete
ich ihr gleich am nächsten Tag davon. Außerdem teilte ich
dem Chef der Fachstelle das Ergebnis per E-Mail mit.
Diesbezüglich kam dann auch kein Kontakt mehr zustande.

Nachdem etwa drei Monate vergangen waren, stand
endlich mein nächstes und letztes Seminar zur Suchtkrankenhelferin an. Da wir diesmal unsere Prüfung ablegen
mussten, verlief dieses anders, als die vorhergehenden Seminare. Bereits bei unserer Ankunft veränderte sich der
Ablauf durch ein medienbedingtes Highlight (Fußball) auf
besondere Weise. So begannen wir erst am nächsten Tag
mit unserem eigentlichen Programm. Nach dem Frühstück
erhielten wir durch einen Vortrag erstmals Einblick in die
Welt der Spielsucht. Dieser wurde von einem Mitarbeiter
der Suchtberatungsstelle, über die das Seminar lief, und einem Betroffenen aus unserer Gruppe gehalten. Er dauerte
bis zum Mittagessen an. Danach kam die Mittagspause und
dann folgten die weiteren Prüfungen. Nun waren noch drei
weitere Teilnehmer vor dem Abendessen und einer danach
an der Reihe. Dabei ging es um die Themen: Machtlosig-
keit der Sucht, Alkohol am Arbeitsplatz, kontrolliertes
Trinken und Gruppendynamik. Somit war der erste Tag gut
ausgefüllt und die behandelten Themen für alle zufriedenstellend beendet. Auch am darauffolgenden Tag fingen wir
nach dem Frühstück mit einem weiteren Teilnehmer an,
dessen Thema „Sucht und Angst" war. Dies löste wieder
einmal Unruhe in mir aus. Doch da ich als Nächste an der
Reihe war, ergab sich durch einige Vorkommnisse während meiner Darstellung der Co-Abhängigkeit, dass es mir
im Nachhinein nicht gut ging. Ich ließ leider zu viel an

mich heran kommen. Allerdings verlief meine Prüfung nicht ganz so wie erwartet, da ich mit meiner Darstellung der Co-Abhängigkeit, wie bereits hier im Buch beschrieben, eine rege Diskussion entfachte. Diese hatte ich so nicht erwartet und da auch mir eine halbe Stunde ausreichen musste, blieb nicht mehr genug Zeit, um alles genauer zu diskutieren. Somit blieb keine Möglichkeit mehr, das Thema Co-Abhängigkeit in dem Maß abzuschließen, wie es von mir geplant war. Damit meine ich: Diskussionen lassen sich auch länger und ausführlicher führen, aber es gibt Punkte, an denen man diese zufriedenstellend beenden kann. Was in meinem Fall nicht mehr machbar war. Zumindest war mir gelungen, die Gruppe nicht zu langweilen. Als nächstes folgten nun noch zwei Teilnehmer mit den Themen Gruppenmoderation und Rückfall (Ausrutscher-Vertrag). Nachdem auch diese in einer jeweils halben Stunde abgeschlossen waren, folgte nach einer eineinhalbstündigen Pause die Zertifikatvergabe, womit unsere Ausbildung zum/zur Suchtkrankenhelfer/in bestätigt und abgeschlossen wurde. Zum Ausklang fand am Abend ein gemeinsames Beisammensein mit Grillgut und Salaten statt. Was das Ganze noch abrundete. Der letzte Tag gestaltete sich mit einer Abschluss- und Rückblickrunde. In dieser sprachen wir noch einmal über verschiedenes aus dem jetzigen und den vergangenen Seminaren und welche Entwicklung jeder von uns dadurch gemacht hatte. Für mich ergab sich der Eindruck, dass an jedem Einzelnen von uns eine Veränderung und Entwicklung zu spüren war, nun allem was noch auf uns zukommen könnte, gewappneter zu sein. Durch den Abschluss dieser Ausbildung ist es mir nun möglich, die erlangten Kenntnisse weiterzugeben, an weiterführende Hilfen zu vermitteln oder mit Gesprächen zur Seite zu stehen (eigene Erfahrung, Selbsthilfe).

Seit meiner Reha waren circa drei Jahre vergangen und nachdem sich meine Gefühle für meinen Mann immer noch nicht aufbauten, versuchte ich ihm beizubringen, dass die Liebe nicht mehr zurückkam. Dazu muss ich allerdings erwähnen, dass ich meine Entwicklungen beständiger als er seine beibehielt. Denn ich setzte damals voraus, dass er seine Veränderungen umsetzen und bestehen lassen wollte. Doch dem war nicht in allen seinen Vorhaben so. Da mir das jedoch nicht genug war, und er sich mittlerweile wieder einmal ziemlich gehen ließ, hatte dies zur Folge, dass in mir erneut Ekel entstand, wenn ich ihn ansah. Außerdem hatte ich wieder einmal das Gefühl, dass er nicht hundertprozentig hinter all meinen Projekten stand. Vermutlich wollte er, dass unser Leben so schlicht und einfach blieb, wie es damals war. Dies war nun aber nicht mehr meine Auffassung von Leben. Ich suchte nach Herausforderungen und wollte noch so viel erreichen. Und nachdem ich ihm klar gemacht hatte, wie es um meine Gefühle für ihn stand, schockte ihn das sichtlich. Weil er damit nicht rechnete, musste er dies erst einmal verarbeiten. Um sich über Einiges klar zu werden, zog er sich zunächst zurück, packte dann nach einer Weile seine Sachen und ergriff die Flucht nach Frankreich. Er sagte noch: „Ich muss hier raus, auch wenn ich nicht weiß wohin. Am besten ziehe ich aus und suche mir eine Wohnung." Ich entgegnete ihm: „Es tut mir leid, aber ich kann so nicht weiterleben. Ich habe alles versucht, doch mir ist das nicht genug. Allerdings möchte ich nicht, dass es so endet." Bevor er ging, bot ich ihm noch an, der Kinder wegen, weiterhin freundschaftlich im Haus zu bleiben. Mir war mit seinem Aufbruch zwar nicht geholfen, weil ich nicht wusste, was am Ende dabei herauskam. Dennoch ließ ich ihn ziehen. Denn ich wusste genau, dass ich einen Weg fände, egal was auf mich zukäme. Ich fand es nur nicht in Ordnung, dass er sich einfach aus dem

Staub machte, und wir (die Kinder und ich) nicht wussten, woran wir waren. Vor allem wäre ich so oft gerne mal geflüchtet und hatte es nie getan. Zum einen, weil ich für meine Kinder immer da sein wollte und zum anderen, weil es dann gehießen hätte: „Die lässt ihre Kinder im Stich!" Wir Frauen sind in dieser Beziehung echt im Nachteil. Denn für die Männer ist es einfach zu sagen: „So, ich geh." Vor allem wenn eine Trennung ansteht und die Kinder bei der Mutter bleiben, hat ein Mann leicht reden, da er sich seinen Alltag so gestalten kann, wie er möchte. Die Frau hingegen hat weiterhin die familiären Belastungen zu tragen, ganz egal wie zerstört ihre Gefühle sind. Vermutlich können nur alleinerziehende Väter bei so etwas mitreden. Alle anderen sollten sich mal Gedanken machen, wieviel weiterhin auf der Mutter lastet.

Aber auch für unsere Kinder war die Situation nicht einfach, da sie nun nur noch bedingt Kontakt über Handy zu ihrem Vater halten konnten. Aber das Schlimmste war, dass unsere Tochter große Angst um ihn hatte und sich Sorgen machte, dass er wieder rückfällig werden könnte. Keiner wusste, wann er wieder zurückkam, wo er steckte und wie er mit der Situation umging. Jedenfalls hatte er nun genug Zeit, sich darüber Gedanken zu machen und zu einem Entschluss zu kommen. Aufgrund dieser Reaktion ging ich erst einmal von einer Trennung aus.

Am nächsten Tag sah die Welt für mich immer noch bescheiden aus. Dennoch nahm ich mal wieder am Gottesdienst des Dekans teil. Hierbei ergab sich, durch den gesamten Gottesdienstverlauf, dass mir Einiges sehr nahe ging. Dies hatte zur Folge, dass ich auf einem Tiefpunkt wie lange nicht mehr angelangt war. Beim Verlassen der Kirche ging ich wie immer am Dekan vorbei, um ihm zum Abschied die Hand zu reichen. Dabei spürte er, dass mit mir etwas nicht stimmte. Deshalb sprach er mich mit folgenden Worten an: „Ihnen geht es heute aber nicht gut." Daraufhin nickte ich zustimmend und darum fragte er: „Kann ich Ihnen vielleicht mit einem Gespräch helfen?" „Ich weiß nicht", antwortete ich leise. Daraufhin meinte der Dekan: „Warten Sie doch bitte kurz an der Seite, sowie ich alle verabschiedet habe, spreche ich mit Ihnen." Dies tat ich und da ich völlig zittrig und aufgelöst war, war die Entscheidung über das, was mich bewegte zu sprechen, genau richtig. Die etwa einstündige Unterhaltung brachte mir Erleichterung, und die notwendige Besserung den Tag gelassener zu verbringen. Ich war dem Dekan jedenfalls sehr dankbar, dass er sich die Zeit für mich nahm.

Um meine sehr gute Freundin und meinen Vater nicht außen vor zu lassen, berichtete ich ihnen ebenso von dem Vorgefallenen. Außerdem rief ich die Sozialpädagogin vom sozialpsychiatrischen Dienst an, um ihr mitzuteilen, mich aus der Gruppengründung vorerst herauszunehmen, da ich nun privat einiges zu regeln hatte. Sie brachte mir vollstes Verständnis entgegen und schließlich ist aufgeschoben nicht aufgehoben.

Bedingt durch eine von mir versendete SMS, kam mein Mann einige Tage darauf wieder nach Hause. Nach seiner Ankunft sagte er zu mir: „Du hast Recht, ich muss wirklich den Hintern hochbekommen." Daraufhin führten wir ein ausgiebiges Gespräch und er entschloss, freundschaftlich mit mir im Haus zu bleiben. In den nächsten Tagen passierte plötzlich ein absoluter Wandel. Denn von nun an brachte er sich endlich tatkräftig mit ein. Er half bei anstehenden Arbeiten im und ums Haus. Nun bemerkte ich, wie toll sich das anfühlte, wenn wir gemeinsam arbeiteten. Dies teilte ich ihm deshalb mit und auch er spürte, wie gut es tat, sich endlich nach so langer Zeit richtig mit einzubringen. Ich äußerte mich dazu: „Ich fände es schön, wenn du diese Wandlung für ein zukünftiges gemeinsames Leben konstant durchhalten würdest. Denn so macht es endlich wieder mehr Spaß und wir kommen viel schneller voran im Haus." Somit beschloss ich den weiteren Entwicklungen ihren Lauf zu lassen, um zu sehen, ob sich doch nochmal etwas daraus ergeben könnte.

Genau auf den Tag, an dem mein Mann vier Jahre zuvor seinen Entzug begann, fand nun die Präsentation in der Berufsschule statt.

Der Suchtpräventionstag, wie er genannt wurde, begann morgens gegen 8:30 Uhr und dauerte bis zum Unterrichtsende nach der sechsten Stunde an. Statt des Unterrichts erhielten die Schüler der Vollzeitklassen die Möglichkeit, an mehreren Workshops teilzunehmen. An diesen konnten sie sich unter anderem selbst beteiligen. Darunter befand sich zum Beispiel eine alkoholfreie Cocktailbar, Bodypainting, ein Musikworkshop und ein Kettcarparcour, der mit Rauschbrille zu absolvieren war. Außerdem waren die Polizei, das Deutsche Rote Kreuz und die Feuerwehr mit von der Partie. Des Weiteren standen den Schülern verschiedene Räumlichkeiten zur Verfügung, in denen sie sich über verschiedene Suchtmittel und Auswege informieren konnten. Darunter gab es auch einen Entspannungsraum. Da es den Teenagern freistand, selbst auszuwählen, blieb der erhoffte Ansturm, sich an meiner Präsentation zu beteiligen, leider aus. Lediglich einige wenige fanden sich ein, um daran mitzuwirken. Ich hegte deshalb den Verdacht, dass sich die Beschilderung „Selbsthilfegruppe", nicht interessant genug darstellte. Weshalb ich dem Sozialarbeiter mitteilte: „Man sollte das Ganze beim nächsten Mal vielleicht interessanter formulieren." Insgesamt wiederholte ich die Darstellung meiner Erlebnisse, und die daraus gewonnenen Kenntnisse, dreimal. Wobei sich hierunter nur eine Gruppe von fünf Schülern befand, die so interessiert mitwirkte (sie stellten Fragen und brachten sich selbst mit ein), dass es mir wahre Freude bereitete. Somit öffnete ich mich ihnen mehr als den anderen. Zum Schluss machte mich dieser Vormittag etwas nachdenklich, weil sich manches sehr verhalten gestaltete. Deshalb verließ ich die Veranstaltung, nachdem wir (die Mitwirkenden) ein Geschenk, eine Urkunde und eine Danksagung erhielten, etwas bedrückt. Bereits mit der Überlegung, wie ich meine Vorführung noch besser anpreisen könnte, fuhr ich nach Hause. Schließlich war und ist es mir wichtig, anderen etwas mit auf ihren Weg zu geben. Und schon beim Essen kochen kam mir die Idee, die Präsentation das nächste Mal eventuell komplett umzugestalten, indem die Schüler nicht nur zuhören, sondern selbst mitwirken könnten. In der Hoffnung, so mehr Resonanz zu erhalten. Einige Tage darauf ließ mir auch der Sozialarbeiter über unsere Tochter (mittlerweile war sie an einem Standort der Berufsschule) ausrichten, den Präsentationstag noch einmal zu besprechen. Als ich sie daraufhin mal wieder von der Schule abholte und dabei den Sozialarbeiter traf, führten wir ein ausgiebiges Gespräch. Dabei stellte sich heraus, dass ich noch einiges zu lernen hatte. Denn er gab mir zu verstehen, beim nächsten Mal solch eine Situation gelassener anzugehen. Ich hingegen versuchte ihm zu vermitteln, dass es einfacher ist ein paar Schüler zum Mitmachen zu animieren, wenn dreißig oder mehr in einem Raum sind. Dagegen waren am Suchtpräventionstag nur wenige da, die teilweise auch noch großes Desinteresse zeigten. Durch das Gespräch wurde mir aber auch bewusst, dass wir gemeinsam einen Weg, das Ganze interessanter zu gestalten, finden könnten. Denn dank des Engagements und den tollen Ideen des Sozialarbeiters lässt sich bestimmt ein Konzept erarbeiten, das besser ankommt. Diesbezüglich werde ich jedenfalls nicht aufgeben, sondern weitermachen, um auch hierbei noch etwas zu lernen und Gutes zu bewirken.

Nicht jede erhoffte Entwicklung brachte den gewünschten Erfolg. Jedoch wusste ich nun, wofür ich mich entscheiden würde, wenn mein Mann es auch diesmal nicht schaffte, sein Leben konstant in den Griff zu bekommen und zu halten. Denn nach alldem stand für mich fest, trotz meiner damaligen Vorsätze, den Weg der Trennung zu gehen. Egal, was sich noch ergeben würde, nahm ich mir vor, weiterhin daran zu arbeiten, auch die unerreichten Ziele umzusetzen. Nachdem ich diese Erkenntnis erlangt hatte, fühlte ich mich irgendwie befreiter. Diesmal ging es mir sogar an unserer Kerwe und an meinem Geburtstag so gut wie lange nicht mehr. Vor allem versuchte mir diesmal keiner mehr ein Geschenk aufzudrängen.

Noch einmal nahm ich an einem Trialog-Workshop teil. Eins der Themen war die Bedeutung von Stigma und wie man diesem entgegenwirken könnte. Das Wort kommt ursprünglich aus dem griechischen und bedeutet: Stich, Wund- Brandmal. Es gab eine Zeit, da wurden Menschen gebrandmarkt, damit jeder erkannte, dass derjenige etwas verbrochen hatte oder mit ihm etwas nicht stimmte. Somit wurden diese Leute gemieden und ausgegrenzt. Dadurch entstanden gegenüber diesen Menschen Vorurteile. Deshalb sprachen wir darüber, wie diesen in unserer Gesellschaft entgegengewirkt werden könnte. Hierzu gab es das Argument, über seine Krankheit zu reden. Was aber wiederum Angst hervorruft, weil niemand weiß, wie das Umfeld darauf reagiert. Also was tun? Im Prinzip befinden wir uns in einer schwierigen Lage. Denn entscheide ich mich, über mein Problem zu sprechen, laufe ich Gefahr, abgewiesen zu werden. Erhalte allerdings auch Hilfe und Verständnis, weil nicht jeder mit Ablehnung reagiert. Spreche ich aber nicht darüber, ist sicher, dass ich keine Hilfe bekomme. Dabei werde ich zwar nicht ausgegrenzt, aber das Problem löst sich nicht einfach auf. Was soll ich also tun? Verzweiflung entsteht, obwohl viele bereits wissen, dass Reden hilft, weil zu viele Ängste bestehen. Auch mir ging es damals so. Wie ich bereits in diesem Buch geschrieben habe, hat mich das Schweigen krank gemacht. Doch jetzt wo alles raus ist, geht es mir gut, und wenn mir jemand komisch kommen sollte, dann werde ich demjenigen gehörig die Meinung sagen. Denn in dieser Hinsicht lasse ich mir nichts mehr gefallen.

Ich kann nur sagen: „Mir hilft es, mit anderen zu reden und offen mit meinen Problemen umzugehen." Außerdem, selbst wenn ich durch mein Outing alte Freunde verliere, so finde ich in diesem Zusammenhang auch wieder neue Freunde. Vermutlich sogar bessere als vorher, weil nur wahre Freunde zu mir und meiner Krankheit stehen. Ich habe mich selbst von Familienmitgliedern getrennt, weil sie mir nicht gut tun und auch nie gut taten. Doch ich habe, wie in diesem Buch zu erkennen ist, jede Menge neue Freunde gefunden.

Des Weiteren sprachen wir noch über die Themen Recovery und EX-IN. Darauf gehe ich aber erst im nächsten Kapitel näher ein.

Ein ganz besonderer Satz, der während des Workshops fiel, war: „Vielfältigkeit ist enorm wichtig, denn was wären wir, wenn wir alle gleich wären?"

Ohne Vielfalt wäre die Welt vermutlich trostlos.

Ich möchte aber noch kurz erwähnen, dass den Erkrankten großen Respekt entgegengebracht werden sollte, weil sie sich ihrer Krankheit stellen und anderen nun helfend zur Seite stehen. Unter anderem auch Vorträge halten, wie in diesem Workshop.

Was ist Psychiatrie?

Bereits aus meiner Jugend kenne ich das Wort Klapse oder Irrenanstalt als Bezeichnung für eine psychiatrische Klinik. Die Aussagen der Menschen, dass dort nur Verrückte untergebracht seien, bereitete mir Unbehagen. Doch auch Neugierde, was sich denn wirklich für Menschen darin befänden. Dennoch verleiteten mich die Aussagen dazu, Angst gegenüber dem Wort Psychiatrie zu entwickeln, denn leider ließ ich mich viel zu sehr von dem Gerede mancher Leute beeinflussen. Bis zu dem Tag, an dem mein Mann in die Psychiatrie eingewiesen wurde, bestand noch immer eine gewisse Abneigung. Denn bereits als Jugendliche fühlte ich mich unwohl bei einem Gespräch mit einem Psychiater und war froh, dass ich nur einmal hin musste. Ich fragte mich damals: „Wie kann der mir denn weiterhelfen?" So auch, als mir mein Hausarzt einen Zettel mit Adressen von Psychologen übergab und meinte, ich sollte eine Therapie machen. Bereits der Gedanke, mich in Psychotherapie begeben zu sollen, bereitete mir ein ungutes Gefühl. Zudem gab ich zu diesem Zeitpunkt noch meinem Mann die Schuld dafür. Ich sagte ständig: „Nur wegen dir muss ich jetzt in psychologische Behandlung." Allerdings wurde früher generell das Bild einer psychiatrischen Klinik falsch dargestellt. Was sich mittlerweile aber wenigstens teilweise geändert hat. Denn seitdem ich mich darauf eingelassen hatte, Hilfe anzunehmen, weiß ich, das Psychiatrie mehr ist als eine Anstalt für …, wie abwertend auch immer die Leute darüber reden. Eine bereits hier im Buch erwähnte Freundin meinte zu mir: „Ich kann dir eine psychosomatische Reha nur empfehlen, weil sie wirklich hilft. Mir hat sie auch gut getan." Aufgrund dieser Aussage leitete ich alles in die Wege, mich dort hin zu begeben, und mich um eine therapeutische Behandlung zu kümmern. Und wie ich zuvor bereits erwähnt habe, hat mir das sehr gut getan und dazu noch die Augen geöffnet. Denn heute weiß ich, dass Psychiatrie den Menschen in verschiedenen Lebenslagen hilft. Diese sind zum Beispiel:

Depressionen, Angststörungen, Zwangsstörungen, Essstörungen und Suchtproblematiken.

Hierzu gehören Teilbereiche wie:

Akute Psychiatrie, Allgemeinpsychiatrie, Forensische Psychiatrie, Verhaltenstherapie, Psychotherapie und vieles mehr.

Mit diesen und anderen verschiedenen Bereichen wird entsprechend dem Schweregrad versucht, Erkrankten zu helfen, indem ihnen ein Weg aufgezeigt wird, ihr Leben besser als zuvor zu meistern, und für bestimmte Situationen besser gewappnet zu sein. Ich habe deshalb „versucht" geschrieben, weil es wichtig ist, dass sich die Erkrankten auch darauf einlassen, Hilfe anzunehmen. Nicht jede/r Patient/in ist bereit an sich zu arbeiten, auch wenn ihnen klar ist, ein Problem zu haben. Sie gehen mit der Vorstellung in eine Klinik, in der Hoffnung, helfende Ratschläge zu erhalten. Dabei müssen sie selbst etwas dazu beitragen, um eine Veränderung herbeizuführen. Auch manche Angehörige der Patienten sind der Meinung: „Jetzt wird meinem Partner/Kind geholfen. Schließlich sind die Ärzte doch dafür da." Ähnliches spiegelt sich allerdings genauso in Selbsthilfegruppen wider, weil manche voraussetzen, dass eine einmalige Teilnahme und ein Rat bereits etwas verändern. Aber Ratschläge können nicht helfen. Vor allem, wenn der/die Erkrankte nicht an sich arbeitet.

Viele Menschen werden in ihrer Psyche verletzt und dies kann jedem von uns durch Mobbing, Ausgrenzung, Verlust eines geliebten Menschen und vielem anderem passieren. Auch von klein auf ohne den notwendigen Liebesbeweis aufzuwachsen, kann zu psychischen Problemen führen. Denn dadurch entwickelte ich zum Beispiel wenig Selbstachtung. Ich mochte mich oft selbst nicht, weil mir gerade wichtige Bezugspersonen, wie meine Eltern, nicht zeigten, anerkannt zu sein. Erst in den letzten Jahren lernte ich mich selbst zu mögen und irgendwann auch zu lieben, indem ich mich heute meistens problemlos im Spiegel ansehen kann.

Ich denke, dass die Liebe zu den Kindern bei den Eltern wohl vorhanden sein mag, sie diese jedoch nicht zeigen können, indem sie mit dem Kind schmusen, es auf den Schoß nehmen oder es loben. Aus welchen Gründen auch immer. Dabei kommt es aber auch noch auf die Stärke und das Alter des jeweiligen Kindes an, wie es das Erlebte verarbeitet und damit umgeht. Eins ist jedoch klar: Die Psyche erkrankt! Und kann oft je nach Schweregrad und Persönlichkeit nur durch fachmännische Hilfe gesunden. Wenn nun aber noch hinzukommt, Probleme über einen längeren Zeitraum mit Suchtmitteln zu bekämpfen, die ebenfalls die Psyche beeinträchtigen, kann es zu Paranoia (Verfolgungswahn, Angstzuständen oder Sonstigem) kommen. Dies ist dann aber eine schlechte Grundlage, da erst nach einem Entzug eine Therapie angegangen werden kann. Hierfür muss der/die entsprechende Patient/in allerdings erst bereit sein. Was hat dies aber mit Verrücktsein zu tun? Meines Erachtens gar nichts, denn keiner von uns kann sich aussuchen, wie er aufwächst oder wovon er beeinflusst wird. Jeder von uns ist allerdings ab einem gewissen Alter für sich selbst verantwortlich, kann frei über sein Tun entscheiden und sollte somit für sein Handeln Verantwortung übernehmen. Da bringen auch Schuldzuweisungen nichts, weil ich trotz meiner schlechten Vergangenheit selbst entscheiden konnte, welchen Weg ich gehe und was ich aus meinem Leben mache. Natürlich liegt vieles an der Erziehung, aber dennoch besitze ich einen Willen, der verantwortlich für meine Entscheidungen und Werte ist.

Wer nun noch sagt, dass diese Menschen nicht normal sind, sollte erst einmal darüber nachdenken, ob nicht jeder von uns etwas an sich hat, das dem anderen merkwürdig erscheint. Denn woran machen wir dies fest? Ich sage immer: „Jeder lebt nach seinem Maß, normal zu sein." Für einen Messie ist es zum Beispiel normal, Dinge zu sammeln und aufzubewahren. Aber auch für Menschen mit den unterschiedlichsten Handicaps oder Leidenschaften, ist ihr Leben normal. Was aber ist überhaupt Normalität und gibt es sie eigentlich?

Für mich steht jedenfalls fest: Psychiatrie ist keine Klapse und auch kein Irrenhaus! Sondern ein Ort der Hilfe, an dem Fachpersonal zur Gesundung beiträgt! Aufgrund der Erkenntnis, dass Erfahrungswerte von Erkrankten/Angehörigen ebenfalls hilfreich zu einer Veränderung der Lebenssituation beitragen, hat in der psychiatrischen Abteilung des hier genannten Krankenhauses bereits ein Wandel stattgefunden. Ebenso erwähnenswert finde ich das Engagement der Mitarbeiter, und die uns ermöglichte Teilnahme an Trialog-Workshops und anderen Veranstaltungen. Eine weitere wertvolle Ergänzung erfüllt meines Erachtens auch der Trialog-Stammtisch. Denn dieser bietet Menschen, sich frei zugänglich in der Öffentlichkeit mit anderen Erkrankten, Angehörigen und Fachpersonal auszutauschen.

Glücklicherweise hat sich in manchen Einrichtungen bereits etwas verändert. Denn im Gegensatz zu früher werden dort heute, Betroffene und Angehörige von Professionellen miteinbezogen. So wird zum Beispiel eine EX-IN Ausbildung angeboten, die derzeit erstmals auch in unserer Region startete. Die Bedeutung von EX-IN ist, dass Betroffene und Angehörige aufgrund ihrer eigenen psychischen Krisensituationen und deren Bewältigung, nun eine Ausbildung zum/zur Genesungshelfer/in oder Dozent/in machen können. Durch diese erreichen sie nach etwa einem Jahr die Qualifikation, in psychischen Diensten oder bei Aus-, Fort- und Weiterbildungen tätig zu werden.

Ein weiterer wichtiger Aspekt ist zur Gesundung (Recovery) der Patienten beizutragen. Das heißt, die Betroffenen nicht nur auf ihre Symptome zu behandeln, sondern diesen mit Hilfe eines Konzepts, ein zufriedenstellendes Leben zu ermöglichen. Was allerdings nicht heißt, dass die Erkrankten geheilt sind. Die Krankheit wird sie auch weiterhin begleiten. Nur lernen sie mit ihr besser umzugehen. Gewinnen aber an Motivation und Hoffnung, ein erfüllteres Leben zu führen.

Um diesbezüglich weiterhin Erfolge zu erzielen sollten meiner Meinung nach weitere Trialog-Workshops veranstaltet und diese der Gesellschaft näher gebracht werden. Denn nur so können alle davon profitieren und vielleicht findet so endlich eine Veränderung statt. Absolut bemerkenswert finde ich, dass sich die Mitarbeiter der psychiatrischen Abteilung des Krankenhauses zum Ziel gesetzt haben, mit den Patienten und Angehörigen auf Augenhöhe zu kommunizieren.

Einfach großartig!

Ereigniserzählung meines Mannes

Nachdem mein Mann zu einem Gespräch bereit war, berichtete er mir Folgendes:

Im Alter von vierzehn Jahren lernte ich in der Schule einen Jungen aus unserem Ort kennen, der mich faszinierte. Sein Name war Steffen und er hatte bereits einige Kontakte geknüpft, von denen er sich verschiedene Drogen besorgen konnte. Zum Teil baute er die Pflanzen sogar selbst an, und obwohl seine Eltern eine Vermutung hatten, gossen sie die Pflanzen mit, weil sie dachten, es wären Brombeersträucher. Häufig schwänzte ich die Schule und verbrachte meine Freizeit mit seiner kleinen Schwester und weiteren Kumpels bei ihm. Ab und zu tranken wir Alkohol oder kifften etwas. Aufgrund der Behauptung, dass Marihuana die gleiche Wirkung wie Alkohol habe, nur ohne sich übergeben zu müssen, probierte ich das Zeug aus. Obwohl ich feststellte, dass die Aussage nicht stimmte (denn mir wurde nach dem Konsum meistens übel), rauchte ich weiterhin mit. Oftmals bereute ich dies. Weil ich aber immer wieder meine Grenzen suchte und das Zeug eine erheiternde Wirkung auf mich hatte, rauchte ich ab und zu bei weiteren Treffen immer wieder mal mit. Wir konsumierten das Marihuana hauptsächlich, wenn wir uns morgens bei Steffen trafen. Zu dieser Zeit gab ich kein Geld für Drogen aus, da ich immer wieder eingeladen wurde. Daraufhin zog ich ein- bis zweimal am Joint, weil ich nicht Nein sagen konnte. Nachmittags wusste jeder ohne etwas auszumachen, wo die anderen der Clique zu finden waren.

Meistens trafen wir uns an einem alten Spielplatz oder in dessen Nähe. Dort legten wir dann unser Taschengeld zusammen, um Wein zu kaufen und durch den Ort zu ziehen. Irgendwann erfuhren auch meine Eltern über eine Freundin von Steffens Drogenkonsum, und dass wir in der Clique kifften. Was ich natürlich vor ihnen verneinte und somit war dieses Thema erledigt, weil sie nicht näher darauf eingingen. Es schien auch weder meine Eltern, noch die Nachbarschaft zu stören, wenn mein Kumpel Jörg von gegenüber und ich bei unserem alljährlichen Straßenfest größere Mengen Alkohol tranken. Aufgrund des Umzuges meines Kumpels Steffen brach der Kontakt nach der achten Klasse nahezu ab und ich bemühte mich wieder mehr um bessere Noten, damit sich meine Möglichkeiten, eine Lehre zu beginnen, verbesserten. Deshalb fanden die Partys und Saufgelage meist nur noch an Wochenenden oder in den Ferien statt.

Mit Marihuana und einer weiteren Substanz kam ich erst wieder zu meiner Lehrzeit in Kontakt. Denn auch hier entstanden Freundschaften zu Kollegen, die Shit oder Pep konsumierten. Jedoch blieb es für mich über Jahre stets bei einem gelegentlichen Konsum.

Seit dem achtzehnten Lebensjahr zog ich, wie bereits von meiner Partnerin beschrieben, zu ihr, und von da an lebten wir gemeinsam in einer Wohnung. Im gleichen Haus, direkt neben uns, wohnte ein anderer etwa gleichaltriger Kerl. Dieser kiffte zwar auch hin und wieder, jedoch standen für ihn eher seine Musik und die Spielsucht an erster Stelle. Weil er damals lieber in Gesellschaft in den Spielotheken saß, nahm er mich hin und wieder mit. So fand ich ebenfalls Gefallen daran und daraus entwickelte sich eine massive Spielsucht. Auch wenn es ein Scheißgefühl war und ich wusste, dass ihr und mein Geld dann meistens weg war, konnte ich nicht aufhören, weil mich das Spielen am Automaten in seinen Bann zog. Da meine Partnerin herausfand, dass ich mich auch an ihrem Geld zu schaffen machte, stellte sie mich vor die Tatsache: Trennung (zurück zu meinen Eltern zu ziehen), oder mit dem Zocken ein für alle Mal aufzuhören. Was mir daraufhin, aufgrund der Vereinbarung, eine Konsole für den Fernseher zu organisieren, auch gelang, um sie nicht zu verlieren.

Zu dieser Zeit absolvierte ich bereits meinen Zivildienst, den ich gleich nach meiner Lehre antrat. Kurz bevor dieser endete, bewarb ich mich um einen neuen Job in einem großen Betrieb, woraufhin ich eingestellt wurde und nun seit meinem einundzwanzigsten Lebensjahr arbeite. Da wir bald darauf in eine gemeinsame Wohnung in einem kleinen Ort zogen, verlor ich jeglichen Bezug zu Kontakten aus meiner Vergangenheit. Dies war für uns die Chance neu anzufangen.

Die ersten zwei Jahre lief auch alles bestens, bis mir eines Tages ein Kollege mit coolen Sprüchen die Nase lang machte, auch einmal Speed auszuprobieren. Der Nervenkitzel und die Neugierde mitzumachen siegten. So kam es, dass wir uns über Jahre stellenweise zu acht heimlich in verschiedenen Räumen trafen, um uns dort gemeinsam die Nase zu pudern. Da sich mein Körper durch den steten Konsum daran gewöhnte, steigerte sich mit der Zeit die Menge, da sonst keine Wirkung mehr zu spüren war. Im Schnitt kostete mich der Spaß anfänglich zwei- bis dreihundert DM monatlich. Was sich über Jahre durch den stärkeren Konsum verdoppelte. Der Reiz, die Einnahme am Arbeitsplatz zu tätigen, brachte mir den gewissen Kick. Immerhin bestand große Gefahr, dabei erwischt zu werden. Speed nahm ich z.B. um ständig wach sein und Gas geben zu können, oder manchmal länger als vierundzwanzig

Stunden durchzuhalten. Wenn die Wirkung nachließ, fühlte ich mich allerdings total down und gereizt. Dennoch bekam ich nie genug, achtete meinen Körper nicht und bekam keine Ruhe, bis alles aufgebraucht war, was ich noch hatte. So nach dem Motto: Was weg ist, ist weg!

Ich nahm wirklich alles, was mein Kollege mitbrachte, wovon ich nicht immer wusste, was es war. Unter anderem schluckte ich Shit als Bombe, wodurch mir wieder speiübel wurde. Probierte Trips, die mich dazu brachten, über alles und jeden zu lachen. Schniefte Koks, was ich allerdings nur selten tat, da es sehr teuer war. Hierbei bekam ich das Gefühl, alles mit Leichtigkeit bewältigen zu können und voll bei der Sache zu sein. Fühlte mich saustark! Das Krasseste, was ich je ausprobierte und auch nur einmal tat, war das Rauchen von Heroin. Denn damit fühlte ich mich zwar betrunken, doch die Begleiterscheinungen (weiche Knie mit starker Übelkeit) hielten mich davon ab, es noch einmal zu tun. Das einzige, was für mich nie in Frage kam, war, mir etwas zu spritzen.

Vor allem beschwipst, benebelt und gut drauf zu sein, forderte mich immer wieder heraus, etwas zu konsumieren.

Nachdem der Kollege, der mich hauptsächlich mit Drogen versorgte, den Betrieb verließ, erhielt ich nur noch gelegentlich die Möglichkeit an etwas Speed zu kommen, und somit begrenzte sich der Konsum. Nach Jahren kam mir dann allerdings die Idee, im Internet über GBL/BLO zu recherchieren. Ich wollte einfach mehr darüber in Erfahrung bringen und sah darin eine neue Herausforderung. Als ich der Versuchung nicht länger widerstehen konnte, und endlich an etwas von der Flüssigkeit kam, kippte ich mir ohne nachzudenken eine größere Menge ins Glas. Ohne jegliches Wissen über die Auswirkungen trank ich es aus. Jedoch mit fatalen Folgen. Denn kurz darauf brach ich zusammen, knallte daraufhin mit dem Kopf auf den Boden und blieb bewusstlos liegen. Erst nach Stunden wachte ich im Krankenhaus auf. Dennoch ließ ich nicht davon ab. Aufgrund des Geschehenen lernte ich lediglich, mit dieser Teufelsdroge behutsamer umzugehen und zum ersten Mal erfuhr ich, was eine körperliche Abhängigkeit bedeutet. Diese stellte sich relativ schnell ein und somit war ich gezwungen, alle zwei Stunden etwas einzunehmen, um meinen Spiegel zu halten (die Entzugserscheinungen, wie starkes Zittern und Herzrasen zu verhindern). Zu Beginn war ich mir leider nicht über die Folgen im Klaren, in solchem Ausmaß davon abhängig zu werden. Nichts bereue ich mehr, als diese Droge konsumiert zu haben.

Zum Gedenken

Gerade als ich mein Buch zum Abschluss brachte, erhielt mein Mann einen Anruf von seinem damaligen Kumpel Jörg, mit der Information, dass der oben erwähnte Kumpel Steffen im Alter von nur vierundvierzig Jahren verstorben war. Aufgrund seines jahrelangen Drogen- und Alkoholkonsums wurden seine Organe und sein Körper so stark geschädigt, dass er so früh von uns ging.

Erfahrungsberichte

Als ich damals nachforschte, um was es sich bei GBL handelt, stieß ich auf einige Erfahrungsberichte mit erschreckenden Schilderungen.

Obwohl ich mit diesen hier gerne noch einmal die Auswirkungen von GBL verdeutlicht hätte, um abschreckende Schilderungen aufzuzeigen, ist mir dies leider aus rechtlichen Gründen nicht möglich, da ich die anonymen Veröffentlichenden nicht nach ihrer Erlaubnis fragen konnte.

Ich kann nur davor warnen, das Zeug auszuprobieren, da dort wirklich krasse Sachen zu lesen sind. Trotz dieser Warnberichte wird es aber immer Leute geben, die sich davon nicht beeindrucken lassen und es dennoch testen. Selbst wenn auch ich damit nicht unbedingt etwas erreiche, möchte ich hier kurz aus der gesammelten Erfahrung als Angehörige und den Äußerungen meines Mannes schildern, was die Droge bewirken kann:

GBL bewirkt einen Komplettausfall der Wahrnehmung (abwesend, nicht mehr ansprechbar), man kann sich übel verletzen, weil man den Körper nicht mehr unter Kontrolle hat und deshalb nur noch herumfällt. Der Konsument bemerkt nichts mehr um sich herum und geht ein großes Risiko ein, indem er sein Leben aufs Spiel setzt. Aber was treibt jemanden zu Beginn dazu, es immer wieder zu nehmen? Darauf konnte mir selbst mein Mann keine Antwort geben. Am Ende bereut man es bitter. Klar, sobald die Abhängigkeit einsetzt, wird der Konsum durch das Verlangen weitergeführt. Trotz Todesangst, entwickelter Ängste vor Situationen, die normalerweise einfach zu bewältigen sind, massiven gesundheitlichen Problemen, Panikattacken, unfähig sein rauszugehen, wird immer weitergemacht. Für den Kick, den Augenblick, um sich wegzubeamen oder was auch immer. Doch ich frage mich, ob es das wert ist? Durch die Hölle zu gehen, nicht mehr zu wissen wie man heißt, der Realität zu entfliehen, Psychosen zu entwickeln, sich einfach nur kaputt zu machen. Die Droge wird als Teufelszeug bezeichnet und ist tödlich. Obwohl bereits aus Presseberichten bekannt ist, dass die Tropfen in Getränke gegeben werden, und was mit den Opfern geschieht, hält es trotzdem nicht davon ab, das Todesmittel einzunehmen. Der Entzug davon ist hart und sehr gefährlich, ohne fachmännische Hilfe. Das habe ich selbst erlebt und es ist nicht schön mitanzusehen, was der Abhängige durchmacht. Mein Mann hat sein Leben dermaßen aufs Spiel gesetzt und kann dankbar sein, dass er noch lebt. Ich kann jedenfalls nichts damit anfangen, warum es jemand toll findet, sich schlecht zu fühlen und Blut zu erbrechen. Dazu blutüberströmt da zu sitzen oder zu liegen und gar nichts mehr zu realisieren. Ich persönlich bin jedes Mal froh, wenn es mir nach einer Krankheit wieder gut geht. Deshalb frage ich mich, warum sich jemand so etwas freiwillig antut. Seinem Körper so zu schaden. Zumal es nicht sofort süchtig macht und somit erst nach mehrmaligem Konsum eine Abhängigkeit entsteht. Erschreckend ist aber auch manche Reaktion derjenigen, die wissen, was mit dem Betroffenen los ist und das Rettungssanitäter oder Ärzte nicht mal wissen, worum es sich in Bezug auf die Symptome handelt, weil aus Angst vor Folgen niemand etwas sagt. Immer noch wissen viel zu Wenige, um was es sich bei GBL handelt, was das Zeug bewirkt und wie brutal es ist. Warum schrecken solche Schilderungen nicht ab??? Ich kann hiermit nur eins an die Leser weitergeben: „Bitte denkt erst

darüber nach, ehe ihr handelt. Ihr selbst seid dafür verantwortlich."

Was ist GBL?

GHB: Verwirrender Weise als „Liquid Ecstasy" bekannt und als „K.O.-Tropfen" benutzt.

4-Hydroxybutansäure, kurz GHB (Gamma-Hydroxybuttersäure), ist eine Hydroxy-Carbonsäure. GHB ist unter anderem ein Narkosemittel. In sehr geringen Dosen hat es einen aufputschenden Effekt, ähnlich wie MDMA. Aus diesem Grund wird es unter Liquid Ecstasy gehandelt, hat aber mit MDMA nichts zu tun!

Bei geringer Dosierung verstärkt sich die Wirkung eventueller vorher eingenommener Substanzen.

Allgemeines zu GHB/GBL

GHB wurde 1960 als verschreibungspflichtiges Medikament zugelassen mit Anwendungen als Anästhetikum (Betäubungsmittel), Antidepressivum und Wachmacher, aber auch als Entzugsmittel bei sogenannten Suchtkrankheiten, vor allem bei Alkohol und Opiaten.

In der Vergangenheit wurde GHB unter dem Namen „K.O.-Tropfen" bekannt.

Dosierung von GHB/GBL

niedrige Dosis

Leicht euphorisches, entspannendes, beruhigendes Gefühl (ähnlich der Wirkung einer geringen bis mittleren Dosis Alkohol); antidepressiv, angstlösend, entaktogen (das Innere berührend) und sozial öffnend; leichter Schwindel und Kribbeln in den Gliedmaßen möglich. Herzschlag und Blutdruck werden geringfügig herabgesetzt. Sinneseindrücke werden verstärkt.

mittlere Dosis

Kann sexuell anregend wirken (wird als Kuschel- und Sexdroge eingesetzt), der Tastsinn ist sensibilisiert und die Hemmschwelle herabgesetzt; starker Rededrang (Laberflash) kann auftreten. Verstärktes Farbsehen, leichte Halluzinationen und akustische Täuschungen möglich.

hohe Dosis

Motorische Fähigkeiten sind wesentlich eingeschränkt. Verlangsamung des Pulses. Starke Halluzinationen können auftreten.

narkotische Dosis

Es kann zu einem tiefen (koma-ähnlichen) Schlaf bis hin zur Bewusstlosigkeit kommen.

Quelle: drugscouts Leipzig

Wirkung von GHB/GBL

Wirkungsdauer beträgt ca. 2-4 Std. und setzt ca. 10-20 Min. nach der Einnahme ein. Die angenehmen Effekte sind sexuelle Stimulation, Entspannung, Trunkenheit, Beschwingtheit, Glücksgefühle, intensivere emotionale Wahrnehmung. Der Kontakt mit anderen Menschen fällt leichter, es stellt sich eine Enthemmtheit ein, ähnlich dem Konsum von ein bis zwei Bier.

GHB bewirkt eine Stimulierung der Wachstumshormone und begünstigt den Fettstoffwechsel. Deshalb wird GHB im Kreise der Bodybuilder als Aufbausubstanz eingenommen, insbesondere weil GHB weitaus weniger unerwünschte Nebenwirkungen hat als die üblichen Anabolika, die durch Erzielung einer positiven Stickstoffbilanz im Stoffwechsel Wachstumsprozesse beschleunigen, bei Männern jedoch nicht selten zu einer Hodenatrophie (Hodenschrumpfung) führen.

Quelle: www.drogenkult.net

GHB/GBL wird auch als „Fantasy" oder „Gamma" angeboten. GHB/GBL schmeckt seifenartig und salzig, erinnert an Salmiak. Es ist eine extrem ätzende Flüssigkeit, welche beim versehentlichen Schlucken die Schleimhäute enorm schädigt. Werden größere Mengen versehentlich geschluckt, sollte dringend ein Notarzt zu Rate gezogen werden: Zum einen, da der Versuch zu erbrechen, zu irreparablen Schäden der Speiseröhre führen kann, zum anderen, da die eingenommene Dosis zu komatösen Zuständen führen kann.

Nebenwirkungen von GHB/GBL-Konsum

Höhere Dosen führen zu Orientierungslosigkeit, motorischen Problemen, Krampfanfällen, Übelkeit, Muskelverspannungen, Angst, Unruhe, Schläfrigkeit, epileptischen Anfällen bis hin zu einer bleiernen Müdigkeit und einem schwer zu störenden Schlaf. Dieser kann bis zur tiefen Bewusstlosigkeit führen.

Dies hat in der Vergangenheit dazu geführt, dass GHB/GBL auch missbräuchlich unter dem Namen „K.O.-Tropfen" eingesetzt wurde, da der Konsument ab einer gewissen Schwellendosis willenlos ist, auf andere wie betrunken wirkt und es zu einem „Filmriss" kommt. In diesem Fall ist darauf zu achten, dass die Nachweiszeit von GHB/GBL lediglich 12 Stunden beträgt und eine eventuell notwendige Untersuchung (Verdacht auf Vergewaltigung o. Ä.) durch einen Arzt unmittelbar erfolgen sollte.

Bei Mischkonsum, besonders mit Alkohol oder Opiaten, kann es zum Atemstillstand kommen. Regelmäßiger Konsum von GHB kann zu Schlafstörungen, Ängstlichkeit, Zittern und Halluzinationen führen. Der Körper reagiert beim Absetzen der Substanz unter Umständen mit starken Entzugserscheinungen, ähnlich einem Benzodiazepin-Entzug. Da auch ein Delirium nicht ausgeschlossen werden kann, sollte man diese Substanz - bei starker Gewöhnung - nur fachärztlich absetzen (Entgiftungsstation).

Rechtliches zu GHB und GBL

GHB fällt unter das BtMG, während GBL in Europa und den USA durch das sogenannte Monitoring (Name für freiwillige Selbstkontrolle der Händler und Hersteller) überwacht wird. Wir wollen mit diesem Beitrag niemanden zum Konsum der Substanz animieren, sondern über Wirkungen und Risiken informieren. Die AutorInnen können keinerlei Verantwortung für eventuelle Konsequenzen übernehmen, die sich aus dem Gebrauch der Substanz ergeben! Produzenten: Bitte färbt GHB/GBL ein, um ungewollte Einnahmen auszuschließen.

Quelle: www.drogen-info-berlin.de

Einige der oben genannten Auswirkungen trafen auch auf meinen Mann zu. Doch da sich bei ihm durch die Droge auch Hautprobleme entwickelten, die bis heute anhalten, möchte ich dies hier ebenso erwähnen. Manchmal verbessern sich die betroffenen Stellen, die über den gesamten Körper verteilt sind. Doch sobald sie sich verschlechtern, tritt Juckreiz auf und die Haut schuppt sich total. Trotz verschiedener Untersuchungen konnte bisher nichts Wirksames dagegen gefunden werden.

Achtsamkeit

Bereits in meiner psychosomatischen Reha lernte ich, auch einmal an mich zu denken, und wie wichtig es ist auf sich selbst zu achten. Deshalb nahm ich mir dies zu Herzen und entdeckte so all die Dinge, die ich immer zurückstellte, endlich in Angriff zu nehmen. Und so stellte ich fest, dass das Leben mehr zu bieten hat und ich viel intensiver zu leben begann. Einige Menschen, darunter auch meine Kinder, fanden diese Entwicklung großartig. Darum möchte ich hier an alle weitergeben in gesundem Maß auch mal an sich und nicht nur an andere zu denken. Anlässlich eines Vortrages zum Thema Achtsamkeit nahmen mein Mann, unsere Tochter und ich daran teil. Dieser wurde von den Landfrauen aus unserem Kreis in Zusammenarbeit mit dem Chefarzt, dem Regionalleiter und einer weiteren Kollegin (Regionalleitung Pflege) des Krankenhauses organisiert. Zunächst ging es darum, wie Bedürfnisse entstehen. Anhand einer Präsentation wurden verschiedene Bedürfnisse dargestellt. Dazu gehören: Grundbedürfnisse (Nahrung), Sicherheitsbedürfnisse (Schutz), soziale Bedürfnisse (Freunde) und Ich-Bedürfnisse (Wünsche). Darauf folgten die Selbstverwirklichung, Wissen und Verstehen und Ästhetik (Wahrnehmung).

Was nahm ich wahr und wie präsentierte ich mich deshalb früher zum Beispiel nach außen? Wenn ich darüber nachdenke, war es mir oft wichtig, wie mich die anderen sahen, und um ihnen zu gefallen, passte ich mich wie ein Chamäleon dem Umfeld an. Aufgrund der fehlenden Liebe in meinem Zuhause erhielt ich diese durch mein Verhalten von außen. Aber wie entstehen nun Bedürfnisse? In jedem von uns stecken Wünsche und somit entsteht das Bedürfnis, sich diese zu erfüllen. Dabei kommt es aber auch darauf an, welche Werte uns von den Eltern vermittelt wurden. Ich wurde unter anderem erzogen, freundlich und hilfsbereit zu sein, Bitte und Danke zu sagen und so weiter. Wichtig war meinen Eltern aber auch, dass ich hochdeutsch sprach. Da ich keinen Dialekt sprechen konnte, wurde ich darum beispielsweise als Jugendliche gehänselt. Was mir natürlich nicht gefiel. So entstand in mir der Wunsch angenommen zu werden, und deshalb lernte ich den Dialekt zu sprechen. Aber auch in meinem Elternhaus blieb vieles unerfüllt. Ich wollte schon immer lernen, ein Musikinstrument zu spielen. Doch leider war es mir nur aufgrund von schulischem Unterricht möglich, das Spielen der Blockflöte zu erlernen. Erst als jemand kam, der eine Mädchenfußballmannschaft gründete, setzte ich alle Hebel in Bewegung, um meine Eltern davon zu überzeugen Fußball spielen zu dürfen. Lediglich diesen Kampf hatte ich gewonnen und das war harte Arbeit. Denn das war schließlich kein Mädchensport. Leider ließen sich meine Eltern schon bald darauf scheiden und so wurde mir diese Freude auch wieder genommen. Aber auch bei anderen Tätigkeiten bei denen ich meine Hilfe anbot, wurde ich oft ausgebremst, weil ich ein Mädchen war. Solche Dinge setzten sich mein Leben lang fort. Auf der einen Seite stand ich mit meinen Bedürfnissen und auf der anderen die Kritiker, Bremser oder Bestrafer. Daraus entstanden in mir viele Spannungen und Konflikte. Allerdings trieb mich das immer an, irgendwann aus diesem Leben auszubrechen. Was ich auch endlich geschafft habe, weil ich mein wahres ICH nun gefunden habe. Ich ordnete mich lange genug unter, versteckte Gefühle, hielt Distanz und führte einen inneren Kampf. Doch damit ist jetzt Schluss!

Vielleicht lässt sich vieles mit einer kompromissbereiten Erziehung vermeiden. Denn wenn das Kind zum Beispiel den Wunsch äußert, spielen zu wollen und ich daraufhin sage: „OK, wenn du mir kurz bei der Hausarbeit hilfst, darfst du danach zum Spielen raus." So haben beide Parteien etwas davon und dadurch entsteht meines Erachtens Akzeptanz.

Ich musste, bedingt durch meine Lebenserfahrungen, erst einmal lernen zu akzeptieren, dass ich so bin wie ich bin und was mein primäres Ziel ist. Doch seitdem ich dies erkannt habe, versuche ich täglich Achtsamkeit in kleinen Mengen einzubauen. Meine Gefühle, Gedanken und mein Körperempfinden wahrzunehmen. Was zwar nicht immer gelingt, aber immerhin sind Fortschritte zu spüren. Einer der Beteiligten sagte bei diesem Vortrag: „Erst Wünsche machen das Leben lebenswert."

Als nächstes ging es noch darum:

Wie gelingt es, die richtige Balance zu finden oder darin zu bleiben?

Hierbei ging es darum, offen zu sein und auch etwas anzunehmen. Wenn wir zum Beispiel auf etwas hingewiesen werden, diesen Hinweis auch zu erkennen und umzusetzen. Was mir auch nicht immer leicht fällt, aber ausbaufähig ist, wenn ich an mir arbeite. Dabei kommt es aber auch darauf an, wer zu mir etwas sagt und wie.

Weiterhin ging es darum:

Wichtig ist, hin und wieder inne zu halten, sich Positives vor Augen zu führen, seine Interessen zu vertreten, auch mal NEIN sagen zu dürfen, und in seinen Tagesablauf Pausen mit einzuplanen.

Denn ist der Tagesplan zu straff kalkuliert, entsteht Stress und dieser wird durch Angst, nicht alles zu schaffen, verstärkt. Aber auch Zweifel und Minderwertigkeitsgefühle können unangenehme Gefühle hervorrufen. So ging es mir jedenfalls. Doch ich habe daraus gelernt, dass ich diese nie wieder spüren möchte und fühle mich um einiges freier als früher. Es ging auch darum, dass jeder Fehler macht, Schwäche zeigen darf, nicht perfekt sein braucht und sich eingestehen sollte, nicht alles alleine bewältigen zu müssen. Sondern auch einmal Hilfe von Außen anzunehmen. Jeder sollte für sich herausfinden, wie man der Stressfalle am besten entflieht. Sei es mit Sport, autogenem Training, Entspannungsübungen (Yoga) oder sonstigem. Einfach den nötigen Ausgleich zu finden, von den Problemen abzuschalten und wieder die Balance herzustellen, ist wichtig, um sich vor einem Burnout zu schützen.

Auch mit der Familie über seine Probleme zu reden, wurde als helfend dargestellt. Doch leider funktioniert dies nicht immer so einfach. Denn meines Erachtens kommt es darauf an, wie der Gesprächspartner dazu steht, wenn ihm von Problemen oder Veränderungen berichtet wird. Manch einer nimmt so etwas nicht so leicht auf. Vor allem wenn der/diejenige nicht sieht, in welcher Krise der/die Betroffene steckt. Ich empfinde Menschen, von denen man kein Verständnis entgegengebracht bekommt, als festgefahren, wie in einem Tunnel ohne Blick nach draußen. Vielleicht blocken sie aber auch einfach ab, weil sie Angst vor Veränderungen haben oder es ist für sie unvorstellbar, dass jemand Probleme hat. Für meinen Mann war es anfangs auch nicht einfach, mit meinen Veränderungen klarzukommen, aber er ließ sich darauf ein.

Als es darum ging, dass man den Tag genießen soll, fragte mich unsere Tochter: „Mama, wie soll ich denn meinen Tag genießen, wenn ich morgens schon so früh raus muss, lange Schule habe und dann noch lernen muss?" Das klingt schon stressig und gewiss gibt es schönere Tage. Doch daraufhin meinte ich: „Versuch doch mal das Positive daran zu sehen. Du warst heute zum Beispiel mit deinen Mitschülern, mit denen du dich gut verstehst zusammen." „Und Muffins gab es heute", warf sie daraufhin ein. Ich antwortete: „Genau, und da gibt es bestimmt noch mehr tolle Dinge. Versuch, diese eben stärker zu werten und so kannst du vielleicht das genießen, was heute war." Damit wollte ich unserer Tochter einfach einmal darstellen, dass es hilfreich sein kann, genauer hinzusehen und auch die kleinen Dinge mehr zu schätzen. Auch ich musste dies erst einmal lernen.

All diese Themen wurden in diesem Vortrag bearbeitet. Dies ist nur eine Ausführung aus meinen Gedanken und eigenen Erfahrungen.

Auch wenn mich dieser Abend wieder einmal an vieles aus meiner Vergangenheit erinnerte, war der Vortrag ein voller Erfolg. Er war sehr unterhaltsam, regte zum Nachdenken an und war echt gut gelungen. Danke dafür an die Organisatoren!

Um noch mehr zum Thema Achtsamkeit in Erfahrung zu bringen, setzte ich mich außerdem mit Literatur auseinander. Der Autor Alois Burkhard beschreibt in seinem Buch „Achtsamkeit, Entscheidung für einen neuen Weg" leichte Übungen, die jeder im alltäglichen Leben anwenden kann und nicht viel Zeit in Anspruch nehmen. Inhaltlich besteht es aus verschiedenen Anregungen, Geschichten, gedanklichen-, körperlichen- und Meditationsübungen, welche wirklich hilfreich sind und auch mal zum Schmunzeln anregen. Jeder kann damit herausfinden, was einem am ehesten liegt und womit man am meisten erreicht, seinen Alltag ausgeglichener zu verbringen. Aber auch einige Teile seines Schlusswortes gefielen mir besonders gut. Er beschreibt darin, dass ein Buch zu schreiben einer Lebensreise mit mehreren Stationen ähnelt, weil man hierbei immer wieder nach Veränderungen, es perfekt zu machen strebt. Und das egal wie oft man seinen Entwurf verbessert, es nie machbar sein wird, das es für alle passt. Denn es wird nie möglich sein, für jeden ein perfektes Buch zu schreiben. Genauso wie es nicht möglich ist, ein perfektes Leben zu führen. Es wird immer jemanden geben der Vorschläge macht, die einen unter Druck setzen, eine Verbesserung vorzunehmen. Dieser Meinung bin ich ebenfalls, da es mir zum Teil ebenso erging. Ich wollte für alle ein zufriedenstellendes Buch schreiben und veränderte deshalb den Text immer wieder aufs Neue. Nachdem ich es so oft überarbeitet hatte, dass ich nicht mehr wusste welche Formulierung nun die Bessere ist, kam ich irgendwann zu dem Entschluss es endlich dabei zu belassen und das Buch für mich zufriedenstellend abzuschließen. Schließlich versuche ich darin zu beschreiben, wie ich mich mit allem fühlte. Was kein anderer genauso spürt wie ich, weil jeder eine andere Wahrnehmung hat.

Doch nun möchte ich noch kurz erläutern, was für mich Achtsamkeit ist:

Achtsamkeit heißt für mich, innezuhalten wenn mir danach ist oder ich die Zeit dazu finde. Zum Beispiel am Abend den Tag Revue passieren lassen und genau hinzusehen, was sich an diesem alles ereignete. Wobei ich versuche, das Positive höher zu werten als das Negative. Was nicht immer einfach ist. Manchmal finde ich es aber auch schön, mich mal treiben zu lassen, als befände ich mich auf einem Fluss. Oder die Natur mit all ihren Farben, Gerüchen und Geräuschen wahrzunehmen. Besonders schön finde ich, nach getaner Arbeit noch den wunderbaren Ausblick zu genießen, oder bereits vor Beginn einer Gruppe Rehe zu begegnen. Was sich mir so gut eingeprägt hat, dass ich nur daran denken brauche, um eine innere Ruhe zu spüren. Mein Vorteil dabei ist allerdings, an einem wunderschönen Platz zu arbeiten. Doch auch Dinge zu tun, die helfen, die Gedanken komplett auszuschalten, bringen mich über einige Situationen besser hinweg. Einfach die Werte anders als früher zu setzen, intensiver zu leben und dankbar dafür zu sein. Dadurch fühl ich mich Gott um einiges näher, als in meiner Vergangenheit und ich bin ihm sehr dankbar, dass er mir so viel Kraft gegeben hat und gibt.

Die Höhen und Tiefen

Hier möchte ich noch mal näher auf die Gefühle eingehen, die ich in diesem Buch bereits teilweise beschrieben habe.

Mal ging es mir besser, mal wieder schlechter. Ich fing jedenfalls an zu grübeln und fragte mich: „Warum bin ich noch hier und kümmere mich um alles? Wie geht es weiter? Was wird sich verändern? Was macht ihn wertvoll, bei ihm zu bleiben?" Es gab noch tausend andere Fragen, die mir keiner beantworten konnte. Dazu kam noch das Unverständnis der Menschen, von denen ich mir Hilfe erhoffte. Das größte Problem hierbei war, ich hatte zwei Kinder, die mich immer noch brauchten. Dabei aber unter meinen Depressionen litten und deshalb Angst um mich hatten. Was uns allerdings half, war, dass wir über alles sprachen, was uns bedrückte oder was wir empfanden. Während mein Mann in der Reha war, sprachen wir gleich darüber, wenn uns etwas nicht gefiel. Wir gingen immer offen miteinander um und genauso machten wir es mit meinem Mann (was leider nicht immer so gut funktionierte, nachdem er nach seiner Reha wieder zu Hause lebte). Ich befand mich leider oftmals schneller als früher in einem gereizten Zustand, weil meine Nerven total blank lagen. Wenn sich die Kinder stritten oder auf stur schalteten, fuhr ich schneller aus der Haut. Oftmals fühlte ich mich überfordert, vor allem wenn mir etwas Unangenehmes widerfuhr. Es gab Zeitpunkte, an denen wollte ich nur noch von allem weg und hätte am liebsten neu angefangen.

Große Angst bereitete mir, dass ich meine Gefühle zu meinen Kindern auch immer mehr verlor und sogar Mordgedanken in mir aufkamen (zum Glück behielt ich trotz allem einen klaren Kopf und setzte nie etwas in die Tat um). Ich konnte ihnen nicht mehr die Liebe entgegen bringen, wie sie sein sollte. Es war alles so leer in mir und ich fand manchmal in allem keinen Sinn mehr. Die Lebensfreude verflog immer mehr. Alles, was mir vorher Freude bereitete, machte mir keinen Spaß mehr. Manchmal wollte ich einfach nur sterben. Da ich aber ein gläubiger Mensch war und bin, unternahm ich keine Selbstmordversuche, sondern war halt zu Tode betrübt. Da ich psychisch sehr krank und belastet war, machte auch ich einige Erfahrungen in Bezug auf Nahtoderlebnisse. Zum Beispiel wäre ich einmal fast an einem Getränk erstickt. Einige Male passierte mir dies auch beim Essen, da ich nicht mehr richtig kauen, schlucken und atmen konnte. Vor allem machte ich mir auch noch meine Zähne kaputt, weil ich nachts, bedingt durch die Belastungen, damit knirschte. Schwierigkeiten bereitete es mir aber auch, Entscheidungen zu treffen. Vor allem hatte ich einige Zeit Panikattacken, wenn ich auf der Autobahn fuhr oder längere Strecken vor mir hatte. Diese äußerten sich durch Atemprobleme. Ich hatte einfach das Gefühl zu ersticken. Außerdem klammerte ich an meinen Kindern und sie klammerten an mir. Bei den Kindern äußerte sich dies so, dass sie nur noch mit mir zu Bett gingen und auch nur noch bei mir schliefen. Und bei mir gab es häufig Tage, an denen ich Angst hatte, die Kinder aus dem Haus zu lassen.

Doch je mehr meine Stärke zurückkam, umso mehr verbesserte sich mein Gesundheitszustand und das Selbstbewusstsein unserer Kinder wuchs ebenso. Irgendwann besserten sich die Panikattacken wieder, sie verschwanden jedoch nicht ganz. Zum Glück gelang es mir oftmals, mich abzulenken, indem ich meinen Alltag wie immer gestaltete, auch wenn es mir keine Freude brachte. Was einfach nur hieß, ich FUNKTIONIERTE.

Die schlimmste Zeit war während der Schulferien, weil viele Aktivitäten wegfielen. Somit hatte ich weniger Ablenkung und verbrachte vor allem noch mehr Zeit mit unseren streitenden Kindern. Trotz diesen Höhen und Tiefen hatte ich mein Leben gemeistert. Irgendwann fand ich endlich Menschen, die mich verstanden und mir helfend mit Rat und Tat zur Seite standen. Deshalb sollte jeder zuversichtlich sein, dass sich die körperliche und seelische Verfassung stetig verbessert, wenn man Hilfe annimmt. Heute bin ich stolz auf meine Kinder, weil sie sich nicht beeinflussen oder unterkriegen ließen. Vielleicht half es ihnen, dass sie mit mir über alles reden konnten. Oder unseren Kindern half die Ablenkung mit ihren Freunden in der Freizeit (Vereinsaktivitäten) und so kamen sie nie richtig ins Grübeln. Mir half es ja auch, wenn ich mich mit Freundinnen zum Walken traf, oder andere außerhäusliche Dinge zu erledigen hatte.

Doch auch auf meinen Mann bin ich stolz, weil er sein Leben um Einiges veränderte. Er übernahm zum Beispiel, anders als früher, endlich mal eine verantwortungsvolle Aufgabe in seinem Beruf. Des Weiteren setzte er sich gegenüber anderen Menschen durch und äußerte seine Meinung. Früher hielt er sich lieber zurück, um allem Unangenehmen aus dem Weg zu gehen. Mich erstaunte er jedenfalls und ich fand die Entwicklungen, bis auf seine kindischen Phasen, recht gut.

Allen, deren Leben von ähnlichen Belastungen geprägt ist, möchte ich mit diesem Buch einfach einmal Mut machen rauszugehen, etwas zu unternehmen und einfach auch mal nur für sich egoistisch zu sein. Seine Probleme Freunden anzuvertrauen, die einen verstehen und denen man vertrauen kann. Doch es ist jedem selbst überlassen, sein Leben in die Hand zu nehmen und etwas daraus zu machen. Denn jeder ist seines Glückes Schmied. Obwohl es mir anfangs schwerfiel therapeutische Hilfe anzunehmen, bin ich sehr froh, dass ich mich darauf einließ. Aber auch die Unterstützung der Menschen in den Selbsthilfegruppen tat und tut mir immer wieder gut.

Es ist echt verblüffend, wie sich das Leben wieder normalisierte, weil wir wenigstens versuchten miteinander klarzukommen. Dadurch konnte ich meine Mauer, die ich um mich aufgebaut hatte, auch wieder abbauen. Dazu gehört aber auch als wichtigster Punkt miteinander zu reden, und nicht stur mit dem Kopf durch die Wand zu rennen. Jeder sollte einmal in sich hineinhören, warum er sich in den jeweiligen Partner verliebt hat und wieso er nicht mehr mit diesem auskommt, auch wenn man sich trennt. All das hätte ich mir von meinen Eltern gewünscht, da mir so viel mehr Kummer erspart geblieben wäre. Denn vor allem die Kinder sollten nicht unter den Problemen Erwachsener leiden. Es gab einige in der Klinik meines Mannes, die ihre Kinder nicht mehr sehen durften, weil die Partnerinnen total blockten und den Kontakt verboten. Meiner Meinung nach ist dieses Verhalten nicht korrekt, denn die Kinder verstehen nicht, warum sie den einen Elternteil nun nicht mehr sehen dürfen. Ich sehe es so: Nur wenn man sie mit einbezieht und mit ihnen je nach Alter kindgerecht spricht und offen mit ihnen umgeht, können sie sich ihr eigenes Bild machen. Die Welt ist nun mal nicht so paradiesisch, wie wir sie gerne hätten. Ich habe meinen Kindern wahrscheinlich manchmal zu viel zugemutet, aber sie konnten immer frei entscheiden und sich ihre eigene Meinung bilden. Vielleicht haben sie dadurch etwas für später gelernt, und versuchen in ihrem Leben ohne Drogen oder Alkohol klarzukommen.

Auch ich machte die Erfahrung, dass es manchmal leichter gewesen wäre, alles im Alkohol zu ertränken. Doch für mich war dies jedenfalls nie eine Option. Denn selbst während meiner Unruhezustände, die mich auch sehr belasteten, gab ich nicht kampflos auf. Stattdessen widmete ich mich meinen Hobbys, die mir den nötigen Ausgleich brachten.

Während ich dieses Buch schrieb, gab es eine Entwicklung von totaler Wut über Hass und Abscheu, bis hin zur absoluten Euphorie, zurück in meine Normalität. Allerdings möchte ich noch hinzufügen, auch wenn ich dieses Buch mit diesem Kapitel abschließe, bedeutet das nicht, dass ich völlig geheilt bin. Ich werde vermutlich auch weiterhin mit Rückschlägen zu kämpfen haben.

Doch eins habe ich gelernt: Auf mich zu achten und bei dem, was ich tue, die Balance zu halten.

Da die Entwicklungen allerdings nie still stehen, werde ich mich weiterhin mit einbringen, etwas zu verändern. Dazu gehört auch, dass ich nun im Psychiatrie-Beirat bin. Bereits jetzt standen schon weitere Termine für die Zukunft auf dem Programm, die ich hier nicht mehr einbringe, weil ich meinem Gefühl folgte, nun damit abzuschließen. Zum Schluss möchte ich allen danken, die mir so viel Anerkennung zukommen ließen, mich unterstützt und begleitet haben. Auch jenen, die nicht in diesem Buch erwähnt sind.

Ganz besonders danke ich:

Meinen wunderbaren Kindern

Meinem Mann

Meinem Vater

Meinen einzigartigen Freundinnen

Der wundervollen Sozialpädagogin vom sozialpsychiatrischen Dienst

Dem tollen Regionalleiter und weiteren Mitarbeitern des Krankenhauses

Den damaligen Mitpatienten und dem Personal meiner Rehaklinik

Der Therapeutin und dem Psychologen aus der Rehaklinik meines Mannes

Dem besonderen Dekan

Meiner Therapeutin

Meiner Selbsthilfegruppe

Meiner tollen Kollegin und meinem Arbeitgeber

Dem hervorragenden Keyboardlehrer

Der Lehrerin unserer Tochter

Dem außergewöhnlichen Sozialarbeiter der Berufsschule

Dem Redakteur vom Radio

und

Der Redakteurin vom Fernsehen

Herzlichen Dank dafür!

Literatur

Luise Reddemann: Eine Reise von 1000 Meilen, beginnt mit dem ersten Schritt. Herder Verlag, 2010.

Christina Neumann: Ertrunkene Liebe, Edition Balance. Psychiatrie-Verlag Bonn, 1998.

Pia Mellody: Verstrickt in die Probleme anderer. Kösel Verlag, 1998.

Ingrid Arenz-Greiving: Selbsthilfegruppen für Suchtkranke und Angehörige, Ein Handbuch für Leiterinnen und Leiter. Lambertus Verlag, 1999.

Alois Burkhard: Achtsamkeit, Entscheidung für einen neuen Weg, Wissen und Leben. Schattauer Verlag, 2011.

Medien

Scherben des Lebens. Familiendrama, USA 1985 (90 Min.).

Quellhinweise aus dem Internet

Was ist Sucht? Eine Deutung aus gesellschaftlicher und psychologischer Sicht

http://www.die-tuer-trier.de

http://www.dhs.de

Was ist GBL? http://www.drogen-info-berlin.de,

http://www.drugscouts.de

http://www.drogenkult.net

Suchtberatungsstellen in ihrer Nähe, finden sie Bundesweit im Internet oder Telefonbuch. Darunter befinden sich zum Beispiel als sehr bekannte Einrichtungen, soziale Dienste wie Diakonie und Caritas. Zudem befinden sich meist auch in Kreisverwaltungen größerer Städte Einrichtungen, wie der bereits genannte sozialpsychiatrische Dienst.

Im Internet finden Betroffene und deren Angehörige unter anderem bei www.a-connect.de umfangreiche Informationen zur Suchtkrankheit.

Adressen der Suchtberatungsstellen vor Ort finden sie dort unter folgendem Direktlink

www.a-connect.de/beratungsstellen.php

Da allen denen ich die Texte und Melodien meiner Songs vortrug, diese gut fanden, möchte ich die bereits entstandenen hier ebenfalls erwähnen. Weitere sind noch in Planung.

Meine bisher entstandenen Songs:

Gefangen im Chaos der Gefühle

Neu geboren

Fang endlich an zu leben

Vollmond

Durch Worte tief verletzt (Kirchenlied)

Zeitfracht Medien GmbH
Ferdinand-Jühlke-Straße 7
99095 Erfurt, Deutschland
produktsicherheit@kolibri360.de